SEPP KAHN

In Ewigkeit Amen

Wie nah das Böse sitzt

Kriminalroman

Berenkamp

Berenkamp

www.berenkamp-verlag.at
ISBN 978-3-85093-288-2

Gedruckt mit freundlicher Unterstützung
bm:uk

Bibliographische Information der Deutschen Bibliothek

Die Deutsche Bibliothek verzeichnet diese Publikation in der Deutschen Nationalbibliographie; detaillierte bibliographische Daten sind im Internet über http://dnb.ddb.de abrufbar.

1

Sie hätten ihn gar nicht bauen dürfen. Er hat sofort gewusst, dass das nicht gutgehen wird. Nun haben sie den Salat! In der Stadt … ja, in einer Stadt, aber doch nicht auf dem Land, wo alle noch normal sind; dort passt so etwas nicht hin. Aber diese modernen Planer und Architekten! Und der Bürgermeister hat sofort zugestimmt, ist sogar begeistert gewesen. Alfons setzt sich und nimmt wieder das Spektiv. Nach einem Weilchen setzt er es ab, es ist nichts Neues zu sehen. „Da wird man ja noch schwindelig“, sagt er zu sich selbst.
„Alfons, kommst du!? Sonst wird der Kaffee kalt.“ Mathilde, seine Frau. Er steht auf und geht in die Küche. Mathilde hat alles vorbereitet, sie frühstücken jetzt.
„Der Kaffee ist lauwarm.“
„Ich hab' drei Mal gesagt, du sollst kommen.“
Alfons hat es nur einmal gehört, will aber keinen Streit. Also schweigt er. Es ist acht Uhr. Sie frühstücken jetzt immer um acht. Davor sitzt er gewöhnlich ein Weilchen auf dem Balkon und schaut ein wenig umher. Früher, als er noch gearbeitet hat, ist alles ganz anders abgelaufen. Da ist er um sechs aus den Federn und um halb sieben aus dem Haus.
„Warum, Mathilde, haben wir heute Marillenmarmelade?“ Sonst hat es in dieser Woche immer Himbeermarmelade aufs Brot gegeben.
„Weil Himbeer schon aus ist!“
„So … und warum?“
Plötzlich und völlig grundlos explodiert Mathilde.
„Weil aus aus heißt! Herrgott noch einmal!“ Sie schreit weiter. „Weil wir sie aufgegessen haben! Verstehst du? Aufgegessen!“

„Schrei mich nicht an!“
„Dann frag nicht so blöd!“
„Man wird wohl noch fragen dürfen!“ –
Mathilde schweigt. Also sagt er auch nichts mehr. Ja, so ist seine Frau. Und es wird zunehmend schlechter, dieses Aufbrausen, dieses unnötige In-die-Luft-Gehen aus dem Nichts heraus! Sie wird eine Behandlung brauchen, sonst endet das womöglich schlecht mit ihr. Aber wie ihr das beibringen?
„Wann wird wohl das Begräbnis sein?“, fragt sie.
„Wahrscheinlich am …, heute ist Dienstag, oder?“
„Ja, heute ist Dienstag, weil gestern Montag war!“
Er überhört ihr Sticheln. „Dann werden sie ihn am Donnerstag begraben.“
„Oder am Freitag“, setzt sie nach.
Er schmiert sich Marillenmarmelade aufs Brot. Nächste Woche wird er Pflaumenmarmelade kriegen; danach Heidelbeer. Dann fangen sie von vorn an. An Sonn- und Feiertagen gibt's Wurst und Käse. Er mag nur Käse. –

•

Ja, der arme Gottlieb! Überfahren auf dem neuen Kreisverkehr! Als er heute früh auf dem Balkon stand, hat er beim Kreisverkehr drunten etwas entdeckt. Zuerst konnte er nicht sagen, was dort lag. Ein Reh, war ihm im ersten Moment in den Sinn gekommen, doch das Spektiv belehrte ihn eines Besseren. Erschrocken ist er, richtig erschrocken. Dort unten lag ein Mensch. Regungslos.
„Mathilde, schau, was da unten liegt“, rief er.
„Das interessiert mich nicht, ich hab' zu tun“, antwortete sie. Sie war noch im Morgenrock. Dann schaute sie

doch – und machte sofort ein Theater. Zuletzt einigten sie sich, die Polizei zu verständigen.
„Hier Nussbaumer“, sagte er, „beim neuen Kreisverkehr unten liegt einer. Wird wohl überfahren worden sein.“ Dann legte er blitzartig auf. „Hoffentlich kriegen wir keine Schwierigkeiten.“ Er hatte einen falschen Namen angegeben. Danach lagen sie auf der Lauer. Acht Minuten später traf die Polizei ein, wenig später die Rettung.
„Warum hat da sonst keiner angerufen?“, wunderten sie sich plötzlich. Es fuhren ständig Autos an dem Mann vorbei; heutzutag’ haben doch alle ein Handy. Dann sammelten sich Leute, die „schauen“ wollten. Die von der Rettung taten ihre Arbeit, und der Polizist hielt den Verkehr auf. Zuletzt kam der Leichenwagen und nahm Gottlieb mit.
„Schau, Peter ist auch unten.“
Peter ist einer ihrer Nachbarn. Ein bisschen ein Spinner, aber sonst ist gut auskommen mit ihm. Peter erzählte ihnen später am Telefon, dass es Gottlieb erwischt hatte. „Und zwar richtig – der ist zerquetscht. Überfahren werden ist kein schöner Tod“, betonte er. „Der Gottlieb hat wild ausgeschaut.“
Gibt es überhaupt einen schönen Tod? Wo doch beim Tod alles aus ist. Was kann daran schön sein?

•

„Du hast genug?“ Mathilde räumt ab. Eigentlich hat das nicht wie eine Frage, eher wie ein Befehl geklungen.
„Warum war der Gottlieb beim Kreisverkehr?“
„Weil er hingegangen ist.“ Mathildes Humor ist nicht immer leicht zu verstehen; zu ertragen schon gar nicht!

„Aber warum? Verstehst du? Warum, das ist die Frage. Wo doch nichts mehr ist dort draußen. Kein Lokal, kein Gasthaus ..." Gottlieb hat gern etwas getrunken, oft auch zu viel. „Und dazu noch in der Früh ..."
„Ich bin jetzt dahin. Auf Mittag bin ich wieder da."
„Warum? Was tust du?"
„Das hab' ich dir gestern gesagt. Zum Friseur geh' ich. Schau mich doch an!" Sie fährt sich mit den Fingern durch die Haare. Jetzt schaut sie tatsächlich furchterregend aus.
„Ja, zum Fürchten!"
Das hätte er nicht sagen dürfen. Ihr Blick ist eisig. „Geld werd' ich auch abheben, wenn ich schon bei der Bank vorbeikomme."
„Schon wieder? Du hast doch vorgestern ..."
„Muss ich jetzt um jeden Euro betteln? Da hab' ich mir so einen ein..."
„Ja, ja, sag es nur! Eingefangen hast du mich damals, eingefangen! Auf eine höchst hinterhältige Weise." Viel fehlt nicht, und sie gehen sich gegenseitig an die Gurgel. Doch er hält sich zurück. „Ich ruf' jetzt den Doktor an."
„Welchen Doktor? Wer braucht einen Doktor?"
„Du brauchst einen. Und zwar schnell!"
Mathilde tritt an ihn heran. „Alfons! Droh mir nie wieder mit einem Doktor, sonst lass' ich dich abholen!" Und damit ist sie draußen bei der Tür.
Der letzte Satz hat ihn tief getroffen. Er sitzt allein in der Küche und denkt nach. Dieses Luder! Soeben hat sie ihm gedroht – mit etwas ganz Schlimmem. Sonst lass' ich dich abholen, hat sie gesagt. Er weiß genau, was sie damit gemeint hat. Ins Narrenhaus will sie ihn bringen lassen! Er wird ruhiger. Jetzt weiß er wenigstens, wie er

dran ist mit ihr. Also braucht auch er keine Rücksicht mehr zu nehmen. Die wird sich noch wundern …!
Alfons freut sich auf den Sommer. Da kann er hinaus in die Natur und seinem Hobby nachgehen. Er hat ein ausgefallenes „Hobby". Davon weiß aber niemand. Außer Fredi und Willi, seinen zwei Freunden. Er liegt oft lang auf der Lauer, und meist zahlt sich die Geduld aus. Zeit hat er ja. Ein Gefühl des Triumphs erfasst ihn, wenn er eine, manchmal sogar zwei fängt – und es lässt kaum nach, weil er weiß, was er mit ihnen machen wird. Er freut sich schon darauf! Manchmal lässt er auch Fredi und Willi daran teilhaben. Allerdings muss er gewaltig aufpassen, damit seine Frau nichts merkt. Im vorigen Juli hätte sie ihn beinah erwischt. Bei Schlechtwetter braucht er nicht zu warten; da kommt keine. Aber bei schönem, sonnigem Wetter – da spazieren sie hinaus, ahnungslos, wie sie sind. Und singen dabei. –
Jetzt wird er zum „Mondschein" hinuntergehen und sich eine Halbe gönnen. Dort wird er Genaueres erfahren über den Gottlieb. Lässt sich der Trottel im Kreisverkehr über den Haufen fahren! Dass Mathilde heute zum Friseur geht und ihm das schon gestern gesagt haben soll, mag er nicht recht glauben. Er hat zwar in letzter Zeit öfter etwas vergessen oder sich nicht mehr genau erinnern können, aber dement, das ist er sicher nicht. Und wird sich das auch nicht einreden lassen!
Mathilde! Sie haben einander auf einem Begräbnis kennengelernt. Vor vierzig Jahren! Sie hat ihn auch nicht hinterhältig eingefangen, wie er zuerst gesagt hat. Aber einmal wird auch das frömmste Lamm wild, wenn es dauernd traktiert wird. Ein Verwandter von ihr war damals gestorben. Sie ist in der dritten Reihe hinter dem Sarg gestanden. Geweint hat sie nicht, aber trau-

rig geschaut. Er hat genug Zeit gehabt, sie zu beobachten. So eine Einsegnung auf dem Dorfplatz, die dauert! Und nach der Messe steht man dann am Grab. Auch sie ist damals dort gestanden. Er hat nicht den nächsten Verwandten, sondern nur ihr die Hand gedrückt. Sie hat ihn groß angeschaut, in ihrem Blick ist viel Milde gelegen – da hat er erst einmal schlucken müssen. Als er dann ihre Hand losgelassen hat, soll er – das hat sie danach behauptet – mit dem Kopf gedeutet haben. Spontan hat sie ihren Platz verlassen und ist ihm nachgegangen. Ja, so ist es gewesen, damals. Und heute ist sie ganz anders …

Vielleicht muss er denen in der Kasse sogar sagen, dass sie ihr nur noch einen gewissen Betrag geben. Auf dem Konto haben sie inzwischen ein kleines Minus, das ständig mehr wird. Und dann drängt sie jetzt immer öfter auf eine andere Wohnung. Neu muss nicht alles sein, sagt sie, aber anders. Da kenn' sich einer aus, bei den Frauen.

2

Sie muss ruhiger werden – und nimmt etwas zum Lesen, aber sie liest nicht.

„Noch zwei Minuten, Frau Luger!"

„Ist schon gut. Das letzte Mal kann man auch warten."

Erschrocken schaut die Friseurin sie an.

„Das letzte Mal?"

Mathildes Blick bringt sie zum Schweigen. Es ist ihr ernst, sie wird den Friseur wechseln. Warum eine Zeit vereinbaren, wenn sie dann doch warten muss? Die anderen Frauen schwatzen über Gottlieb, sie beteiligt sich

nicht daran. Sie hat längst alles gehört, was wichtig ist – und hat wirklich Wichtigeres zu denken.
„Mathilde, magst wirklich keinen Kaffee?" Die Chefin.
„Nein, danke! Hab's schon zweimal gesagt." Plötzlich stört es sie, dass sie mit dem Vornamen angesprochen wird. Was glaubt denn diese kleine, dahergelaufene Friseurladenpächterin eigentlich?! Eine Freundin redet man mit Vornamen an, aber diese … diese Wichtigtuerin ist nicht ihre Freundin. Gut, sie lässt sich von ihr die Haare schneiden, mehr aber auch nicht. Gelegentlich mögen sie sich auch länger unterhalten haben, aber das berechtigt die noch lange nicht, sie mit Mathilde anzureden.
Dann kommt sie dran.
„Wie immer?" Schüchtern ist sie plötzlich, die Friseurin.
„Wie immer!" Endlich kann sie ihren Gedanken nachgehen. Mit Alfons muss sie Schluss machen. Für immer und ewig! Aber sie wird sich noch in Geduld üben müssen, dann wird sich alles von selbst erledigen. Sie hat vorige Woche mit einem ihr bekannten Makler geredet. Der nimmt jetzt alles in die Hand, wird eine günstige Wohnung suchen. Dieses Herumsuchen in den Zeitungen und dann anrufen, das hat sie nicht weitergebracht. Sie fürchtet allerdings die nächste Telefonrechnung. „Und es muss mindestens der fünfte Stock sein, mit Balkon", hat sie betont, „wir lieben beide eine gute Aussicht." Wehmut erfasst sie schon, wenn sie daran denkt, dass sie ihre jetzige Wohnung verlassen werden. Achtzehn Jahre wohnen sie schon hier, achtzehn lange Jahre. Davor sind sie im „Zuhaus" von Alfons' Eltern gewesen. In diesem winzigen Haus; aber sie haben Platz gehabt. Nach der Geburt von Gudrun ist es

zwar eng geworden, aber es ist gegangen. Früher hat sie es eng gemocht mit Alfons; heute mag sie das nicht mehr. Ja, früher; vor vierzig Jahren haben sie einander kennengelernt. Es war an einem Sonntagnachmittag; beim Rangeln. Jedes letzte Wochenende im September findet das große Preisrangeln statt. Besser gesagt, fand es statt. Heute gibt es das Fest nicht mehr. Sie war – mit der ganzen Familie – dabei. Da ist ihr Alfons aufgefallen. Diese wilde Kraft, mit der er seine Gegner ins Gras warf! In der Nacht darauf träumte sie von ihm. Sie haben gerangelt, sie beide. Alfons hat aber nicht wirklich Ernst gemacht, mehr gespielt hat er mit ihr. Sie hat dadurch zeitweise geglaubt, gewinnen zu können. Zuletzt aber ... zuletzt hat er ihr, ganz plötzlich, die Hose hinuntergestreift, bis unter die Knie; die Unterhose auch. Die Zuschauer haben gejohlt und geschrien – sie beide sind mitten im Kreis gestanden. Sie hat versucht, ihre Blöße mit den Händen zu bedecken, Schamesröte im Gesicht. In dem Moment wurde sie munter. Schweißgebadet, zitternd lag sie da, brauchte eine Weile, Traum und Wirklichkeit auseinanderzuhalten.
Eine Woche darauf wechselten sie die ersten Worte – beim Nachhausegehen von einem Begräbnis. Und jetzt ist es nicht mehr zum Aushalten mit ihm. Aber nicht mehr lang muss sie ihn ertragen. Hoffentlich geht es schnell mit der neuen Wohnung – im fünften Stock! Sie hat es schon ausgerechnet: Zwei Meter dreißig ist ein Stock hoch; mindestens. Das Ganze mal fünf – macht elf Meter fünfzig. Das muss genügen. Sie lächelt still ... Schon vor drei Jahren hat sie einmal aufs Zusperren vergessen. Aber vom ersten Stock auf den Rasen hinunter, das hat ihm nichts getan. Einen Ellenbogen hat sie ihm eine Woche lang einschmieren müssen. Zu-

erst wird sie die Balkontür immer gut zusperren – auch bei Vollmond. Aber dann wird sie es einmal vergessen. Sicher, die nächsten Tage darauf werden nicht einfach sein, aber das geht vorüber; der ganze Papierkrieg; und der Alfons wird ein schönes Begräbnis kriegen. Oder soll sie ihn einäschern lassen? Auf dem Land ist das allerdings weniger Brauch. Da könnte jemand auf den Gedanken kommen, er ginge ihr gar nicht ab. Ja, seine Mondsucht! Man hört davon öfter – aber so ausgeprägt wie bei Alfons? Bei Vollmond schläft sie immer im anderen Zimmer, weil es mit Alfons nicht auszuhalten ist. Ständig steht er auf, macht Türen und Fenster auf und zu, ist dauernd unterwegs. Aber sie will schlafen in der Nacht. Daher haben sie sich geeinigt, dass sie im hinteren Zimmer schläft, und das vordere sperrt sie zu. So ist es für beide am besten.

„Frau Luger, wir sind fertig. Schauen Sie ..., passt alles?" Die Friseurin zeigt ihr mit einem Spiegel ihr Werk auch von hinten.

„Passt", antwortet sie knapp, ohne in den Spiegel geschaut zu haben.

Die Friseurin hilft ihr in die Jacke, was sie erneut erzürnt. Die soll alten Frauen helfen, aber nicht ihr!

„Wie viel?", fragt sie dann.

Die Friseurin rechnet halblaut vor sich hin. „Waschen, legen, föhnen ... vierzig Euro fünfzig, Frau Luger."

Sie gibt ihr einundvierzig. Gelegentlich hat sie ihr schon fünfundvierzig gegeben. Aber heute genügen fünfzig Cent – ist ja leicht verdientes Geld.

„Machen Sie sich einen schönen Tag", sagt sie und verlässt den Laden. Sie hat die Postautobushaltestelle noch nicht erreicht, als es zu tröpfeln beginnt. „Auch das noch!" Sie hat zwar eine neue Frisur, aber natür-

lich keinen Schirm dabei. Geistesgegenwärtig stapft sie ein paar Schritte zurück und öffnet eine Haustür. Die „Gamperin" soll ihr einen Schirm leihen. Dann steht sie im Hausgang und klopft an die Küchentür. Niemand sagt „herein", also drückt sie die Klinke hinunter und betritt die Wohnung. In der Küche ist niemand. Ungewaschenes Geschirr steht herum, auf dem Herd ein Topf mit Wasser. Aber im Herd ist kein Feuer.
„Thres!" Noch einmal: „Thres!" Von oben hört sie ein Geräusch. Schritte ... Die soll sich nicht verstecken vor ihr, sie braucht ein Regendach, und zwar sofort!

3

Er muss rasten. Sixtus setzt sich auf den Hackstock, betrachtet zufrieden sein Werk. Es nimmt Formen an. Da werden sie schauen! Alle! Er wird es ihnen allen noch richtig zeigen. Er weiß, dass sie nicht viel halten von ihm. Wenn er damit fertig ist und es den großen Knall gibt, wird ihm ganz Unterhirschen zu Füßen liegen. Alle werden staunen, alle Zeitungen werden darüber berichten.
„Sixtus!" Seine Frau.
„Was ist?"
„Der Briefträger hat etwas zum Unterschreiben."
„Unterschreib du für mich. Ich hab' keine Zeit."
Er hört nichts mehr. Ist sie wieder gegangen? Zwischen zwei Brettern ist eine Ritze, er lugt durch. Sie geht gerade ins Haus. „Gut so", sagt er zu sich selbst. Er hat die Holzhütte von innen versperrt, braucht keine ungebetenen Zuschauer. Sie ist keine richtige Hütte mehr, er hat sie sozusagen zweckentfremdet – zu einer Werkstatt.

„Sixtus!“
„Ja, Herrgott noch einmal, was ist denn?“
„Der Briefträger sagt, du musst selber unterschreiben.“
Der verdammte Briefträger, diese übergenauen Beamten. Er öffnet, geht hinaus und unterschreibt. Dann hat ihn die Arbeit wieder. Wegen einer Lappalie hat er selbst unterschreiben müssen. Und ein bisschen nachgefragt hat er, der neugierige Briefträger. Wie es ihm gehe, jetzt in der frühen Pension, ob ihm nicht manchmal langweilig sei. Vielleicht hat der Briefträger schon etwas bemerkt, immerhin hält er sich seit zwei Monaten meistens in der Holzhütte auf. O ja, sie werden früh genug zu rätseln beginnen; das dürfen sie auch – richtig gut ist das, und so fühlt er sich auch.
Anfangs, als er angefangen hat, seine Idee umzusetzen, hat es allerdings Schwierigkeiten gegeben. Von seiner Frau, die ihn für einen Trottel gehalten und ihm das auch freiweg gesagt hat. Es hat viel Geduld und noch mehr einfühlsame Erklärungen gebraucht. Dann hat sie nachgegeben und ihm sogar geholfen, das ganze Holz an den Hauswänden aufzustapeln. Jetzt haben sie viel Holz vor der Hütte – an allen vier Wänden, nur die Fenster und Türen sind frei geblieben. Die Hütte braucht er für etwas ganz Gewaltiges, das die Vorstellungskraft jedes Unterhirschners bei Weitem überfordert – und da sind immerhin ein paar Studierte drunter. Sicher, er hat noch viel Arbeit vor sich, aber er hat Zeit. Und das Wichtigste: Er ist überzeugt, es zu schaffen. Er wird der zweite Wernher von Braun! Viele Wissenschaftsmagazine hat er gelesen, Fachzeitschriften studiert, wissenschaftliche Sendungen im Radio gehört und sein Wissen enorm ausgebaut. Natürlich ist viel dabei, was er nicht direkt zu seinem Vorhaben braucht, aber es

schadet nicht, mehr Ahnung zu haben als andere. Zum Beispiel, was Xeno-Transplantation ist. Etliche Leute hat er danach gefragt, nicht einer hat einen blassen Schimmer davon gehabt. Aber er kennt sich aus, weiß, dass dem Patienten bei einer Operation ein artfremdes Organ eingepflanzt wird, ein Schweineherz zum Beispiel. Er glaubt auch nicht, dass sich die Erde um die Sonne dreht. Genau umgekehrt ist's! Öfters hat er darüber nachgedacht, und es kann nicht anders sein. Wenn er bei schönem Wetter in der Früh bei der Haustür hinausschaut, geht drüben neben der „Kalten Wand" die Sonne auf; und abends muss er bei der rückseitigen Tür hinausschauen, dann sieht er sie hinter den Innbergen untergehen. Tagsüber ist sie über den ganzen Himmel gewandert, und in der Nacht, da wandert sie unter der Erde durch, damit sie am nächsten Morgen wieder neben der „Kalten Wand" aufgehen kann. Sie wandert nicht unter der Erde durch, sondern sie scheint – weil die Erde rund ist – auf der Hinterseite der Welt und wärmt und beleuchtet die Länder und Menschen dort. Chinesen und Indianer zum Beispiel. Die ihrerseits glauben, sie lebten auf der Vorderseite der Welt und die Europäer hinten. Würde sich – nur angenommen – die Welt um die Sonne drehen, müssten die Menschen die halbe Zeit „kopfstehen". Also darf man sich durch solche Besserwisser nicht beirren und drausbringen lassen. An Gott glaubt er auch nicht; die Gottesmutter allerdings verehrt er.

Aber jetzt muss er weiterarbeiten. Ab und zu kommt er ins Sinnieren; schadet ja nicht, gewissen Dingen auf den Grund zu gehen. Heute wird er die Spitze aufsetzen. Mit achtundzwanzig Schrauben wird er sie mit dem Körper der Rakete verbinden, die in der Mitte der Holzhütte

steht. Rundherum hat er ein Gerüst aufgestellt, um ordentlich arbeiten zu können. Der Körper besteht aus einem acht Millimeter dicken und zwei Meter vierzig langen Eisenrohr mit fünfzig Zentimeter Durchmesser. Das Interessanteste ist der Antrieb; den baut er zuletzt ein. Das Eisenrohr hat er einem Bauern abgeluchst, der es als Wasserdurchlass für den neuen Weg verwenden wollte. Das Rohr sei dafür zu kurz, meinte er, die Wegbreite allein betrage deutlich mehr als zwei Meter. Außerdem sei es im Sommer sehr gefährlich. Bei Gewittern würde nicht nur das Wasser, auch das Eisen würde den Blitz anziehen; der Weg würde aufgerissenen, wenn nicht gar zerfetzt und völlig unbefahrbar gemacht. Der Bauer hat ihm das Rohr schließlich geschenkt, es ihm sogar zum Haus geliefert mit dem Traktor; zusammen haben sie es in die Holzhütte geschleppt und senkrecht aufgestellt. Er wolle nur etwas ausprobieren, erklärte er dem neugierigen Bauern, der laut lachend davonfuhr.
Am Firstbaum der Hütte brachte er eine Rolle an, umschlang das Rohr sechs Mal mit einem starken Gurt und zog es mit dem Flaschenzug in die Höhe, bis es frei in der Mitte der Holzhütte hing – fünfzig Zentimeter über dem Boden. Er kniete nieder und schaute durchs Rohr; ein kleines, rundes Stück vom Dach bekam er zu sehen. Erst danach wurde er sich der Gefahr bewusst, in die er sich selbst gebracht hatte. Wäre der Gurt gerissen – das schwere Rohr hätte ihn köpfen können. Seither hat er nur noch dreimal hinaufgeschaut. Vorgestern hat er das Fundament betoniert. Zuerst ein gut einen Meter tiefes Loch mit einem Durchmesser von eineinhalb Metern gegraben. Weil der Betonstock dem gewaltigen Druck standhalten muss, hat er den besseren, teuereren Zement genommen. Beim Fundament darf man nicht

sparen. Seine Frau lässt ihn gewähren, helfen tut sie allerdings nicht mehr. Zum Betonmischen hätte er sie gebraucht, aber sie ist stur geblieben. Auf stur schaltet sie in letzter Zeit gelegentlich auch in der Nacht. Jetzt wird er drei Füße ans Rohr schweißen. –

•

Womit hat sie das alles verdient? Und warum? Immer wieder quält sie diese Frage. Sie war ein braves Mädchen, ging jeden Sonntag in die Kirche, auch in dem Alter, als ihre Freundinnen etwas Besseres wussten. Sie hat ihr Leben lang nichts verbrochen, nichts gestohlen und immer brav gearbeitet bei Hotte & Co. in der Verpackungsabteilung. Mit siebzehn ist sie dem Kirchenchor beigetreten und singt heute noch fleißig mit. Mit achtzehn dann das Entscheidende. Obwohl von der Mutter gewarnt, hat sie sich in Sixtus verliebt. Was war das für eine herrliche Zeit! Nach zwei Jahren Hochzeit und schnellen zwei Kindern; die sind längst erwachsen und ausgezogen von daheim. Aber dann, vor fünf Jahren, schlug das Schicksal unbarmherzig zu. Sixtus kam unter den Radbagger, der ihm den rechten Fuß zerquetschte. Wochenlang lag er im Spital, dann im Rehabilitationszentrum, zuletzt schickten sie ihn in Frühpension. Das wäre nicht das Schlimmste gewesen, ein Arbeitsunfall kann immer und jedem passieren, aber dann – eine schwere Verkühlung soll den Ausschlag gegeben haben: Sixtus hatte zeitweise seine Sinne nicht mehr richtig beieinander. Als sie ihn endlich überreden konnte, einen Arzt aufzusuchen, war es zu spät. Und dann ist ihm vor zwei Jahren plötzlich diese abstruse Idee gekommen, eine Rakete zu bauen. Ganz Unterhirschen lacht über ihn – und sie. Er merkt es nicht und glaubt sogar, dass niemand wisse, was er in der Holzhütte treibt. Dass er sich die meiste Zeit einschließt und an seiner Wahnidee bastelt – auch das wäre ein kleines Übel. Aber die Verrücktheit geht zunehmend ins Geld. Die Schulden bei der Bank wachsen von Monat zu Monat. Und dann ist da noch etwas: Seit einem halben Jahr arbeitet sie beim Schmauser. Das ist ein kleines Unternehmen, Gustav handelt mit Futtermitteln. Vor zwei Jahren ist ihm die Frau gestorben.

•

„Nur ein paar Stunden jeden Tag. Samstag und Sonntag natürlich frei", hat Gustav vorgeschlagen.
„Was stellst du dir vor, was ich tun soll?"
„Ein bisschen im Haushalt schauen, manchmal etwas kochen. Das Essen beim Wirt hab' ich langsam satt", hat er gemeint, „und wenn du halt von Büroarbeit eine Ahnung hättest …"
„Hab' ich aber nicht."
„Dann zeig' ich es dir."

•

Er hat nicht nachgegeben. Schließlich einigten sie sich. Sie verdient jetzt zwar nicht viel, aber sie braucht jeden Euro. Sie würde weinen, wenn das hilfreich wäre. Erst gestern ist wieder eine Rechnung gekommen. Um zweihundertvierzig Euro hat er beim Lagerhaus Zement geholt – für das Fundament seiner verrückten Rakete! Gustav hat in der Früh bemerkt, dass sie niedergeschlagen war. „Sixtus", hat er gesagt, „macht dir Sorgen!"

„Nein, warum ...“ Dann hat sie doch angefangen zu weinen. Er hat sich hinter ihren Stuhl gestellt und seine Hände auf ihre Schultern gelegt. Sie hat zu weinen aufgehört, und Gustav hat ihre Schultern weiter gestreichelt. Zuerst ist sie erschrocken, hat ihn abwehren wollen, doch sie hat es geduldet. Wortlos ist sie dagesessen, hinter ihr Gustav, und seine Hände haben sie gestreichelt.
„Ich muss jetzt arbeiten anfangen“, hat sie schließlich gesagt, ohne Gustav anzuschauen.
„Auch ich werd' etwas tun müssen.“ Gustav ist hinausgegangen, ohne sich umzudrehen.
Dann hat sie sich schwere Vorwürfe gemacht. Warum hat sie ihn ihre Schultern streicheln lassen? Warum? Sie hat eine Sünde begangen. Keine schwere, aber doch eine. Sie wird dafür büßen müssen. Es darf nie wieder vorkommen. Was, wenn Gustav nicht nur ihre Schultern streicheln will? Als sie heimgeht, wartet Gustav vor dem Haus auf sie. Das ist neu, denn meistens ist er zu der Zeit mit dem Lieferwagen unterwegs. „Paula“, sagt er, „ich hoffe, du fasst es nicht falsch auf. Aber wenn du willst, darfst du auch länger arbeiten. Damit du mehr Stunden zusammenbringst und es sich auszahlt für dich“, fügt er noch hinzu.
Sie ist unschlüssig. Ja, mehr Geld könnte sie schon brauchen, aber ... und Sixtus interessiert sich nicht im geringsten für ihre Arbeit. Wahrscheinlich merkt er nicht einmal, wenn sie nicht da ist. Wenn er zu essen hat und in seiner Hütte arbeiten kann, ist er zufrieden. Nur manchmal, in der Nacht, da zeigt er Interesse an ihr. Dann will aber sie nicht mehr.
Sie wird morgen wieder arbeiten gehen und sich sofort wehren, wenn ihr Gustav zu nahe treten sollte. Es ist

aber auch möglich, dass er es gar nicht mehr probiert. Heute hat sich diese Situation einfach ergeben. Ja, so ist es! Plötzlich erhellt sich ihr Gemütszustand wieder: Sie wird auch länger arbeiten und richtig Geld verdienen. Ihre Schulden werden kleiner werden, und dann wird sie etwas auf die Seite legen können. Fast vergnügt ist sie jetzt. Sie muss noch etwas unternehmen. Es ist viertel nach sieben. Sixtus wird arbeiten, bis es dämmerig wird. Also besucht sie die Nachbarn für ein Stündchen. Sie treffen einander sowieso viel zu selten. Ein kleines Päckchen Mon Cheri nimmt sie mit für Mathilde, auch der Alfons, das weiß sie, mag die Schleckereien. Auf andere Gedanken kommen, das schadet nie. Also geht sie los, es sind nur zwei Minuten.

4

„Rosa! Rosa!" Leonhard stürzt ins Haus.
„Was ist denn? Warum schreist denn so?" Hoffentlich hat er sich nicht in die Hand gehackt. An der Küchentür treffen beide zusammen. „Rosa, es geschehen noch Wunder!" Schelmisch hält er eine Hand hinter den Rücken.
„Hast dir hineingehackt?"
Sein Gesichtsausdruck verrät, dass es nicht so ist. „Nein, hineingehackt hab' ich mir nicht." Sein Grinsen wird immer breiter.
„Jetzt zeig schon, was du da hast."
Leonhard nimmt die Hand nach vorn und öffnet sie, hält ihr eine kleine, runde Plastikdose vor die Nase.
„Und was ist damit? Wegen dieser Plastikdose plärrst du durch die Gegend?"

Er reicht sie ihr. „Mach sie auf!"
Der Deckel klemmt; endlich bringt Rosa sie auf – und bekommt große Augen. „Geld, das ist ja Geld!"
„Zähl es!"
Vorsichtig nimmt Rosa das Geld heraus. Es sind vier große Scheine. „Zweitausend Euro! Wo hast du die her?"
„Das ist das Wunder, Rosa! Die sind im Holz gewachsen."
„Halt jemand anderen zum Narren, aber nicht mich."
„Es stimmt, Rosa. Wie ich den Brennholzstock mit der großen Hacke auseinandergehauen habe, ist plötzlich die Dose dagelegen."
Rosa schaut abwechselnd die Dose und Leonhard an.
„Die hat jemand versteckt. Wie ich genauer geschaut hab', hab' ich ein faustgroßes Loch im Holzstock entdeckt. Die muss jemand hineingesteckt haben, als der Birnbaum noch gestanden ist."
„Aber jetzt gehört sie uns!" Rosa muss sich erst einmal setzen. Zweitausend Euro ..., das sind sechsundzwanzig, ja sogar ein bisschen mehr, siebenundzwanzig, jedenfalls fast dreißigtausend Schilling! Gewachsen im alten Birnbaum neben dem Haus. Fast muss sie lachen. Es geschehen tatsächlich noch Wunder! Sie faltet die Fünfhunderter zusammen und legt sie wieder in die Dose. Schützend legt sie ihre Hand darauf. Ihr ist soeben ein komischer Gedanke gekommen. „Leonhard, wenn sich nun jemand meldet, dem auffällt, dass wir den Birnbaum umgeschnitten haben. Und wenn der behauptet, er habe da Geld deponiert, dem brauchen wir es doch nicht zu geben – oder?"
„Nein. Jetzt einmal langsam. Erstens gehört der Baum uns, wir haben ihn vor drei Jahren mit dem ganzen An-

wesen mitgekauft. Und zweitens: Wer weiß, dass wir das Geld überhaupt gefunden haben?"
„Niemand!"
„Eben."
„Aber so offen dastehen lassen wir die Dose auch nicht. Es könnte jemand kommen." Rosa nimmt die Dose und überlegt …
„Stell sie in die Kredenz."
„Aber dann zum Schlafengehen nehm' ich sie mit."
„Ja, dann! Gibt es heute Abend nichts zu essen?"
„Oh Gott!" Rosa stürzt vom Hausgang in die Küche. Ein scharfer, nach Verbranntem riechender Geruch zieht durchs Haus. Rosa reißt die Pfanne vom Herd.
„Die Zwiebel, ich habe Zwiebel angeröstet …"
„Und? Ist sie schon braun?"
„Hör auf, schwarz ist sie! Du hast mich drausgebracht."
„Kochst halt etwas anderes."
„Magst Omelett? Das geht schnell."
„Jaja, etwas halt. Vom Holzhacken hab' ich Hunger gekriegt."
„Es wird nicht lang dauern."
Leonhard geht ins Bad, wäscht sich die Hände, danach setzt er sich in die Küche. Dann serviert sie ihm das erste Omelett. „Zerrissen ist es beim Umdrehen. Leonhard, ich bin glatt ein bisschen durcheinander."
Er schmunzelt und isst. Das ist ein interessanter Tag heute. Nachmittags hat Evelyn, die Tochter, angerufen, dass sie die Führerscheinprüfung spielend – ja, sie hat es betont – spielend bestanden habe, und dann, am Abend findet er noch zweitausend Euro in einem Stück Brennholz! Gestern erst hat er den Birnbaum um- und in kleine Stücke geschnitten, und heute hat er sie

mit der großen Hacke aufgespalten. Einige Stöcke, die stark von Ästen durchwachsen sind, muss er noch mit der Motorsäge bearbeiten. Da richtest du mit der Hacke wenig aus. Ganz kleine Scheite zu machen, hat er nicht vor, dazu ist der Baum zu verwachsen, zu astig. Der Birnbaum wird sie aber zwei Winter wärmen. Den „Stammling“ hat er drei Meter lang gelassen. Den lässt er zu Brettern schneiden.

„Leonhard, schau, das nächste.“ Rosa nimmt den leeren Teller und schiebt ihm den vollen hin. Diesmal ist das Omelett wunderbar goldgelb, nicht eingerissen, und mit Zucker und Marmelade hat sie auch nicht gegeizt. Leonhard blickt zum Herd – und genau in diesem Moment schaut sie zu ihm. Liebe liegt in beider Blick. Rosa ist eine gute Frau. Manchmal ein bisschen aufbrausend, aber das ist schon besser geworden. Oder er nimmt es gelassener. Jetzt kommt sie mit dem dritten Omelett.

„Eigentlich Rosa, eigentlich hab' ich mit zweien genug.“

„Heute isst du drei. Die hast du dir auch ordentlich verdient.“

Sie stellt sich hinter ihn, legt ihren üppigen Busen auf seine Schulter, dann beugt sie sich vor und drückt ihm einen Kuss auf die rechte Wange.

„He, was ist denn das?“

Das hat Rosa schon lang nicht mehr getan. Lächelnd geht sie wieder Richtung Herd. Sie ist in Hochstimmung. Ein richtig guter Tag ist heute. Evelyn hat die Führerscheinprüfung bestanden, und sie kann sich jetzt die Salatschleuder und vielleicht neue Trachtenschuhe leisten. Länger schon steht vor allem die Schleuder in ihrem Wunschdenken ganz oben. Vorgestern, Johanna hat eingeladen zur Tupperparty, hätte sie sie schon

beinahe bestellt, dann aber doch noch gezögert. Und jetzt, jetzt geht es ganz leicht. Sicher, einen Großteil des Geldes werden sie sparen, sie müssen sparen, schließlich haben sie vor drei Jahren dieses kleine Anwesen mitten im Wald gekauft, aber ein bisschen etwas werden sie sich leisten. Vielleicht auch noch eine Flasche Eierlikör. Sie trinkt nicht ständig, aber dann und wann ein Stamperl. Mit der letzten Flasche hat sie über ein Jahr gehabt.
Jetzt sitzt auch Rosa am Tisch und isst ihr Omelett.
„Gut ist es gewesen, extragut." Zufrieden sitzen beide da. Lang ist es her, dass Leonhard das Essen gelobt hat.
Rosa räumt und wäscht ab, überlegt dabei, wie sie …
„Rosa, mir ist da etwas eingefallen, etwas …" Nachdenklich schaut er drein.
„Nein, Leonhard …!"
„Du weißt ja gar nicht, was ich sagen will."
„Dann sag es."
Wie sie nur so schnell umschalten kann? Von lieblich auf barsch. „Muss man nicht, wenn man etwas findet, den Fund melden?"
„Wo melden?"
„Beim Fundamt oder bei der Gemeinde oder bei der Polizei?"
„Leonhard!" Wie sie seinen Namen ausgesprochen hat – vorwurfsvoll, als hätte er gesagt, er habe eine andere.
„Ich hab' ja nur überlegt …"
„Leo" – das sagt sie nur, wenn sie zornig ist – „dein Sinn für Ehrlichkeit ist schon recht, aber das geht jetzt zu weit!" Die letzten Worte stößt sie laut heraus. „Glaubst du, wir sehen da noch einen Euro, wenn du das bei der Gemeinde oder bei der Polizei meldest? Bei der Polizei …, ha, ja bravo! Meld es bei der Polizei, zuletzt wirst du

noch eingesperrt! Weil dir dein Märchen vom Baumstock niemand glaubt, verstehst du? Fünf Jahre werden sie dir geben!“ Rosa muss Luft holen, dann beginnt sie zu weinen.
„Rosa …“
„Lass mich“, faucht sie.
„Wir müssen es ja nicht melden, das ist nur so ein Gedanke gewesen …“ Sie hört augenblicklich zu weinen auf. Er legt eine Hand auf ihre Schulter. Mit tränenverschleierten Augen schaut sie ihn einen Augenblick an. Leonhard ist elend zumute. Zuerst diese wunderbare Stimmung, mit einem Satz hat er alles vernichtet.
„Ich geh' schlafen“, sagt Rosa und steht auf.
Soll er „Gute Nacht“ sagen? Soll er auch gleich gehen? Soll er sich noch einmal entschuldigen?
Ohne sich umzuschauen, geht Rosa hinaus, doch bevor sie die Tür schließt, sagt sie „Gute Nacht“.
Auch Leonhard sagt „Gute Nacht“. Planlos bleibt er zurück. Soll er fernsehen oder lesen? Oder … er wird ein paar Minuten warten und dann auch schlafengehen. Vielleicht, so hofft er, hat sie sich dann ein wenig beruhigt. –
Rosa fühlt sich elend. Sie schleicht die Stiege hinauf und legt sich ins Bett. Ihr verdammtes Temperament! Sie weiß, dass sie zu weit gegangen ist. Sie hätte Leonhard nicht so anfahren dürfen. Er ist halt ein ganz Ehrlicher. Ehrlich ist sie auch, Leonhard ist aber dazu noch gutmütig, sehr gutmütig. Das ist zwar auch recht, aber man muss auch das Finanzielle betrachten. Führte sie nicht die Finanzen, hätten sie das kleine Gut nicht kaufen können. Und dann so ein Geldsegen – aus heiterem Himmel! So etwas darf man doch nicht leichtsinnig vertun! Schade um die schöne Stimmung, die sich beim

Essen aufgebaut hat. Fast ein romantisches Gefühl hat sie gespürt. Jetzt kommt Leonhard die Stiege herauf. Sie dreht sich zur Wand und schläft. –

Schläft sie schon? Nein, das gibt es nicht, er hat doch nur sieben, höchstens acht Minuten gewartet. Sie stellt sich nur schlafend. Behutsam, ohne Lärm, zieht er sich aus und legt sich ins Bett. Soll er das Licht abschalten oder noch warten? Er schaltet das Licht aus. Rosa rührt sich nicht. Schlafen kann sie aber auch noch nicht. Er stützt sich auf einen Ellenbogen und schaut hinüber. Er stellt aber nur fest, dass man im Dunkeln nichts sieht. Er lässt sich wieder zurückgleiten. Aber er wagt noch einen Versuch. Seine rechte Hand wandert unter der Bettdecke Richtung Rosa. Sie findet sie, verharrt einen Moment reglos. Da keine Abwehrreaktion erfolgt, wandert die Hand weiter, ist plötzlich unter Rosas Nachthemd und spürt ihre weiche Wärme. Auch Leonhard spürt sie … und noch mehr. Seine Hand gleitet nach oben, beginnt die Landschaft zu erkunden und findet zwei wunderbare Hügel, dazwischen ein Tal. Auf den Spitzen der beiden Erhebungen sind nochmals kleine Vorsprünge, die zum Verweilen einladen. Seine Hand tastet …

„Leonhard!" Sie schüttelt ihn ab, aber nur vage.

„Was ist?"

„Ich hab' schon geschlafen."

„So …?"

„Und jetzt lässt mich jemand nicht in Ruhe."

„So, so …"

„Ein Mann."

„Du hast einen Mann im Bett?"

„Du Schlawiner, du scheinheiliger." Rosa dreht sich zu ihm herum und wird nun ihrerseits aktiv. Ihre Finger

umkreisen seinen Nabel ... Leonhard und Rosa lieben einander wie schon lange nicht mehr!
„Ein schöner Tag heute ..."
„Ja, Rosa, ein schöner Tag."
„Evelyn ist noch nicht heimgekommen."
„Rosa, sorg dich nicht, die wird halt ein bisschen feiern."
„Ja ...", zärtlich streichelt sie Leonhard.
„Rosa, wegen dem Geld ..."
„Du hast recht, Leonhard. Wenn uns aber ein bisschen gelassen wird von dem Geld, dann kauf' ich mir etwas."
„Was denn? Ah, neue Trachtenschuhe hast einmal gesagt."
„Ja, vielleicht auch. Aber zuerst bestell' ich mir eine Salatschleuder."
„Was ist denn das?"
„Das verstehst du nicht." Glücklich lächelnd fallen Rosa die Augen zu.

5

Die Sache läuft gut, sehr gut sogar. So hat er sich das auch vorgestellt. Der Fall Langenhaxl war heute im Vorstand der Raiffeisenbank Unterhirschen ein Thema. Nicht nur der, aber eben auch. Die werden da nicht mehr herauskommen. Sixtus werkt und bastelt an seiner Rakete, sein finanzieller Aufwand steigt stetig, und Paula, die arbeitet zwar ein paar Stunden beim Schmauser, aber aufhalten wird sie das Ganze auch nicht mehr können. Der Rahmen des Girokontos ist dann noch einmal erhöht worden, zum letzten Mal!

Toni muss nur darauf achten, dass nicht auch ein anderer Lust auf dieses Objekt bekommt. Und wenn – dann muss er der Schnellere sein. Das Häusl der beiden ist ja nicht viel wert, aber beim Grund, auf dem es steht, schaut die Sache ganz anders aus. Er nimmt sich vor, ein bisschen vorzufühlen, nicht bei Six, mit dem kann man nichts Ernsthaftes besprechen, aber mit Paula wird er reden. Paula – er hat sich auch einmal bemüht um sie, es ist jedoch nichts daraus geworden. Sie hat ihm auch – sehr hochnäsig – erklärt, Bäuerin wolle sie auf keinen Fall werden. Ist sie dann auch nicht geworden. Und er hat Erika gefunden, schnell nach seinem Bemühen um Paula. Sonst wäre Paula nicht so einfach davongekommen. Er mag es nämlich nicht, wenn er abgewiesen wird. Aber jetzt hat er die Trümpfe in der Hand! Und er wird sie ausspielen, sehr vorsichtig, einen nach dem anderen …

Toni schaut auf die Uhr – bald elf. Er wird schlafengehen. Er ist sehr zufrieden mit sich selbst. Sein Weitblick hat sich wieder einmal bestätigt. Dabei war es zuerst mehr ein Zufall, dass er in die Sache eingreifen und sie gezielt beschleunigen konnte. Hätte Six ihn nicht angesprochen wegen diesem Eisenrohr, womöglich wäre alles anders gelaufen. So aber – durch sein rasches Begreifen und Kombinieren und zuletzt Verschenken des Eisenrohrs steigerte sich Six erst richtig hinein. Er hatte plötzlich – und dazu noch kostenlos – den Hauptbestandteil seiner Rakete einem dummen Bauern abgeluchst, dem er eingeredet hatte, dass ein Eisenrohr den Blitz anzieht! Das Geschenk an Six wird Früchte tragen, goldene Äpfel, zumindest silberne. Denn der Trottel baut weiter mit einem Rieseneifer. Er sieht es auch im Lagerhaus. Six braucht immer mehr! In ein paar Mona-

ten, spätestens in einem halben Jahr, werden die beiden so tief drinstecken, dass sie nicht mehr herauskommen, jedenfalls nicht mehr von allein. Da wird dann ein Retter kommen – und dieser Retter wird er sein! Ja, mit Paula wird er reden; es muss nicht gleich sein, vielleicht ergibt sich einmal eine ungezwungene Gelegenheit. Er wird ihr nicht drohen, auch keine Bedingungen stellen. Wenn sie einsichtig ist, wird sie ... Wenn sie aber nicht einsichtig sein will? Es wird besser sein für die beiden, wenn sie ihm nicht zu schroff kommt. Sonst müsste er zu anderen Methoden greifen.
Ein bisschen erregt hat ihn dieses Nachdenken. Erika wird zwar schon schlafen, aber nicht mehr lang. Federnden Schrittes durchquert er den Hausgang und steigt die Stiege hinauf.

6

Olga findet keinen Schlaf. Es ist bald Mitternacht, aber sie kriegt kein Auge zu. Sie hat große Angst – nicht vor der Nacht oder der Dunkelheit, nur vor dem, was letzte Nacht war und was sie dann tat. Sie findet keine Lösung und hofft, dass sie niemand gesehen hat und dass bei Gottlieb nichts auffällt. Aber das ist fast unmöglich. Da müssten sie ihn schon ... Wie nennt man das? Am Freitag ist die Beerdigung, hat sie gehört. Wenn die vorbei ist, wird sich auch ihre Angst legen. „Der arme Gottlieb, überfahren auf dem neuen Kreisverkehr", werden alle sagen.
So ist es aber nicht gewesen. Ihr schwirrt der Kopf, sie wird eine Tablette nehmen, sonst kann sie morgen nicht arbeiten gehen. Sie arbeitet im neuen Supermarkt.

Warum hatte der Trottel auch ein schwaches Herz. Aber: Sie war schon auch gut! Ein fast neues Kinderfahrrad hatte er angeschleppt für Anna, ihre Tochter – da gab sie nach. Das Rad hätte sie nie bezahlen können. Das Leben ist verflucht teuer heutzutage: die Miete, der Strom, das Wasser – und leben will man auch noch. Gut, die Woche Kroatien hätte nicht unbedingt sein müssen – aber ihre Freundinnen prahlen doch auch. Der Flachbildfernseher – es ist halt ganz etwas anderes als früher. Gottlieb hatte sie wohl im falschen – für ihn richtigen – Moment erwischt. Ihr Freund hatte sich schon lange nicht mehr gemeldet, wer weiß, ob sich Heli überhaupt noch einmal sehen lässt. Da wurde sie schwach. Es ist wirklich ein sehr schönes Rad, und Anna hat solche Freude damit.
Um zehn kam Gottlieb. Ab neun schläft Anna. Zuerst ließ sich alles ganz nett an. Sie tranken ein Likörchen oder zwei, dann gingen sie ins Schlafzimmer. Gottlieb flippte fast aus, als sie sich auszog, ganz langsam – die neue Unterwäsche trug sicher ihren Teil dazu bei, dass ihm die Augen fast herausfielen. Und später begann er plötzlich zu röcheln, ehe er zur Seite kippte. Und dann war es aus mit ihm. In ihrer Panik wollte sie zuerst den Arzt oder die Rettung rufen, zögerte aber gleich. Wie würde sie dastehen? Was denen erklären? Zuletzt stünde sie womöglich als Nutte da. Sie fühlte Gottliebs Puls, aber da war nichts mehr. Irgendwie beruhigte sie das, wenigstens brauchte sie sich keine Vorwürfe zu machen. Da wäre nämlich ohnedies jede Hilfe umsonst gewesen. Dann begann sie zu überlegen. Schließlich beschloss sie, Gottlieb in den Kofferraum ihres Peugeot zu verfrachten und irgendwo abzuladen. Das mit dem Überfahrenwerden fiel ihr ein, als sie auf den Kreisver-

kehr zufuhr. Zur Sicherheit drehte sie zwei Runden, um sicher zu sein, dass kein anderes Auto kam. Sie hielt an, zerrte Gottlieb aus dem Auto und fuhr sofort Richtung Autobahn weiter. Im Nachhinein trieb ihr die Angst den Schweiß aus den Poren, aber staunen musste sie doch über ihre Kaltschnäuzigkeit. In der Not ist man wohl zu vielem fähig. Sie drehte um, fuhr zum Kreisverkehr zurück und – Gottlieb lag noch da, sie wich ihm aber aus – dann nach Hause. Anna schlief tief und fest und hatte von all dem nichts bemerkt. Sie selber konnte nicht schlafen, und in der Früh rief sie im Supermarkt an, dass sie krank sei, am nächsten Tag aber bestimmt wieder kommen werde. Und jetzt muss sie schlafen und nimmt zwei Tabletten. Die Idee, dass Gottlieb überfahren worden wäre – dass es zumindest so aussah – kommt ihr noch einmal in den Sinn. Das war die beste Idee, die sie je hatte. Hätte sie ihn irgendwo abgeladen, wäre Gottlieb irgendwann gefunden worden. Dann wäre es zu Nachforschungen gekommen, und zuletzt hätte man sie womöglich gefasst – auf diesem Gebiet sind sie heute auf Zack!
Aber so!? Es wird schon öfter jemand überfahren. Wahrscheinlich sind ihre ganzen Sorgen ohnehin umsonst. Eigentlich kann sie ganz beruhigt einschlafen.

7

Von allen Seiten wird Mathilde angesprochen und angerufen. Alle gratulieren. Sie habe richtig und schnell gehandelt und der „Gamperin“ solcherart das Leben gerettet. Sogar der Bürgermeister meldet sich und dankt.

Die Gamperin war eine angesehene Geschäftsfrau: Eisenwaren, Werkzeuge und derlei Sachen. Ihr Mann Albert lebt seit zehn Jahren nicht mehr. Lebensretterin ist Mathilde schon genannt worden, und der Bürgermeister hat versprochen, er werde sie auch anmelden in Innsbruck bei der richtigen Stelle, damit sie bei der nächsten Verleihung die Lebensrettermedaille kriegt.
Über die Stiege war die Gamperin heruntergegestürzt und halbtot liegen geblieben. Mathilde fand sie, weil sie um einen Schirm fragen wollte. Zuerst traf sie sie nicht an, in der Küche, dann bildete sie sich ein, von oben – sie glaubte jedenfalls, von oben etwas zu hören – etwas zu hören. Das grässliche Stöhnen kam aber von hinten. Dort entdeckte sie dann auch die Arme – und erkannte sofort, was geschehen und zu tun war.
Zwei Tage ist's nun her, die Gamperin liegt wohl noch im Spital, ist aber wieder ansprechbar. Sie redet zwar ein bisschen wirr daher und meint sogar, jemand hätte ihr einen Stoß versetzt oben an der Stiege – aber sonst geht es ihr jedenfalls wieder besser. Wenn Mathilde nicht zufällig, besser gesagt, wenn sie an diesem Vormittag nicht zur Friseurin gegangen wäre, oder genauer, wenn sie dort nicht ein paar Minuten warten hätte müssen – ach was, das Schicksal hat es so gewollt. Sonst wäre die Gamperin längst hinüber. Dann hätten sie am Montag wieder ein Begräbnis. Heute Nachmittag ist das von Gottlieb.
Mathilde fühlt sich nicht als Lebensretterin. Ein Lebensretter springt ins Wasser, holt jemanden heraus und geht dabei womöglich selbst unter. Vielleicht macht man deshalb das ganze Theater, weil die Gemeinde von der Gamperin Grund gekauft hat und noch mehr kaufen will. Man hat immer geglaubt, die Gamper wären

reich, dabei haben sie Schulden. Er soll das ganze Geld ins Casino getragen haben. Ja, diese Männer, nichts als Probleme hat man mit ihnen!
Gestern hat sich der Makler gemeldet, am nächsten Wochenende kann sie sich ein paar Wohnungen anschauen. Die eine ist eine kleinere im fünften Stock, die andere, eine große und elegante, liegt sogar im siebten Stock. Es gebe aber einen Lift, hat er betont. Woher soll der Makler auch wissen, dass ihr der Lift nicht wichtig ist, sondern einzig und allein die Höhe.
Dann taucht Paula, die Nachbarin, auf. Sie jammert ein bisschen über den Ihren, was allerdings verständlich ist. Es kann nicht einfach sein, mit einem Spinner verheiratet zu sein. Paula arbeitet halbtags beim Schmauser.
„Wird er nie aufdringlich, wo er doch jetzt schon ein Jahr allein ist?“, fragt Mathilde.
Paula zögert kurz. „Nein“, sagt sie dann.
Also doch, denkt sich Mathilde.
„Und Sixtus arbeitet immer fest in seiner Holzhütte?“
Paula seufzt.
„Er arbeitet an etwas Technischem?“
„Ja, etwas in dieser Richtung.“
Dann springt Paula auf und geht. Warum ist sie überhaupt gekommen? Weil sie einander so selten treffen, hat sie betont. Warum ist sie dann nicht länger geblieben? Und Mathilde hat nichts Interessantes erfahren. Dass Six an einer Rakete baut, weiß sie selber. Dass ein zuerst normaler Mann nur so komisch werden kann?!

•

Sixtus arbeitet heute auf dem Dach der Holzhütte; die Arbeit ist nicht ungefährlich; er muss höllisch aufpassen, um nicht herunterzufallen. Er schneidet, nachdem er die Dachziegel entfernt hat, auf der linken und rechten Seite, einen Meter vom Giebel gemessen, jeweils drei Dachsparren ab. Damit sie nicht in den Innenraum fallen, hat er sie mit starken Holzstangen unterspreizt. Die Sparren werden daher, wenn er sie abgeschnitten hat, trotzdem in derselben Lage bleiben. Das muss auch so sein, denn er schraubt dann auf der Oberseite der Sparren – genau über der Schnittstelle – ein starkes Scharnier drauf. Ist das bei allen sechsen geschehen, kann dieser mittlere Teil des Daches beidseitig aufgeklappt werden. Das geschieht allerdings erst kurz vor dem Start der Rakete. Mit der Handsäge sechs Sparren abschneiden, macht ihn schwitzen. Er hätte zwar eine Motorsäge, aber die ist laut. Die Nachbarn würden zusammenlaufen, aufs Dach klettern und hineinschauen wollen. Was jedoch er nicht will. Dann wäre es keine Überraschung mehr, wenn es so weit ist.

„Sixtus, was tust denn heute auf dem Dach?" Doris, die Nachbarin. Mit dem Fahrrad ist sie unterwegs.

„Ich schau' nur, wo ein günstiger Platz für die Fernsehantenne ist."

„Aha", sagt sie. Er unterbricht das Schneiden, sonst kommt sie womöglich auf den Gedanken, er tue etwas anderes. „Pass auf, da oben." Sie winkt ihm zu.

„Ja, ja, ich …" Er bringt den Satz nicht fertig, da klirrt es, ein Schrei folgt – als er hinunterschaut, sieht er Doris neben der Straßenlaterne liegen, das Fahrrad obenauf. Auf dem Boden ist's gefährlicher als hier heroben, denkt Sixtus und arbeitet weiter. Weil man – erstens – auf dem Dach nicht mit dem Rad fahren kann und – zweitens – keine Straßenlaternen im Weg stehen. Diese Erkenntnis bringt ihn zum Lachen. „Ja, ja, schaden-

froh auch noch, der Trottel ..." Doris ballt drohend die Faust, dann schiebt sie hinkend das Rad davon.
Das allerdings hat er nicht gewollt. Er hat nicht über Doris gelacht, sondern über seine Erkenntnis. Dass ihn Doris einen Trottel genannt hat, verzeiht er ihr, wahrscheinlich wäre er im ersten Zorn auch ungehalten gewesen. Jetzt muss er aber weitermachen. Es könnte über Nacht regnen, also muss alles wieder zu und die Dachziegel an Ort und Stelle sein. Etwas hat er sich endgültig aus dem Kopf geschlagen, und er wird diesen Entschluss auch nicht mehr ändern: Er fliegt nicht mit! Zeitweise hat er überlegt, ob so etwas nicht möglich wäre. Ein „bemannter Raketenflug"! Das wäre natürlich das Höchste. Allerdings auch höchstgefährlich! Die zweite Phase des Flugs wäre die bedrohlichste. Zuerst beim Aufstieg – sicher, der Druck nach dem Start würde gewaltig sein, aber den würde er aushalten, wenn die Rakete nach ein paar tausend Metern aber langsamer wird, der Schub nachlässt und schließlich ganz ausbleibt, wird sie sich neigen, ein paar Sekunden waagrecht in der Luft liegen, dann aber – schwerkraftbedingt – mit der Spitze voran erst langsam nach unten fallen und schließlich aus großer Höhe ungebremst nach unten rasen. Würde das Geschoss vor dem Aufschlag am Boden möglicherweise noch ein Haus durchbohren, wäre er bestimmt zehn Mal tot! Sollte er Glück haben und die Rakete im „Bruggermoor" einschlagen, würde ihm das nur wenig helfen, weil er zwanzig Meter tief im Schlamm unten stecken würde, was genauso das Ende wäre. Nein, selbst wird er sich nicht vernichten. Außerdem: Paula würde den Startknopf nie drücken! Auf diesem Gebiet ist sie nicht nur zögerlich, sondern richtig feig. Die Rakete wird aus der Ferne gezündet.

Das hat er schon alles vorbereitet, da kennt er sich aus. Schließlich hat er nach der Schule Elektriker gelernt. Nun muss er herunter vom Dach, weil er erstens aufs Klo – auch die kleine Sache erledigt man nicht vom Dach aus – und zweitens es tun muss. Es ist eine richtige Sucht geworden: Er muss durch die Rakete hinaufschauen! Diesen Nervenkitzel braucht er. Sie baumelt immer noch am Gurt in der Hütte. Die drei Stützbeine sind immer noch nicht angeschweißt, und die Spitze hat er abgeschraubt, weil sie das Rohrinnere dunkel, fast schwarz gemacht hat.
Da fällt ihm ein, dass er heute viel mehr zu sehen bekommen wird als die Dachunterseite, heute sieht er direkt in den Himmel. Er betritt die Hütte, sperrt zu, kniet nieder und schaut. Plötzlich ein scharfer Schlag auf den Rücken, es drückt ihn zu Boden, er kriegt keine Luft mehr, es wird dunkel um ihn: „Die Rakete!" ist sein letzter Gedanke. –

•

„Sixtus, ich geh' zur Beerdigung vom Gottlieb. Kaffee gibt's heute ein bissl später", sagt Paula. Manchmal ist Sixtus so in seine Arbeit vertieft, dass er nicht antwortet. In der Regel sind mehr Leute bei einem Begräbnis als bei Gottliebs Begräbnis. Dafür gibt es mehrere Gründe. Freitag ist ein Wochentag, Gottlieb war bei keinem Verein und in keinem Krieg, dafür hat er „gesoffen". Das Begräbnis nimmt trotzdem einen feierlichen, würdigen Verlauf. Der Pfarrer skizziert Gottlieb in der Predigt als korrekten, gläubigen Christen, der fest am Glauben festgehalten habe, obwohl ihn das Schicksal kaum einmal verwöhnt hat. Einmal mehr beweise das der tragische

Tod auf der Straße, der ihn viel zu früh aus dem hiesigen Dasein gerissen habe. Ein paar Gestalten wohnen dem Gottesdienst bei, die man in Unterhirschen noch nie gesehen hat. Es sind keine Kirchgänger, bei jedem Aufstehen und Hinsetzen reagieren sie nämlich mit ein paar Sekunden Verzögerung.
„Gesindel!", zischt eine alte, fromme Frau.
Ein Satz gibt manchen jedes Mal zu denken. Wenn der Pfarrer „für den aus unserer Mitte, der als Nächster vor das Antlitz Gottes treten wird", betet. „Vater unser, der Du bist im Himmel, geheiligt werde Dein Name, Dein Reich komme, Dein Wille geschehe, wie im Himmel so auch auf Erden. Unser tägliches Brot gib uns heute und vergib uns unsere Schuld, wie auch wir vergeben unseren Schuldigern und führe uns nicht in Versuchung, sondern erlöse uns von dem Bösen. Amen."
Auch Olga betet mit und hofft, dass alles gutgeht. Erst wenn Gottlieb unter der Erde ist, wird sie wieder ohne Angst leben können. Die letzten Tage waren furchtbar.
Langsam neigt sich die Begräbnisfeierlichkeit dem Ende zu; bis auf ein paar, es werden Verwandte von Gottlieb sein, verlassen alle das Geschehen. Olga macht sich am Grab ihrer Großmutter – es liegt am anderen Ende des Friedhofs – zu schaffen. Sie muss noch etwas abwarten, um ganz beruhigt sein zu können.
Ah, sie fahren bereits vor. Wenn alle Leute die Grabstätte verlassen haben, treten die Gemeindearbeiter in Aktion. Sie begraben den Verstorbenen richtig. Totengräber gibt es hier keinen mehr. Olga beobachtet alles aufmerksam. Sie streicht mit einem Kinderrechen von Tochter Anna übers Grab, ebnet die Erde, richtet die Kerzen. Die Arbeiter legen die Bretter auf die Seite und lassen den Sarg in die Grube. Früher hat man das wäh-

rend der Zeremonie getan, aber manchmal hat der Sarg geklemmt und wollte nicht hinunter. Heutzutage geht man auf Nummer sicher und erspart den Verwandten manche Peinlichkeit. Jetzt schaufeln sie die Erde auf den Sarg, zuletzt werden sie sie festtreten. Nun hat Gottlieb Schatten für immer. Diese Hitze mag er nicht, hat er noch vor vier Tagen gestöhnt.
Wie erlöst sich Olga fühlt! In der vergangenen Nacht hat sie geträumt, dass – ehe man den Sarg hinuntergelassen hat – plötzlich zwei Männer in weißen Kitteln dagestanden seien und befohlen hätten, den Sarg zu öffnen, weil sie Gottlieb auf der Stelle obduzieren müssten. Schweißgebadet und zitternd ist sie aufgewacht. Aber es war alles nur ein Traum. Gott sei Dank!
Die Arbeiter haben endlich getan, was zu tun war; einer steckt sich eine Zigarette an. Sie will schnell ein paar Worte mit ihnen wechseln. Rudi ist auch dabei, und den Rudi mag sie. Er hat ihr geholfen, als es ihr einmal dreckig ging, weil der Ford und der Kühlschrank gleichzeitig den Geist aufgegeben hatten.
„Hallo, ihr habt immer die letzte Arbeit dann …"
„Olga? Du heute nicht in der Arbeit?"
„Nein, ich hab' mir den Nachmittag frei genommen."
„Fesch bist du. Schwarz steht dir gut."
„Danke, Rudi." Peter fährt mit dem Auto ein paar Meter zurück.
„Und wie stehen die Aktien, Olga?"
„Sie sind im Steigen."
„Dann werd' ich nicht mehr mithalten können."
„Du kannst es probieren." Peter ist wieder da. Olga wendet sich zum Gehen. „Dann macht es gut, ihr zwei."
Als sie sich noch einmal umschaut, winkt Rudi kurz. Sie macht das Gleiche.

8

Leonhard ist unterwegs zur Polizei. Bei der Gemeinde haben sie gesagt, sie seien kein Fundbüro, da müsse er zum Posten gehen. Darauf haben sie daheim wieder überlegt und gezögert, aber jetzt wird er doch mit dem Postenkommandanten reden. Er muss seine Karten ja nicht sofort aufdecken. Und Rosa hat er versprochen, dass ihnen zumindest ein Großteil – wenn nicht alles – vom Geld verbleiben wird. Ihn interessiert auch die Vorgeschichte; nach und nach hat man erfahren, dass sich zwei bekämpft haben sollen bis zum Tod. Aber so ganz hat niemand mit der Wahrheit herausrücken wollen.

„Es ist um viel Geld gegangen", hat der Ralser-Naz einmal gesagt. Aber mehr auch nicht.

„Grüß Gott. Mein Name ist Leonhard Saracher. Kann ich mit dem Postenkommandanten sprechen?"

„In welcher Sache?"

„In einer Fundsache."

Der junge Polizist überlegt kurz und verschwindet.

„Herr Saracher, kommen Sie herein." Leonhard wird in das hintere Zimmer geführt, wo ihn der Postenkommandant erwartet und freundlich begrüßt.

„Was haben Sie gefunden, Herr Saracher?"

Leonhard weiß nicht recht, wie er anfangen soll. Eigentlich hat er nach den alten Vorfällen auf seinem Hof fragen wollen, aber der junge Inspektor hat ihn mit der Frage „In welcher Sache?" durcheinandergebracht.

„Sie können ganz offen reden, Herr … Leonhard."

Sie kennen einander, haben sonntags auf der Kirchgasse oder danach beim Wirt öfters miteinander geredet, auch Karten gespielt.

„Herr Ladinger, Herr Postenkommandant, eigentlich hab' ich nur fragen wollen, was auf dem Hof vor meiner Zeit geschehen ist. Aber ich hab' auch etwas gefunden."
„Ich nehme an, dass Sie im Großen und Ganzen darüber informiert sind, Herr Leonhard. Die Details lassen wir besser ruhen."
„Ja, Sie haben wohl recht. Es ist damals auch um Geld gegangen. Und ich hab' Geld gefunden."
„So ...?" Die Miene des Postenkommandanten signalisiert Erwartung und Neugier.
„Das Geld muss versteckt worden sein."
„Und das haben Sie jetzt gefunden? Im Haus?"
„Nein, nicht im Haus. Im Birnbaum."
Ladinger schaut ungläubig, dann beginnt er zu lachen.
„Herr Saracher, Sie sollten mir keinen Bären aufbinden."
„Es stimmt aber. In einem Astloch vom Birnbaum neben dem Haus habe ich das gefunden." Leonhard holt die kleine Plastikdose aus dem Rock und legt sie auf den Tisch.
Ladinger betrachtet alles halb amüsiert, halb streng.
„Und da ist Geld drinnen?"
„Ja."
„Wie viel?"
„Zweitausend Euro."
„Zweitausend Euro ..." Herr Ladinger versucht, sich drei, vier Jahre zurückzuversetzen. Ja, dreitausend Euro hat Theo damals von der Bank abgehoben, eintausend sind in seiner Brieftasche gefunden worden. Die zweitausend hat Theo im Birnbaum versteckt. Lenz, sein ehemaliger Schulfreund, hat ihn bedroht ...
„Warum? Wie sind Sie auf das Versteck gestoßen?"

„Weil ich den Baum umgeschnitten und dann zerkleinert hab'. Er hat uns zu viel Schatten gemacht."
„Und plötzlich ist das Geld dagelegen?"
„Ja, plötzlich war die Dose da." Beide schmunzeln.
„Warum kommen Sie damit zu mir?"
„Wir haben lang überlegt, meine Frau und ich ..."
„Die Frau hätte es nicht melden wollen ..."
„Warum wissen Sie das?"
„Ich bin auch verheiratet." Wieder schmunzeln beide.
„Mir hat es halt keine Ruhe gelassen. Ich wollte auf Nummer sicher gehen."
„Das ehrt Sie, Saracher, aber das Geld gehört Ihnen."
„Ja ...?"
„Sie haben den Hof gekauft, und mit ihm den Birnbaum." Sie unterhalten sich noch ein Weilchen, dann verabschiedet sich Leonhard. Und Kommandant Ladinger gerät ins Grübeln. Plötzlich hat er ein ungutes Gefühl. Stolz ist er nie gewesen auf seine kriminalistische Leistung damals, auch nicht auf die hohe Auszeichnung danach, aber jetzt plagen ihn ernste Zweifel. Theo galt damals als schuldig, man sperrte ihn auch ein. Aber hatte er den Lenz wirklich umgebracht? Theo fürchtete sich vor dem Lenz und versteckte das Geld im Birnbaum; vielleicht stieß er dem Lenz in Notwehr das Messer in die Brust? Lenz könnte sich aber auch selbst gerichtet haben und Theo, bewusst oder unbewusst, als Täter aussehen lassen. „Verfluchte Sache!"
Der junge Inspektor schaut fragend durch die Tür. Mit einer Handbewegung verscheucht er ihn. „Verdammte ..., verdammter Beruf!" Er mag heute nicht mehr, geht heim. Zuvor nimmt er das „Goldene Verdienstkreuz am blauen Band" von der Wand und verstaut es zuunterst in der Schublade.

„Sie gehen schon?“
„Ja, ich geh’ schon.“
Der Junge schaut fragend, hält aber den Mund. Er weiß, es ist besser so.

9

Paula hat in der Früh „Linzer Schnitten“ gebacken. Die nimmt sie mit. Sixtus mag sie, und sie mag Sixtus. Wenn er auch komisch geworden ist, er ist ihr Mann. Und zum Mann hält man – in guten wie in schlechten Tagen. Beinah hätte sie gar keinen Mann mehr. Sixtus’ Leben sei am seidenen Faden gehangen, haben sie im Spital gesagt. Und sie wäre schuld gewesen, weil sie zu oberflächlich war. Sie hat ihm nur zugerufen, zu Gottliebs Begräbnis zu gehen, und eine Antwort erst gar nicht abgewartet und nachgeschaut ebenso wenig. Dabei muss es zu diesem Zeitpunkt schon passiert gewesen sein. Sixtus ist ein Dachsparren auf den Rücken gefallen! Er selber hat das schwere Stück abgeschnitten und von unten mit einer Stange gesichert. Die muss jedoch verrutscht und mitsamt dem Sparren zu Boden gesaust sein. Tragisch nur, dass Sixtus just in dem Augenblick in der Hütte war. Hätte ihn das Holz auf dem Kopf getroffen, wäre er sicher tot gewesen. So hat ihn der Nachbar gefunden – mit drei gebrochenen Rippen, und eine steckte ihm in der Lunge. Nur zehn Minuten später, hat der Arzt gesagt, und Sixtus hätte nicht überlebt. Sie wäre schuld gewesen, sie allein! Sie hat nach dem Begräbnis noch ein Weilchen mit Herta getratscht, Unwichtiges, und daheim hat ihr Mann mit dem Tod gerungen. Sie geht jetzt jeden Abend, außer Mittwoch,

da ist keine, zur Messe. Dabei betet sie innig, dass ihr Sixtus wieder gesund wird.
Es geht ihm schon besser. Wenn er husten oder lachen muss, tut ihm das allerdings ordentlich weh. Es ist nicht sehr weit zum Spital in Oberhirschen. Sie wird bald dort sein. Sie mögen ihn alle gern im Spital, die Schwestern und auch die Patienten. Sixtus hat halt ein sonniges Gemüt. Paula fährt in die Tiefgarage, dort ist immer Platz. Oben sucht man oft vergeblich. Kaffee hat sie mit – und die „Linzer Schnitten". Da wird er sich freuen. Zu essen bekomme er natürlich genug, aber der Kaffee aus dem Automaten sei ein richtiges „G'schlader". Sie hat sich geschämt für diesen Sager, weil er ihn neben einer Schwester gebraucht hat.
Leise klopft sie und betritt das Krankenzimmer. Sixtus schläft. Das hat er sonst nie getan. Was soll sie tun? Ihn wecken oder warten? Sie setzt sich auf einen Stuhl und wird warten. Der Bettnachbar kommt bei der Tür herein.
„Oh, die Paula! Da geht die Sonne auf."
„Sixtus schläft …?"
„Ja, der wird müd sein, wär' in der Früh bald abgekratzt."
„Was? Gibt es Komplikationen? Ich muss zum Doktor." Paula springt auf.
„Die Rippe, die ihm ins Herz gestochen hat …"
„In die Lunge."
„Ja, dann halt in die Lunge, die hat sich ein bisschen entzündet … oder umgekehrt."
„Paula." Sixtus ist munter. Liebevoll streicht sie ihm übers Gesicht, küsst ihn auf die Wange. „Willst du mich waschen?" Ein paar Tropfen sind auf seinen Hals gefallen. Sie ist glücklich, sie weint. Sixtus geht es wieder gut!

Der Bettnachbar schleicht aus dem Zimmer. „Ich hätte nichts sagen sollen. Frauen sind so weich …“
„Hast du noch Schmerzen, Sixtus?“
„Nein, kaum …, nur beim Husten.“ Sie sitzt neben dem Bett und streichelt seine Hand.
Es ist noch einmal alles gutgegangen, Sixtus wird wieder gesund werden. Er hat allerdings viel leiden müssen. Als ihm der Sparren auf den Rücken gefallen war, musste er sogar die Besinnnung verloren haben; jedenfalls kann er sich an nichts mehr erinnern. Der Schmerz muss groß gewesen sein. Warum traf ihn das Holz seitlich am Rücken und nicht am Kopf? Gott hat das Holz gelenkt, dass es ihn nicht am Kopf erwischte oder das Rückgrat brach. Sonst wäre er jetzt tot oder ein Krüppel. Wenn er sein Lebtag an den Rollstuhl gefesselt wäre? Und sie damit in gewisser Weise auch? Aber ihr wäre Recht geschehen. Es wäre die Strafe, die sie verdient hätte.

•

Ihre Mutter hat, als sie die Diagnose Krebs bekam, auch gesagt, das wäre ihre Strafe, die Strafe dafür, dass sie ihren Kurt in den Tod getrieben hatte. Kurt kam damals spät in der Nacht nach Hause, volltrunken – und plötzlich packte sie Angst, riesige Angst. Denn im Suff war Kurt immer grob mit ihr, grob, brutal und pervers. – Paula weiß, was Mutter damit gemeint hat. Sie selbst hat einmal einen solchen Auftritt des Vaters erleben müssen: Der Vater wankte fluchend aus der Küche ins Bad, und für einen Augenblick sah Olga die Mutter nackt und wimmernd auf dem Küchenboden liegen. Der Vater ist ins Bad gegangen. Zuerst hat sie hinunter und der Mutter helfen wollen, dann ist sie aber doch langsam in ihr Zimmer zurück. – An jenem Abend, als Mutter Kurt nach Hause kommen hörte, sperrte sie die Tür von innen zu und ließ den Gatten nicht hinein. Nach einigen Flüchen und wüsten Drohungen brauste er dann mit dem Auto davon – in den Tod. Bei der Ortsausfahrt an der alten Eiche war alles zu Ende. Paula war damals elf. Die Mutter ließ sich später nicht behandeln gegen den Krebs und starb nach acht Monaten. Sie sah ihn kommen, den Tod, aber sie hätte ihn verdient, betont sie öfters. Sie hätte Kurt ja auch in den Tod geschickt.

•

„Paula, was denkst du?"
„Was? Ich, ja, an früher hab' ich gedacht."
„Was hast du denn da drinnen?"
Sie öffnet die Schachtel. „Schau her. Magst du die?"
„Oh, Ribiselkuchen."
„Linzer Schnitten sind das."
„Ja, die mag' ich."
Beide essen von dem Kuchen und trinken Kaffee dazu. Paula ist eine gute Frau. Sie besucht ihn jeden Tag im Spital. Sie bringt auch immer gute Sachen mit. Er hat wirklich Glück gehabt. Der Doktor hat gesagt, es hätte schlimm ausgehen können. Fällt der Dachsparren herunter! Zum Glück hat er gerade durchs Rohr hinaufgeschaut, sonst hätte ihm das Holz wohl den Schädel eingeschlagen. Das hat er aber niemandem gesagt. Einige Tage wird er noch bleiben müssen. Sie bemühen sich alle, aber wie daheim ist es nicht. Am meisten stört ihn, dass er im Spital nicht arbeiten kann. Zu einer Schwe-

ster hat er gesagt, dass er auch helfen würde, wenn sie etwas Passendes haben. Die hat gelacht und abgewehrt. Hermann, seinen Bettnachbarn, den mag er nicht mehr. Er hat ihm, und nur ihm, von seiner Rakete erzählt. Der hat sich jedoch nur krumm gelacht. Aber was kann man schon erwarten von einem, der den ganzen Tag vor dem Computer sitzt. So einer verliert den Sinn für das Große und Gewaltige. Eines aber hat er erreicht, der Trottel: Die Rakete freut ihn nicht mehr wie früher. Schuld daran ist aber auch, dass der Nachbar das, was eine Rakete werden soll, gesehen hat. Paula hat ihm erzählt, dass ihr Martin geholfen hat, als es geschehen ist. Wie lang ist das her? Im Spital verliert man schnell das Zeitgefühl.

„Paula, welcher Tag ist heute?"

„Donnerstag. Warum?"

„Nur so."

„Ja, Sixtus, ich muss wieder heimgehen."

„Kommst du morgen wieder?"

„Freilich. Jetzt muss ich noch mit dem Doktor reden."

„Warum?"

„Hermann hat gesagt, dass du heute in der Früh …"

„Ach der, der hat einen Vogel."

Zum Abschied küsst ihn Paula – richtig, auf den Mund, dann geht sie wieder. Er winkt ihr zu, als sie die Tür schließt. Sixtus ist zufrieden, lehnt sich zurück. Im nächsten Jahr zu Ostern oder spätestens zu Pfingsten hat er die Rakete zünden wollen. Trottel Hermann hat ihm die Freude genommen. Er ist sich nicht mehr sicher, ob er die Rakete fertigbauen soll. Ein Gutes hat dieses Nichtstun und Herumliegen aber doch: Man hat Zeit zum Nachdenken. Und das beginnt bei Sixtus Früchte zu tragen. Er hat bereits einen neuen Plan,

zwar noch nicht ganz ausgereift, aber doch. Wenn er ihn ausführt, dann ... die Auswirkung wird noch gewaltiger sein als der Start der Rakete. Weil es die Leute schocken wird, so schlimm schocken, dass einigen das Herz stehen bleiben wird. Aber die verdienen es, weil sie ihn – Sixtus Langenhaxl – nur auslachen. Er hat das in letzter Zeit öfters gespürt.
Aber sie werden dafür büßen. Sie werden einen solchen Schrecken bekommen, dass sie flüchten und sich verkriechen werden. Weil sie meinen werden, dass das, was sie zu hören kriegen, nicht von dieser Welt sein kann. Das verstärkt das Grauen.
Besonders „Tatschl-Sus" soll und wird es treffen. Diese Betschwester verdient es am meisten. Die trifft es sicher, weil es in der Kirche geschehen wird. Hat es diese traurige Tabernakelwanze nicht gewagt, ihm wenige Tage vor seinem Unfall an den Kopf zu knallen, dass er einen Vogel hätte.
Der neue Plan gefällt ihm immer besser, je länger er darüber nachdenkt, und in diesem Moment – es ist Donnerstag, Ende Mai, neun Minuten nach halb vier nachmittags – verwirft Sixtus endgültig den Raketenabschuss, um sich nur mehr dem neuen Vorhaben zu widmen. Er wird aufpassen, niemandem auch nur ein Wörtchen zu sagen. Wenn er wieder daheim ist, wird er sich den technischen Details widmen. Die Feinheiten ausdenken, das kann er auch im Krankenzimmer. Auch Paula darf nichts merken, nicht den kleinsten Verdacht darf sie schöpfen. Sie würde seinen Plan zunichte machen, ihm vorwerfen, das sei kriminell – und damit auch noch recht haben, denn das, was er will, darf man eigentlich nicht. Etwas basteln ja, aber wenn das Gebastelte geeignet ist, jemanden umzubringen, macht

man sich strafbar. Schon deshalb muss alles perfekt geplant und durchgeführt werden, denn dann wird man den Verursacher vergeblich suchen. Weil es gar keinen geben wird! Sixtus lehnt sich zurück auf den Polster, schließt die Augen, weil er so am besten denken kann – und hört Hermann hereinkommen. „Jetzt schläft der schon wieder“, hört er ihn sagen.

10

Alfons ist in Hochstimmung. Es ist wieder so weit! Über eine Stunde wartet er schon und hat sich ganz still verhalten. Endlich ist eine gekommen. Sie hat ihn nicht bemerkt. Er hat sie weitergehen lassen und ihr dann den Rückweg abgeschnitten. Das ist das Wichtigste. Denn wenn sie eine Gefahr ahnen, ist der erste Reflex, dass sie in die Richtung zu fliehen versuchen, aus der sie gekommen sind. Deshalb handelt er so, damit sie sich überrumpelt fühlen. Merkt eine, dass Flucht aussichtslos ist, ergibt sie sich meist in ihr Schicksal. Und dann glückt ihm – an anderer Stelle – das Gleiche noch einmal. Im Nachhinein betrachtet, hat er großes Schwein gehabt. Ein paar Minuten später kommt der Bauer mit dem Traktor und beginnt das Feld zu mähen. Alfons kann die beiden gerade noch verstecken.
Dann macht er sich auf den Weg zu Willi. Heute machen sie es bei Willi. Fredi kommt auch. Willis Frau ist mit ein paar Freundinnen für drei Tage nach Berlin geflogen. Sie sind also ungestört. Seine Mathilde ist nicht mitgeflogen, obwohl sie sich überhaupt nicht mehr vertragen; er wäre nicht böse, flöge sie auch einmal irgendwohin. Speck und Schnaps schleppt er trotzdem

bei seinen Freunden an, Fredi bringt Bier, und Willi, der Gastgeber, ist für den Rest der Jause zuständig. Sie machen das immer so. Mathilde hat er täuschen müssen, er gehe noch einen Sprung ins „Mondschein", hat er gelogen. Gejausnet wird nicht sofort, sondern erst zwischendurch einmal; das Ganze dauert ja oft Stunden. Er langt noch einmal in die Innentasche des Jankers und tastet nach den zwei Zündholzschachteln. Ja, sie sind da. Ein warmer Abend, der Sommer ist da.

Alfons betritt Willis Haus. Fredi ist schon da. Gleich wollen die beiden wissen, welche er heute mitbringt. Er zeigt sie ihnen. Es sind ein „Metzger" und ein „Mörder"! Diese Bezeichnungen weiß er seit seiner Schulzeit, da haben sie viele Grillen gefangen. Es gibt auch die gewöhnlichen, das sind die „Männchen" und die „Weibchen". Solche fängt man öfter, heute aber ist ein Glückstag. Und diese beiden werden gegeneinander kämpfen! Davor schließen sie noch Wetten ab. Zwanzig Euro setzt gewöhnlich jeder. Es kann auch unentschieden ausgehen, nicht immer sind sie in Laune, sich gegenseitig umzubringen. Auch auf das kann man tippen.

Willi bringt die Schachtel, in der der Kampf stattfinden wird. Bier und Schnaps stehen bereit, die Spannung steigt. Fredi und Willi tippen auf den „Mörder", Alfons setzt zwanzig Euro auf den „Metzger". Vorsichtig entlässt er die Grillen aus der Zündholzschachtel in die Arena. Der Kampf kann beginnen!

•

Mathilde hat das Gefühl, als schwebte sie. Sie ist noch nie in einem Mercedes gesessen. Heute nimmt sie Ra-

phael, der Makler, mit in die Stadt. Ausnahmsweise, hat er betont, weil er sie kenne, sonst nehme er nie Kundschaft mit.
Durch die getönten Scheiben sieht die vorüberziehende Landschaft ganz anders, exklusiver, aus. Raphael hat auch die Wohnung so bezeichnet: exklusiv. Sie liegt im fünften Stock eines achtstöckigen Gebäudes am Stadtrand. Sie werde ihr gefallen, hat er versichert. Davon ist Mathilde auch überzeugt. Fährt das Auto überhaupt? Fast kein Ton ist zu hören. Die ersten Häuser der Stadt ziehen vorüber. Sie freut sich auf die Stadt, endlich wird sie Unterhirschen, diesem öden Kaff, den Rücken kehren.
„Und mit Deinem Mann ist alles abgesprochen, alles klar?"
„Was ist …? Ach ja, mit Alfons ist alles klar."
„Weil seine Unterschrift brauchen wir dann noch."
„Ja …" So klar ist mit Alfons und der neuen Wohnung allerdings noch gar nichts. Aber sie wird dafür sorgen, dass es schon bald so weit ist.
„So, wir sind da!" Sie steigen aus, Raphael geht voraus.
Plötzlich spürt sie die Hitze, im Auto war es angenehm kühl. Oder ist es die Aufregung? Für sie wird ein neuer Lebensabschnitt beginnen, wenn sie in die neue Wohnung einziehen.
„Fahren wir mit dem Lift?"
„Ist da auch ein Lift?"
„Ja, fast alle Häuser hier haben einen Lift."
„Nein, wir gehen." Mathilde weiß selbst nicht, warum sie gehen will. Sie gehen. Die Stiege, das ganze Stiegenhaus, ist sauber, aber kahl. Einige Bilder gehörten an die Wände, das wird sich ändern lassen. Hinter einer

Tür hören sie Stimmen, dann – sie sind schon vorbei – öffnet sich diese, und zwei junge Leute treten ins Stiegenhaus. „Grüß Gott", sagt Mathilde, aber die beiden schauen nur verdutzt und gehen die Stiege hinunter.
„So, wir sind da." Raphael zieht einen Schlüssel aus der Tasche und sperrt auf. Die Helligkeit ist das Erste, was Mathilde auffällt. Und das gefällt ihr. Sie gehen von einem Raum in den nächsten, und Raphael erklärt alles. Die Räume sind leer und weiß, der letzte Mieter hat alles, fast alles, tadellos hinterlassen. Nur im Wohnzimmer, der Teppichboden hat einen großen Fleck, aber sonst …
„Schau einmal, Mathilde!", Raphael öffnet eine Tür und tritt hinaus. „Der gewünschte Balkon."
Mathilde geht hinaus und erschrickt. Beinahe wird ihr schwindelig. Da geht es gewaltig weit hinunter. Das müssen fünfzehn bis zwanzig Meter sein.
„Eine gewaltige Aussicht, oder?"
Sie muss erst einmal in die Runde schauen. „Ja, gewaltig." Raphael beginnt ihr die Umgebung zu erklären, doch sie hört nur halb hin. Groß ist der Balkon nicht, ein kleines Tischchen wird sich ausgehen, wenn zwei draußen sitzen. Mehr Platz ist, wenn nur noch einer draußen sitzt …
„Freust du dich auf die Stadt, Mathilde?"
„Ja, sehr!" Sie hat zwei Jahre in einer anderen Stadt gelebt, hat dort gearbeitet, als sie noch jung war. „Dieses Nest, dieses Unterhirschen …"
„Es ist auch in Unterhirschen schön."
„Ja, schon …, aber …"
„Du hast recht, Mathilde. Stadt ist eben Stadt."
Sie kehren in die Wohnung zurück. „Ich hab' nicht geglaubt, dass es vom fünften Stock so weit hinunter geht."

„Man könnte, zur besseren Sicherheit oder wenn Kinder zu Besuch sind, die Balkonbrüstung etwas erhöhen."
Sie gibt ihm Recht. „Zur besseren Sicherheit!" Mathilde wartet auf den entscheidenden Satz, Raphael sagt ihn aber nicht. Also muss sie fragen. Und möglichst gelassen wirken. „Ja, die Wohnung ist schön, wunderschön sogar, und die Aussicht … was kostet die eigentlich im Monat?"
„Du meinst die monatliche Miete? Jetzt halt dich einmal fest, Mathilde. Du wirst überrascht sein. In solchen Lagen, bei der Größe werden zwischen sechs- und achthundert Euro im Monat verlangt. Für deine Wohnung zahlst du eine sensationell niedrige Miete: fünfhundertfünfzig Euro."
Die Rückfahrt empfindet Mathilde nicht mehr so schön. Von Schweben, wie bei der Hinfahrt, spürt sie gar nichts mehr – fünfhundertfünfzig Euro! Mit vierhundert hat sie gerechnet; jetzt zahlen sie dreihundert. Aber fünf … Plötzlich hasst sie auch Raphael. Sie sind alle gleich, alle wollen sie die Frauen nur ausnützen und ausnehmen.
Er erklärt ihr noch mancherlei, sie hat aber schon abgeschaltet, hat sich überhaupt nichts mehr gemerkt.
„Du sagst gar nichts mehr, Mathilde …?"
„Nein."
Ganz aufgeben will sie diese Wohnung aber auch noch nicht. Die Aussicht vom fünften Stock ist zu schön! Und diese Höhe …
Gestern Abend sind die drei bei Willi zusammengekommen, diese drei Schweine! Sonst ist nichts mehr los bei denen; sie würde ihn aber auch gar nicht mehr lassen! Also ergötzen sie sich an perversen Spielen. Sie lassen Grillen, manchmal auch Käfer, gegeneinander kämpfen! Und nebenbei besaufen sie sich. Der Ihre glaubt noch

immer, sie wüsste nicht, was sie tun. Fünfhundertfünfzig Euro … Es würden nur ein paar Monate sein, dann …, als alleinstehende Frau würde sie die große Wohnung nicht mehr brauchen und sich eine kleinere – und billigere – suchen. Genau das ist die Lösung! Ein paar Mal würden sie diese zweihundertfünfzig mehr schon aufbringen … Was ist los? Das Auto steht.
„Wir sind da."
„Was? … Ja, genau, wir sind da."
„Also Mathilde, drei Tage."
„Ja, drei Tage."
„Es warten schon andere."
„Ja, nach drei Tagen geb' ich dir Bescheid." Wortlos steigt sie aus.

11

Gelassen, innerlich aber gespannt, sitzen Rosa und Leonhard in der Stube. Sie haben zu Abend gegessen, Heidelbeernocken, sich danach gründlich Zähne und Mund geputzt, und jetzt warten sie. Der Fernseher läuft nicht, obwohl die Nachrichten bald beginnen. Heute gibt es für sie Wichtigeres zu erfahren und sehen. Nämlich „ihn"! Evelyn stellt heute ihren Freund vor! Er heißt Jens, ist groß und schwarz, kommt aus Dresden und studiert in Innsbruck.
Sie wollen sich beide sehr zurückhalten in der Beurteilung von Jens, obwohl … Man darf keine Vorurteile haben, ehe man den Betreffenden kennt. Vielleicht ist das Ganze auch nur eine kurze … Evelyn ist da! Zwei Tage nach der bestandenen Führerscheinprüfung hat sie ein Auto gekauft. Einen gebrauchten Polo. Sie haben

ein wenig mitgeholfen. Rosa späht ein bisschen hinaus. „Tatsächlich groß und fesch.“ Evelyn hat einen guten Geschmack.
„Aber Ostdeutscher!“ Leo.
„Nicht so laut, sie kommen schon.“
Dann sind sie da. Evelyn grüßt, dann nimmt sie Jens an der Hand, strahlt ihn an und flötet: „Das ist Jens!“
Jens gibt artig die Hand, grüßt anständig. Danach Pause.
„Kommt zum Tisch, setzt euch!“, ergreift Rosa die Initiative. „Ihr habt sicher noch nichts gegessen. Ich hab' eine Kleinigkeit hergerichtet.“ Evelyn stimmt ihr zu. „Und …“, Paula wendet sich Jens zu …
„Jens heiß' ich.“
„Was magst du zu trinken, Jens? Bier, Ribiselsaft …“
„Johannisbeersaft“, sagt Evelyn.
„Ja, Johannisbeersaft bitte.“ Die beiden setzen sich. Anstand hat er, stellt Rosa zufrieden fest. Dann bringt sie den Saft, danach die „Kleinigkeit“ – schon ein sehr exklusiver Aufschnitt, stellt Leonhard für sich fest. Verschiedene Sorten Wurst, Speck, Käse, Lachs – alles schön garniert mit Eiern, Tomaten, Paprika, dazu Essiggurken, Senf und Brot. Wann hat sie das bloß alles eingekauft und hergerichtet?
„Zur Jause passt Tee vielleicht besser. Ich hab' schon welchen zubereitet.“ Rosa bringt Tee aus der Küche.
„Mama, du hast aber …“
„Nichts hab' ich. Eine gute Jause gehört her, junge Leute haben Appetit, oder?“ Rosa schaut Jens an, der nickt zustimmend. Notgedrungen. Während des Jausnens wird nicht viel geredet, nur einmal sagt Jens, nachdem er aus dem Fenster geschaut hat: „Ihr wohnt ja mitten im Wald. Ich finde das schön.“ Der Nachsatz stimmt

Leonhard wieder friedlich. Im ersten Moment hat er geglaubt, der „Ostimport" möchte ihr Heim kritisieren. Dass er das schön findet, das ist ein Pluspunkt für Jens.
Rosa räumt ab, Evelyn hilft. Danach sitzen alle am Tisch. Jeder sucht nach einem passenden Gesprächseinstieg.
„Ist Post für mich gekommen?"
„Nein, Evelyn, heute ist nichts dabei gewesen."
„Dann muss es morgen ..."
„Haben Sie ..., hast du Geschwister, Jens?"
„Ja, Herr Saracher ..."
„Ich heiß' Leonhard."
„Ja, Herr Leonhard, ich hab' zwei Geschwister: einen Bruder, der ist älter als ich, und Lea, die kleine Schwester."
„Und wie alt ist die?", steigt Rosa ins Gespräch ein.
„Lea ist siebzehn."
„Studiert die auch?"
„Sie will Tierärztin werden."
„Aha, sehr gut."
„Ich studiere Agrarwissenschaften ..."
Jetzt sind Rosa und Leonard fast ein bisschen überfordert. Bauer sein kann man also studieren. „Wir haben zwei Kühe und ein paar Ziegen. Leonhard ist gern Bauer. Früher hat er in der Fabrik gearbeitet – an leitender Stelle." Leonhard schaut kritisch, das „an leitender Stelle" hätte Rosa nicht so betonen müssen.
„Und dieses Anwesen mitten im Wald habt ihr erst vor einigen Jahren erworben?"
„Ja, das haben wir!"
„Ich finde das sehr tüchtig."
Leonhard ist sofort hellwach und misstrauisch. Sehr tüchtig findet der junge Schnösel das also! Ein aufrich-

tiges Lob, eine ehrliche Anerkennung hört sich anders an. Aber immerhin tüchtig findet er es.
„Dürfen wir hinaus und in den Stall, ehe es dunkel wird?“ Er interessiert sich für alles, stellt Rosa zufrieden fest. Leonhard diagnostiziert Neugierde und geht voran, Evelyn bleibt im Haus.
„Na Mama, was sagst du?“
„Naja! Manieren hat er, der junge Mann, und er stellt etwas dar …“ Plötzlich fällt Evelyn Rosa um den Hals.
„Mama, ich liebe Jens so …“
„Ja, Kind, ich freu' mich mit dir.“ Rosa wischt sich über die Augen, sie freut sich sehr. Doch plötzlich mischt sich Sorge in die Glückseligkeit. Wenn das etwas Ernstes werden sollte mit Evelyn und Jens, dann wird sie ihre Tochter verlieren. Nicht der Gedanke an den Verlust schmerzt, sondern dass Evelyn weit wegziehen wird. Wieder gibt es Tränen.
„Mama, du weinst!?“
Rosa wischt sich die Tränen aus dem Gesicht. „Ich freu' mich mit dir, Evelyn, aber Dresden ist so weit …“
„Er studiert doch hier.“
„Ja, Evelyn, es ist gut!“ Rosa umarmt ihre Tochter und sieht durch das Fenster Jens und Leonhard in den Stall gehen. „Komm!“, ruft sie. „Wir gehen auch in den Stall.“
Sie verbringen eine halbe Stunde im Stall. Kühe und Ziegen sind erstaunt über die späte Störung, ertragen sie aber mit Gleichmut. Vor dem Abschied – Evelyn wird bei Jens übernachten, der in Innsbruck eine kleine Studentenbude hat – wirken beide unruhig, fast nervös. Rosa fällt derlei immer sofort auf. Sie haben Geldsorgen. Das Zimmer in der Stadt wird nicht billig sein, Evelyn muss für das Auto noch zurückzahlen …

„Mama, Papa, da ist noch etwas …" Evelyn schaut Jens auffordernd an, der schickt sich an, etwas zu sagen.
„Ja, was?", fragt Rosa.
„Evelyn ist schwanger." Jens knallt es heraus.
Mit dem hat Rosa nicht gerechnet. Sie will etwas sagen, aber die Stimme versagt ihr. „Aha", mehr bringt sie nicht heraus.
„Ihr könntet euch ruhig ein wenig freuen."
„Evelyn, du bist noch so jung …" Rosas Stimme gehorcht ihr wieder.
„Es war nicht geplant, noch nicht." Jens.
„Aber jetzt ist es so!" Freudig stellt Evelyn das fest.

12

„Die wird sich noch wundern, diese Kuh, die verdammte!" Laut stößt Toni die Drohung hervor, mehrmals. Niemand hört ihn, er ist beim Mähen und sitzt auf dem Traktor. Obwohl er nur das „Unterfeld" mähen wollte, kommt jetzt das „Oberfeld" dran, der „Hochfleck" vielleicht auch. Er muss sich abreagieren, seinem Zorn freien Lauf lassen. Mit Vollgas dreht er die Runden. „Die begreift nicht, wie tief sie drinstecken in der finanziellen Scheiße!"
Paula ist kurz zuvor mit dem Rad am Unterfeld vorbeigekommen. Er sah sie kommen, stellte den Traktor ab und begann ein belangloses Gespräch über dies und das und über Sixtus, ihren Mann. Der gestern vom Spital heimgekommen ist. Schließlich kam er auf den Kern der Sache zu sprechen. Zuerst stellte sie sich dumm, finanziell gebe es keine Probleme und derlei Quatsch. Erst als er ihr eröffnete, dass sie demnächst ein Schrei-

ben von der Bank erhalten werde, wurde sie wild, bezichtigte ihn, ihren Ruin zu betreiben – aber darauf werde er lange warten müssen. Anzeigen werde sie ihn. Als sie sich endlich etwas beruhigt hatte, bot er ihr eine schöne Wohnung für das Haus und Schuldenfreiheit. Einen Augenblick lang glaubte er, sie überlege das Angebot. Dann rastete sie erneut aus, beschimpfte ihn als Schwein und Halsabschneider. Die sonst eher stille Frau zeigte eine Wildheit, die ihn zunehmend reizte. Er überlegte, sie ins Gras zu werfen, sie wäre ihm nicht gewachsen gewesen. Nie hätte sie gewagt, ihn anzuzeigen. Und wenn? Wem hätte man geglaubt? Ihr, der Schuldnerin, oder ihm, dem Großbauern, Gemeindevorstand, Aufsichtsratsvorsitzenden und Vorstandsmitglied? Zuletzt machte er ein paar unflätige Bemerkungen, die er sonst nie in den Mund nehmen würde. Aber sie hat ihn herausgefordert, diese verdammte Kuh.
Er hätte es tun sollen, denkt er und reißt den Traktor in die nächste Runde. Im letzten Augenblick sieht er seine Frau aus dem Auto vor den Traktor springen. „Was ist denn los?"
„Das will ich dich fragen! Spinnst du? Hör auf zu mähen, so viel können wir nie heuen. Außerdem ist der Wetterbericht nicht gut." Wütend braust sie mit dem Auto davon. Er lässt das Mähen, seine Frau hat recht. Schuld an allem ist die Paula. Seinen Plan wird er vergessen müssen, wenn dieses blöde Schaf nicht einwilligt. Verdrossen lenkt er den Traktor Richtung Hof.

•

„Es wird alles wieder gut, Paula. Ich bin ja wieder da." Sixtus meint es gut mit seiner Frau. Aber nichts wird

wieder gut werden. Sie hört zu weinen auf, fühlt sich aber krank und elend. Und hilflos. Niemand mehr kann ihnen helfen, sie werden ihr Haus verlieren. Dieser hinterhältige Toni hat ihr die Augen geöffnet. Es hat sehr wehgetan, aber sie werden ihre Schulden nicht mehr zurückzahlen können. Dann wird das Haus versteigert werden, und Toni, dieser rücksichtslose, brutale Mann, wird es ersteigern. Es tut weh, am besten wäre, alles gleich zu beenden. Aber nein, sie muss für Sixtus sorgen, und zwar sofort. Sie liegt im Bett, und er wird Hunger haben. Mühsam kriecht sie heraus.
„Warum stehst du auf, Paula?"
„Du hast sicher Hunger!?"
„Ein bisschen schon."
„Ich richt' dir was."
Sixtus schaut ihr zu. Seit zwei Tagen ist er daheim. „Hat dich der Chef angeschrien, weil du geweint hast?"
„Nein, Sixtus, so war es nicht. Ich hab' ..., es ist schon wieder gut."
„Wenn er das noch einmal tut, dreh' ich ihm die Luft ab."
„Nein, Sixtus, nein, er hat mich nicht angeschrien!" Sie muss aufpassen, was sie sagt. Sixtus macht ihr zunehmend Sorgen, fast Angst. Schon im Spital hat er Andeutungen gemacht, dass er etwas anderes, Schockierendes plane. Die Rakete interessiert ihn anscheinend nicht mehr. Hoffentlich findet sie heraus, was er vorhat. Aber Toni, dass ein Mensch nur so gemein sein kann! Sie ist froh, dass sie damals nicht seine Frau geworden ist, obwohl er es lang versucht hat. Mit ihren Schulden, da hat er nicht unrecht, aber die Lösungen, die er angeboten hat! Zuletzt ist er richtig beleidigend geworden. Und wie er sie angeschaut hat – geil und lüstern! Sie hat sich nackt ausgezogen gefühlt von seinen Blicken

und richtig gefürchtet vor ihm. Zornig angeschrien hat sie ihn, sich damit selbst Mut gemacht. Das Fahrrad hat sie dann ein Stück schieben müssen, sie hätte nicht die Kraft gehabt, aufzusteigen und loszutreten.
„Es gäbe da noch eine ganz andere Möglichkeit, den Schuldenstand zu verringern“, hat er zuletzt gemeint und ihr an den Hintern gefasst. Und dieses Schwein soll ihr Haus ersteigern! Nein, nein und noch einmal nein! Plötzlich packt sie der Zorn, neue Kraft durchströmt sie: Nein, dieses Ekel wird ihnen das Haus nicht wegnehmen! Sie wird sich erkundigen in der Bank, welche Möglichkeiten es noch gibt.
„Machst du jetzt eine Jause?“
Paula erschrickt. „Ja Sixtus, sofort.“ Als er beim Essen sitzt, fasst sie einen Entschluss. Sie muss seinen neuen Plan erfahren. „Sixtus, was hast du im Spital gemeint, als du gesagt hast, du planst etwas Neues?“
„Das ist ein Geheimnis.“
„Mir kannst du es doch sagen.“
„Nein, Paula, du würdest mich nicht lassen.“
„Planst du etwas Verbotenes?“
„Nein, nicht direkt.“
„Also doch.“
„Die Frage ist nur, wie die Leute darauf reagieren.“
„Auf was?“
„Das ist das Geheimnis.“
„Ich tu' immer alles für dich, richte dir das Essen …“
„Dann lass es halt.“
„Was?“
„Das Kochen.“
„Du bist ein Sturschädel.“ Das hätte sie jetzt nicht sagen sollen. Wie er sie anschaut! Und die Finger verdreht er, dass sie krachen. „Lass das, Sixtus.“

„Ich muss üben ..., für den Chef."
Jetzt hat sie richtig Angst. Er „übt" noch immer. „Magst noch mehr Wurst?"
„Warum?"
„Ich mein' halt."
„Nein." Dann fragt er etwas, das ihn bisher noch nie interessiert hat. Etwas, das sie aber jetzt beunruhigt. „Wo arbeitest du eigentlich, Paula?"
„Das hab' ich dir doch gesagt, bei diesem Unternehmen." Den Namen will sie nicht sagen nach der Drohung gegen den „Chef".
„Aha, bei diesem Unternehmen. Ist da ein Chef oder eine Chefin?"
„Ein Chef."
„Und der hat dich heute zum Weinen gebracht?"
„Nein, nicht der. Toni war es."
„Wer ist Toni? Der Bauer?"
„Ja."
„Warum? Der hat mir doch das große Eisenrohr geschenkt für die Rakete."
„Warum baust du die Rakete nicht weiter?"
Sixtus sagt nichts mehr. Es ist, als hätte er den Faden verloren. Aber wie er schaut! Seit seiner Verletzung ist Sixtus nicht mehr so friedfertig. Er fragt Sachen, die ihn früher gar nicht interessiert haben. Und er baut an der Rakete nicht mehr weiter. Das hat ihm immer Beschäftigung geboten, sie muss ihn dazu bringen, diese Arbeit wieder aufzunehmen. Wenn es auch etwas kostet. In seinem jetzigen Zustand hat sie Angst vor ihm. Und er plant anscheinend etwas Gefährliches.

13

Er hat Tage, da fühlt er sich hundeelend, und er hat solche, an denen er Bäume ausreißen möchte. Das Schlimme daran ist, dass er nicht weiß warum. Er hat keine Schmerzen, der Blutdruck stimmt, und doch spürt er es zumeist schon in der Früh, bei der Fahrt zur Arbeit. Am liebsten würde er dann umdrehen, sich daheim ins Bett legen und nichts mehr hören und sehen. Es ist auch keine richtige Arbeit mehr, die er hat. Vor diesem verdammten Computer sitzen, ab und zu etwas unterschreiben und den Eindruck vermitteln, er wäre beschäftigt. Manchmal geht er früher nach Hause und ein bisschen spazieren. Je nach dem, wie Erna aufgelegt ist, macht er eine kleinere oder eine größere Runde. Damit geht er den Streitereien mit ihr aus dem Weg. Sie steckt derzeit in einer schwierigen Lebensphase – in den Wechseljahren, vermutet er. Warum würde sie sonst unvermutet Streit vom Zaun brechen? Er gibt öfters nach, obwohl er gewöhnlich im Recht wäre. So auch gestern Abend. Er hat gemütlich ferngeschaut, Erna abgespült. Plötzlich hat sie ihm aufgetragen – in scharfem Ton – Camilla, die Katze, zu füttern, obwohl die gar nicht da ist. Er hat Erna darauf hingewiesen, sie hat jedoch nicht nachgegeben, bis er aufgestanden ist und die Schale aufgefüllt hat. So etwas deutet eindeutig auf den Wechsel hin. Aber das wird vorbeigehen, nach einigen Jahren, hört man, werden sie dann wieder friedlicher. Würde wieder einmal ein Mord oder Ähnliches passieren …, dann hätte er Beschäftigung. Dann könnte er seinen kriminalistischen Spürsinn einsetzen. Obwohl – immer wenn er an den letzten großen Fall denkt, beschleicht ihn ein ungutes Gefühl. Er ließ mit Theo den

Falschen einsperren. Der Theo hat den Lenz sicher nicht umgebracht, bestritt das auch immer in seinen lichten Momenten. Aber niemand glaubte ihm, auch er nicht. Genau genommen haben seine miserablen Tage angefangen, als der neue Besitzer des kleinen Anwesens oben im Wald mit dem Geld dahergekommen ist. Von da an weiß er, dass er die hohe Auszeichnung nicht verdient hat. Verdammter Beruf! Aber die paar Jahre muss er noch aushalten. Manchmal glaubt er, auswandern zu müssen. Wenn Erna nicht mit will, soll sie dableiben. Er wird sich eine Harly Davidson kaufen und losfahren – ohne bestimmtes Ziel. Er wird Erna zuwinken. Sie brauche sich keine Sorgen zu machen, wird er ihr noch sagen, wenn er nach zwei Jahren noch nicht zurück sein sollte. Wenn er überhaupt noch einmal zurückkommt. Nach Paris würde er zuerst fahren, in die Stadt der Liebe. Wahrscheinlich würde er dort schon gar nicht mehr allein sein, ein ganzer Schwarm von weiblichen Motorradfreaks würde ihm folgen. Ganz ungewollt, aber natürlich, würde der Kontakt mit einigen der ihm Folgenden enger werden …
Es gibt Momente, da sieht er sich mit mehreren Frauen auf einem Wasserbett, und die Wogen gehen hoch. Manchmal erschrickt er selbst über seine wüste Fantasie. Und am nächsten Tag ist er dann wieder ganz unten, alles ist im Nebel, im Sumpf, im Schlamm, in der Scheiße!
„Waldemar, lässt du die Katze herein?! Aber nicht beim Fenster!“
So ist das bei ihnen. Immer muss er die Katze hereinlassen, füttern – und immer, wenn er dafür überhaupt nicht in Stimmung ist. Verdammtes Vieh! Wie sie schon hereinschaut beim Fenster! „Geh weg!“ Er macht eine

Handbewegung, doch Camilla rührt sich nicht. Du wirst es noch so weit bringen, dass ich dich erschieße, denkt Waldemar und steht auf, um die Katze hereinzulassen.
„Holst du auch noch eine Dose Whiskas aus dem Keller, Waldemar?! Heroben ist alles aus."
„Ja, ja!" Also geht er in den Keller. Als er unten den Lichtschalter betätigt, flammt das Licht kurz auf, dann ist es dunkel. „Bravo!" Jetzt ist auch noch die Birne kaputt. Es ist zum Verzweifeln. „Scheiß Birne!", ruft er laut, aber Erika rührt sich nicht. Das ist typisch für ihre jetzige Verfassung. Leise fluchend steigt er die elf Stufen hinauf, holt eine Glühirne aus der Speisekammer und …
„Was tust du denn?"
„Was werd' ich schon tun? Die Birne hat es zerrissen im Keller unten."
„Die zerreißt es öfter, als normal ist. Da muss eine Überspannung oder so etwas sein. Da magst du einmal einen Elektriker nachschauen lassen."
„Aber nicht mehr heute – oder?"
„Ich hab' gesagt – einmal …"
Ach was, rutsch mir doch den Buckel hinunter! Waldemar sagt es nicht, er denkt es nur. Dann wechselt er die Birne. Plötzlich fallen ihm der Trottel und dessen Frau wieder ein. Heute sind in der Wachstube zwei Leute aufgetaucht, sie hätten etwas Wichtiges zu melden. Die Sache ist dann sogar heikel geworden und er hat schnell entscheiden müssen. Aber er ist überzeugt, richtig entschieden zu haben. Erstens hat er die beiden – der Mann wäre, wenn überhaupt, der Schuldige gewesen – laufen lassen, und zweitens wird er die Sache nicht weiterverfolgen. Das Ganze ist zu sehr an den Haaren

herbeigezogen, es müsste dann einer ..., bei der Hitze jetzt ...! Nein, er wird Gottlieb nicht exhumieren lassen! Der Mann – Stefan oder wie er heißt – habe Gewissensbisse, weil er über Gottlieb gefahren sei, aber der sei schon kalt gewesen; er habe die Panik gekriegt, obwohl er nicht schuld sei am Tod. Und seine Frau hat das vehement bestätigt. Ein anderer vor ihm, oder überhaupt ... Waldemar hat schließlich Schluss gemacht, die beiden heimgeschickt und bei sich Kopfweh festgestellt. Das hat man davon, wenn man Polizist ist. Er wäre lieber Schafzüchter geworden.

14

Paula fällt sofort auf, dass Gustav Schmauser sie sehr kühl begrüßt. Ist er in schlechter Stimmung? Hat sie etwas falsch gemacht? Sie erfährt es nicht, weil er mit dem Lastwagen wegfährt. Sie macht zuerst in der Küche alles sauber – er stellt das Geschirr, wenn er sich abends etwas herrichtet, in die Abwasch –, spült und verräumt alles, danach geht sie ins Büro und beginnt den Stapel abzuarbeiten, den Gustav hergerichtet hat: Rechnungen, Mahnungen und sonstige Korrespondenz, die sie auf dem Heimweg zur Post bringt. Im Büro, fällt ihr plötzlich auf, muss sie auch wieder einmal staubsaugen.
Der Vormittag vergeht im Flug. Paula schickt sich gerade an, die Arbeit zu beenden, da hört sie Gustav mit dem Lastwagen kommen. Da schaut er auch schon zur Tür herein. „Du bist noch da?“
„Bin schon weg! Die Briefe nehm' ich mit zur Post.“
„Ja, ist gut, Paula.“

„Was ist?" Seine kühle Stimmung in der Früh fällt ihr wieder ein. Sie muss doch etwas falsch gemacht haben.
„Der Deine ist gestern Nachmittag da gewesen."
„Was? Sixtus?"
„Ja, der."
„Was hat er denn wollen?"
„Das frag' ich mich auch. Er hat nicht viel geredet, nur herumgeschaut."
„Ich hab' gestern Nachmittag ein paar Stunden nicht gewusst, wo er umgeht."
Gustav schaut sie fragend an. „Ist er soweit wieder hergestellt?" Die Betonung liegt auf „soweit". Das tut ihr weh. Das bedeutet, dass Gustav „körperlich" wieder hergestellt meint, aber „geistig" …? „Er ist ja noch nicht lang daheim vom Spital."
„Nein, ist er nicht. Einen Rippenbruch spürt man lang."
„Ein Holzstück ist ihm auf den Rücken gefallen?"
Warum fragt er das alles, wenn er es eh schon weiß?
„Und das mit dem Kopf wird nicht mehr besser?" Zorn beginnt in Paula aufzusteigen.
„Zuletzt hat er etwas Blödes gesagt."
„So, hat er? Was denn?"
„Du kommst auch zum Begräbnis?", hat er mich gefragt.
„Zu welchem Begräbnis? Ist jemand gestorben?"
„Nein, noch nicht – hat er betont."
Paula bekommt es mit der Angst zu tun. Sixtus ist anders geworden, unberechenbar.
„Ich bin kein ängstlicher Mann, Paula, aber der Deine plant etwas. Pass auf auf ihn."
„Ja." Sie muss schnell heim. Sie muss zum Arzt mit ihm.

„Noch etwas, Paula, seine Hände, die Finger hat er so seltsam ineinander verschränkt, dass es geknackt hat."
Paula hastet heim. Sie muss mit Sixtus reden, ihn überreden, zu einem Arzt zu gehen. So kann sie das nicht lassen, der tut noch jemandem etwas an.
Als sie endlich daheim ist, ist Sixtus nicht da. Sie fängt an zu weinen. Warum? Warum muss sie das alles erleiden, ertragen? Sie kann bald nicht mehr. Tag und Nacht muss sie sich jetzt sorgen, dass ihr Mann etwas anstellen könnte.
Plötzlich steht er unter der Tür. Sofort holt sie ein Taschentuch und schnäuzt sich.
„Du hast wieder geweint?"
„Nein, ein bisschen verkühlt bin ich."
„Im Sommer?"
„Es ist nicht arg."
„Ich hätte ihm gestern doch den Hals umdrehen sollen."
„Wem?"
„Dem Chef."
„Du bist gestern beim Schmauser gewesen. Warum?"
„Nur so."
„Sixtus, du machst mir Angst, wenn du so daherredest. Warum tust du das?"
„Du brauchst dich nicht zu fürchten, Paula. Dir tu' ich nichts."
„Du darfst aber auch sonst niemandem etwas tun, Sixtus. Verstehst du? Das wäre eine schwere Sünde."
Wortlos schaut er sie lange an.
„Ich hab' ein bisschen geweint, weil ich gefürchtet hab', du tust jemandem etwas an."
Er umarmt sie, drückt sie an sich. „Dir tu' ich doch nichts, Paula, dir nicht."

„Tust du sonst jemandem etwas?“
„Nein, nicht etwas tun, nur erschrecken.“
„Das soll man aber auch nicht.“
„Man soll aber auch nicht zu seinem Nachbarn sagen, dass er einen Vogel hat.“
„Nein, das soll man auch nicht. Wer tut das, sagt das?“
„Ach!“ Sixtus sagt nichts mehr.

18

Die kurze Begegnung mit Rudi auf dem Friedhof hat sich für Olga ausgezahlt. Drei Tage danach kam Rudi „zufällig“ vorbei; abends. Sie unterhielten sich eine Weile und tranken ein Bier. Dann ging er wieder. Unter der Haustür meinte sie: „Um neun muss Anna schlafengehen!“ – und zwinkerte dabei. Knapp vor zehn läutete es, und sie ließ Rudi herein. Sie tranken Wein, zwei Gläser; danach wurde es richtig schön. Rudi ist ein guter Liebhaber.
„Und was sagst du zu deiner Frau?“
„Montag ist Kegelabend beim Ochsenwirt.“ Beide mussten lachen. Rudi weiß immer, was er zu sagen hat. Einfach ist es allerdings nicht mit einem Verheirateten. Sie hat sich aber angewöhnt, den Dingen ihren Lauf zu lassen, sich am Leben zu erfreuen. Die Probleme kommen früh genug. Rudi kommt jede dritte, spätestens jede vierte Nacht. Er steckt ihr manchmal etwas Geld zu – weil sie „so fantastisch ist“, sagt er.
Heute geht sie mit Anna ins Schwimmbad. Sie hat für sich und Anna neue Bikinis gekauft. Sie ist sehr zufrieden gewesen mit sich, daheim vor dem Spiegel. Jetzt darf sie auch die Öffentlichkeit bewundern.

Olga genießt es, in der Sonne zu liegen, die Augen halb geschlossen. Viele Blicke zieht sie auf sich, bewundernde, aber auch giftige. Sie geht einmal ins Wasser, es ist kaum Platz, dann beginnt sie zu schwimmen. Plötzlich schiebt sich ein Körper über sie, drückt sie nach unten. „Verdammter Trottel", will Olga denken, sie bekommt aber keine Luft mehr, muss sich wehren, sie ..., immer tiefer wird sie hinuntergedrückt. Der will mich umbringen ..., diese Erkenntnis verleiht ihr neue Kräfte. Sie taucht seitlich weg, der Druck verschwindet. Mit letzter Kraft kommt sie nach oben, holt Luft, blickt um sich. Soeben hat sie jemand umbringen wollen! Wie ein Keulenschlag trifft sie dieser Gedanke, sie beginnt zu zittern, zu frösteln, zu weinen. Kein Mensch scheint etwas bemerkt zu haben – oder der Schuldige zu sein. Er muss aber noch da sein – im Wasser oder in der Sonne! Wut erfasst Olga, doch sie erkennt schnell, dass sie auf verlorenem Posten steht. Alle vergnügen sich, schwimmen oder liegen in der Sonne. Langsam beruhigt sie sich, legt sich auf ihr Badetuch. Sie hat einen Feind unter den Badenden, einen, der sie vor zwei Minuten hat umbringen wollen. Sie hat aber keine Feinde, oder? Sie stützt sich auf einen Ellenbogen und schaut umher – und plötzlich sieht sie den Feind, gar nicht weit weg von ihr. Der Feind liegt in der Sonne und ist – eine Frau: Dora, die Frau von Rudi. Hat sie also doch schon etwas gemerkt, dieses Luder. Wahrscheinlich hat sie sie beobachtet und ist dann auch baden gegangen. Aber warte! Dora wird büßen für das, was sie soeben versucht hat zu tun. Olga wird heimgehen und nachdenken, die Rache wird angemessen sein; einen kleinen, nur ganz kleinen Vorgeschmack wird sie ihr aber schon jetzt verabreichen.

„Anna komm, wir gehen heim.“ Olga zieht sich das Kleid über, nimmt die Decke …
„Nein, Mama, noch nicht!“
„Wir gehen jetzt heim!“
Der Befehlston lässt Anna gehorchen.
Olga geht zum Sandkasten, wo die ganz Kleinen spielen, nimmt eine Hand voll trockenen Mehlsand, geht leichtfüßig Richtung Ausgang, macht davor einen kleinen Umweg, nähert sich Dora und – als sie nahe an ihr vorbeigeht – macht ihre Hand eine schnelle Bewegung, und der Mehlsand landet auf Doras Gesicht. Sie hört einen Aufschrei hinter sich, geht aber zielstrebig dem Ausgang zu. Als sie sich dort kurz umdreht, sieht sie eine wimmernde Frau, die sich die Augen reibt, wenig zu sehen scheint und um Hilfe ruft. Hat sie also doch, trotz Doras großer Sonnenbrille, getroffen. Gut so! Sehr gut!
„Komm, Anna!“ Olga und Anna verlassen das Freibad. Bevor sie ins Auto steigen, blickt Olga unauffällig um sich, niemand ist ihnen gefolgt oder macht Anstalten, es zu tun.
„Mama, warum hat diese Frau so geschrien?“
„Ich weiß es nicht, Anna.“ Gemächlich fahren sie heim. Gut, dass Anna vor ihr gegangen ist und nichts gemerkt hat. Und noch besser ist, dass sich Dora in Sicherheit geglaubt und gelesen hat. Wäre sie nur in der Sonne gelegen mit geschlossenen Augen, hätte der Mehlsand seine Wirkung nicht voll entfalten können. Olga fühlt sich richtig entspannt, fast ein Wunder nach dem Schrecken, den sie erlebt hat. Sie fährt an den Straßenrand, hält an.
„Oh, Mama, kaufst du uns ein Eis?“
„Ja, wir haben uns heute ein Eis verdient.“

„Ich mag zwei Kugeln: Himbeer und Schoko."
„Und ich Marille und Kiwi", sagt sie zu Udo und lächelt.

•

Didi fährt, was das Moped hergibt. Ziellos zischt er durch die Gegend, er fühlt sich entspannt und frei: Er hat es ihr richtig gegeben, und kein Mensch hat etwas bemerkt. Wie die zu zappeln angefangen hat! Hat wohl richtige Todesangst gekriegt. Sie hat es verdient! Sie wird noch mehr büßen müssen für das, was sie getan hat, diese billige Nutte!
Schade nur, dass er es Mama nicht sagen kann, die würde ihn zuerst nicht verstehen, womöglich einen Schock kriegen. Sie weiß ja von nichts. Aber er weiß alles, hat es in Kleinarbeit herausbekommen. Didi weiß, wo sein Vater hingeht, wenn er zur Mama sagt, er ginge kegeln. Didi ist zwar erst sechzehn, aber er weiß, was Olga für eine ist. Er hat genug gehört von ihr. Als er sie heute ins Schwimmbad kommen sah, fasste er den Entschluss, sie unterzutauchen! Umbringen wollte er sie nicht, aber richtig erschrecken, zu Tode erschrecken, und das ist ihm gelungen. Danach hat er das Schwimmbad sofort verlassen, nicht auffällig, aber eilig. Es ist ihm aber niemand gefolgt. Er wird jetzt in die Schottergrube fahren, vielleicht sind die anderen schon dort. Nein, es ist erst drei; vor vier kommen die nicht, also dreht er noch ein paar Runden. Zeit hat er genug, er ist derzeit ohne Arbeit. Drei Monate hat er bei Onkel Albert in der Spenglerei gelernt, dann aber das Handtuch geworfen. Dieses pünktliche Aufstehen in der Früh! Er hat es nicht geschafft. Der Onkel ist übergenau, hat ihn jedes Mal

ermahnt, bis er genug hatte. Er wird, wenn sich eine passende Arbeit ergibt, schon wieder etwas tun, ihm ist aber auch ohne Arbeit nie langweilig. Sie sind zu viert, und um vier treffen sie sich.
Sie haben einiges zu planen und zu besprechen – ohne Geld keine Musik! Bei der alten Gamperin, vor ein paar Wochen, hatte er Glück. Die alte Hexe kam zum falschen Zeitpunkt daher. Er durchstöberte im Gang droben den großen Kasten. Es brauchte nicht viel, und das alte Scheit lag unten. Er lief ohne Beute davon.
Fred ist der Boss, er bestimmt, was sie unternehmen. Zuerst hat Didi Bedenken gehabt, aber Fred hat recht: Sie stehlen nicht, sie nehmen nur, was andere nicht mehr brauchen. Bei älteren Leuten ist das einfach, denn die sperren die Haustür nie zu. Und wenn sie jemanden unvermutet antreffen, fällt ihnen entweder eine Ausrede für ihr Dasein ein oder sie müssen sich halt sonst wehren. Fred hat angekündigt, eine ganz große Sache zu planen; die werden sie heute konkretisieren und besprechen, und – hat er betont – es werden alle vier dafür gebraucht.
Als er dieses Schaf untertauchte, dachte er den Bruchteil einer Sekunde daran, ihr zwischen die Beine zu greifen. Aber Olga wehrte sich so kräftig, dass er beide Hände fürs Untertauchen brauchte. Und doch bereut er jetzt, es nicht getan zu haben. Die muss etwas Besonderes haben, dass sie sofort jeden Mann kriegen kann. Plötzlich packt ihn Zorn auf seinen Vater. Warum …? Da kommen die anderen, zischen schon vorbei an ihm. Aber er wird diesem verdammten Schaf schon noch eins draufgeben, er weiß nur noch nicht wie.
Nach kurzer Fahrt kommen sie alle in die Schottergrube, stellen die Mopeds ab und gehen den kurzen

Marsch hinauf. Im Halbkreis sitzen sie um Fred, und der beginnt ihnen den Plan zu erklären. Es ist tatsächlich eine große Sache. Didi beschleicht ein unruhiges Gefühl, er lässt sich aber nichts anmerken.

15

„Leonhard …“
„Was ist, Rosa?“ Wie sie ihn anschaut! So, so hilfesuchend. So hat sie ihn die letzten Tage schon ein paarmal angeschaut. Fehlt ihr etwas? Er nimmt sie in die Arme.
„Ist etwas, Rosa?“
„Ja, es ist etwas!“
„Was denn? Sag es mir.“ Wieder dieser Blick. Er kann ihn nicht deuten, diesen Blick. Ist sie krank? Äußerlich nicht.
„Leonhard, ich bin schwanger.“
„Was bist du?“ Er schaut ihr in die Augen. Diese füllen sich mit Tränen, sie schmiegt sich an ihn. „Schwanger??“
„Ja. Der Arzt hat das heute bestätigt.“
Leonhard fehlen die Worte. Achtzehn Jahre ist Evelyn jetzt alt, damals hat es geheißen, Rosa werde wohl kein Kind mehr bekommen können. Sie hätten gern noch eines oder zwei gehabt – und jetzt kriegen sie doch eines. Plötzlich erfüllt ihn Freude. Er beginnt Rosa zu küssen, ihre Augen, die nassen Wangen, den Mund. Auf Rosas Gesicht schleicht sich ein Lächeln. Sie schauen einander tief in die Augen. „Wir haben lange gebraucht, Rosa, für unser zweites Kind.“
Sie schaut ihn verliebt an. „Aber ich bin zweiundvierzig!“

„Ja und?“ Sie setzen sich auf den Diwan und herzen und küssen einander. Leonhard setzt eine schelmische Miene auf. „Wie sagen wir es Evelyn und Jens?“
„Evelyn!“ Sie schauen einander an, glücklich. Viele Gedanken gehen ihnen durch den Kopf. „Dann kommen Evelyns Bruder und sein Neffe fast gleichzeitig auf die Welt?!“
„Erstens weißt du noch gar nicht, ob es Buben sind!“
„Und zweitens ist es so“, vollendet Leonhard den Satz.
Dieser Tag verläuft anders als ein normaler Wochentag. Rosa und Leonhard arbeiten nur, was unbedingt sein muss. Die Arbeit im Stall zum Beispiel. Beide müssen die neue Lage erst begreifen, verarbeiten.
„Ich weiß auch, wann es gewesen ist!“
„Was?“, fragt Leonhard unschuldig.
„Du weißt genau, was ich meine. Als du die Gelddose gefunden hast, im Birnbaum.“
„Und du mir dann die extraguten Omeletten gemacht hast. Drei hab' ich essen müssen!“
„Müssen? Du hast sie gern gegessen.“
„Und wie ich dann gesagt hab', ich zeig' das Geld der Polizei! Das hat dich richtig aufgestachelt.“
Rosa protestiert und küsst ihn gleichzeitig. Dann steht sie energisch auf und beginnt zu werkeln.
„Was tust du denn jetzt?“
„Ich back' eine Torte, zur Feier des Tages!“
„Ich hab' geglaubt, wir arbeiten heute nichts mehr?“
„Das ist keine Arbeit. Schwarzwälder-Kirsch magst du doch gern – oder?“
„Schwarzwälder-Kirsch ist meine Lieblingstorte.“
„Eben deshalb bekommst du sie.“
„Hab' ich Geburtstag? Oder für besondere Verdienste?“

Rosa muss lachen. „Ja, für besondere Verdienste."
Sie kriegen noch ein Kind! Auch Leonhard muss das erst richtig begreifen. Da muss die ganze Lebensplanung umgestelllt werden. Und die Leute im Dorf haben etwas zu reden. Aber das dürfen sie. Wie Evelyn reagieren wird? Luftsprünge wird sie nicht machen. Sie haben auch keine gemacht, als Evelyn und Jens … Aber das ist etwas anderes. Sie sind verheiratet und nicht so jung – bei ihnen ist es fast das Gegenteil, sie sind beinahe zu alt – wenn es die Natur aber so will …
„Leonhard, die Leute, wenn sie das erfahren!"
„Lass sie reden, Rosa." Er muss sie wieder küssen. Auch Rosa nimmt sich Zeit. Dann beginnt sie zu lachen. „Was ist denn?"
„Schau dich an." Leonhard schaut an sich hinunter.
„Auf der Seite." Jetzt sieht er es, das Mehl auf seinem dunklen Hemd. Er beginnt es abzuklopfen, zuletzt zieht er ein neues an. Dabei fällt ihm etwas ein.
„Rosa, der Birnbaum ist schuld, jetzt muss er etwas tun dafür." Rosa schaut ihn überrascht, erwartungsvoll an.
„Den ersten Stamm, den großen, den hab' ich ganz gelassen, von dem lass' ich Bretter schneiden. Die lassen wir den Sommer über trocknen, auch noch im Herbst, und dann zimmere ich eine schöne Wiege daraus."
Rosa umarmt ihn zärtlich. –
Abends liegen sie noch lange wach.
„Ein bisschen Angst hab' ich schon. Man hört immer wieder …"
„Mach dir nicht unnötige Sorgen. Der Arzt hat doch keine Bedenken geäußert – oder?"
„Nein, hat er nicht, aber ich bin halt über vierzig!"
„Ja, es kann sein, dass du Oma wirst und ein paar Tage später selbst ein Kind kriegst."

„Evelyn ist schon noch sehr jung …"
„Und du bist ein bisschen älter, das ergibt einen schönen Durchschnitt."
„Ob es Evelyn überhaupt recht ist, dass sie noch ein …, einen Bruder oder eine Schwester kriegt?"
„Sie hat uns auch nicht gefragt, ob uns Jens und jetzt auch noch ein Kind recht ist. Aber neugierig bin ich schon, wie sie reagieren wird." Engumschlungen sinnieren beide über die neue Zukunft.

16

Sixtus verfrachtet das Brennholz in die Holzhütte. Sechzehn Schubkarren voll hat er schon hinübergeradelt, noch einmal so viele warten noch. Die zwei Stapel an den Seitenwänden des Hauses sind schon verräumt, jetzt ist die Vorderseite des Hauses dran, dann noch die hintere Seite. Er hätte damals auf Paula hören und die Rakete erst gar nicht bauen sollen. Er hat die Rakete zerlegt und das Eisenrohr auf den Boden heruntergelassen. Jetzt steht es allerdings in der Mitte der Holzhütte, allein kann er es nicht bewegen. Seine Frau hilft ihm nicht – und selbst dann wäre es fraglich, ob sie es kontrolliert umlegen oder in eine Ecke stellen könnten. Wenn aber niemand arg daran rüttelt, kann es die nächsten fünfzig Jahre bleiben, wo es ist. Ja, mit dem Raketenbau hat er einen Blödsinn gemacht. Beim siebzehnten Schubkarren spürt er Durst, holt ein Bier aus dem Keller und trinkt es, an den voll beladenen Schubkarren gelehnt. Schluck für Schluck.
„Hast Durst, Sixtus?" Wer kommt denn da? Ah, die alte Gamperin.

„Ja, Durst hab' ich gekriegt."
„Ist auch heiß heute." Dann schaut sie ein Weilchen dumm.
„Was tust denn heute?"
„Brennholz radeln."
„Warum? Im Sommer?!"
Ja, warum? Wie die blöd fragen kann. „Weil es jetzt trocken ist, kommt es in die Hütte."
„Bei uns wird es in der Hütte trocken."
Herrgott noch einmal, ist die gescheit. Er hat keine Lust, mit so einer länger zu reden. „Also Gamperin, mach es gut, auf Wiedersehen."
„Ich hab' es nicht eilig. Wie es dir im Spital gegangen ist, wollt' ich dich fragen. Ich bin nämlich auch drinnen gewesen – und ich könnt' gar nicht loben."
„Da ist's mir ganz anders gegangen. Jede von den Schwestern hätt' ich heiraten können. Aber ich hab' ja Paula!"
„Und deine Rippen? Spürst sie noch?"
„Jede einzelne. Wenn ich lachen muss."
„Dann lach einmal!"
Dieses Schaf, dieses dumme! Er hat genug davon, hebt den Schubkarren an und radelt Richtung Holzhütte. Auf halbem Weg schaut er einmal um, ob sie noch … „Herrgott Sakra", der Schubkarren verliert das Gleichgewicht und wirft um. „Schaf du, schau, dass du weiterkommst!", ruft er in ihre Richtung. Sie ist nicht mehr zu sehen, lachen hört er sie aber noch. Aus Verdruss, dass er umgeworfen hat vor den Augen einer Blöden, gönnt er sich noch ein Bier.
Langsam wird er ruhig. Warum auch aufregen wegen so einer Kuh? Jetzt kommt auch die Freude wieder zurück über das neue Projekt, das er ausführen wird.

Gedanklich hat er den Plan schon fertig, bald wird die Ausführung folgen. Aber zuerst muss er das Brennholz in der Hütte verstauen, das hat er Paula versprechen müssen. Und das tut er auch. Er wird zwar heute nicht fertig werden damit – es muss ja in der Hütte auch gestapelt werden –, aber dann …! Sein neuer Plan ist noch viel gewaltiger als die Rakete! Er muss aber aufpassen, Paula will seinen Plan vernichten. Sie wird immer mehr zu seiner Gegnerin. Gut, sie kocht und wäscht, aber sonst … Sie arbeitet für einen fremden Mann, und abends – im Bett – ist sie verschlossen …
Er muss jetzt – sofort – im Koffer einmal genau nachschauen, die Kassetten alle durchschauen, anhören. Gut, dass er alle beschriftet hat, so tut er sich jetzt leichter. Viel ist natürlich Blödsinn, was er damals alles aufgenommen hat, aber nicht alles. Er stapft auf den Dachboden und holt den Koffer. Suchen hat er müssen – was Paula alles aufbewahrt?! –, aber er hat ihn gefunden. Es ist halb zwölf, Paula wird gleich kommen. Sie mag ihn ruhig sehen bei dieser Arbeit, sie wird keinen Verdacht schöpfen. Das kann sie nämlich gar nicht! Niemand könnte das! Ein paar dieser Kassetten sind sehr wertvoll für ihn. Für das, was er tun wird, mit ihnen anstellen wird. Er wird den Leuten einen Schrecken, einen Grausen einjagen, dass vielleicht ein paar einen „Herzkasperl" kriegen. Genau, das ist gut, einen „Herzkasperl"! Sixtus lacht mit sich selbst. Herzkasperl bedeutet aber, dass es aus ist – Ende! Einige verdienen das uneingeschränkt!
Ah, das ist die erste: Kaspar Aufbauer, aufgenommen am 14. April 1979. Er legt sie auf die Seite, sucht weiter. Noch zwei findet er: Philomena Saxenbrunner, aufgenommen am 5. Juni 1981, und Walter Stier, vom 29. Juli

1982. Sixtus drückt alle drei Kassetten ein Weilchen an sich, so glücklich ist er. Sie sind der wichtigste Bestandteil von dem, was er ausführen wird. Er muss sie genau abhören und überlegen, welche er nehmen soll. Aber nein, halt, er ist ein Trottel! Zuerst muss er einmal nachfragen, nachforschen, ob diese drei Leute überhaupt noch leben, erst danach kann er weiterplanen. Soweit er sich jetzt, so auf die Schnelle, erinnern kann, sind alle drei um die vierzig gewesen, dann sind sie jetzt …? Rechnen hat er schon in der Schule nie mögen. Wenn er eine gerade Zahl hätte …, 1980 zum Beispiel, täte er sich leichter. Dann bräuchte er nur zwanzig Jahre bis zweitausend zu rechnen und noch zehn dazu. Und das Alter, das sie schon hatten, noch dazu! Einfach ist die Rechnerei nicht, Sixtus gibt auf. Das genaue Alter ist auch nicht wichtig. Wichtig ist nur, dass sie noch leben. Wenigstens einer der drei.
Ah, Paula kommt. Sofort verstaut er alle drei Kassetten im Koffer. Wahllos stöbert er jetzt darin.
„Sixtus, was suchst denn heute? Das ist ja der alte Koffer mit den Aufnahmen, die du damals gemacht hast, als du Reporter gespielt hast."
„Grüß dich, Paula. Ich hatte einfach Lust, einmal diese alten Sachen durchzuschauen. Von wegen ‚Reporter gespielt'! Wenn ich gewollt hätte, damals, hätte ich sofort beim Radio anfangen können."
„Du hast ja auch gute Reportagen gemacht." Dann schlüpft Paula in eine andere Kleidung und beginnt zu kochen.
Nach den drei Leuten wird er nicht Paula fragen, ganz unauffällig wird er das herauskriegen. Noch etwas fällt ihm ein. Hoffentlich sind die drei nicht weggezogen aus Unterhirschen. Seine nächste Aufgabe wird sein,

das herauszufinden. Schon am Nachmittag wird er damit anfangen. Das Brennholz läuft ihm nicht davon. Fürs alte Kofferradio muss er Batterien kaufen, denn abhören wird er die Kassetten nicht daheim, das wäre zu gefährlich. Vielleicht geht er damit in den Wald oder an einen ganz einsamen Platz. Aber eins nach dem andern, zuerst …

„Sixtus, zum Essen ist es."

Er trägt gerade den Koffer wieder hinauf. „Ja, ich komme!", ruft er hinunter.

Während des Essens fällt es ihm plötzlich wie Schuppen von den Augen – er kennt doch zwei Leute! Die „Kragler-Mena" und den „Mesner-Kaspar". Den Walter Stier, an den kann er sich nicht mehr gut erinnern, der wird auch nicht mehr hier wohnen. Am liebsten würde er aufstehen und die beiden sofort aufsuchen, aber das wäre Paula gegenüber zu auffällig. Zum „Kragler" wird er zuerst hinaufgehen und die Mena besuchen. Ganz zwanglos werden sie sich unterhalten, über dies und jenes und über früher. Er muss ihre Stimme hören, die Stimme ist ausschlaggebend. Sie soll nicht zu sehr von der von früher, von der Aufnahme auf der Kassette, abweichen. Und für einen der beiden wird es tragisch enden. Er braucht für seinen Plan nämlich ein Begräbnis.

17

Mathilde hat ein flaues Gefühl. Heute ist ein entscheidender Abend. Sie kann nicht länger zuwarten, morgen muss sie Raphael Bescheid geben wegen der Wohnung. Wie wird Alfons reagieren? Längst hat sie alle Sätze, alle Redewendungen überlegt – aber Alfons ist manch-

mal so unberechenbar und dickköpfig. Zuerst wird er nichts wissen wollen von einer neuen Wohnung; sie wird ihn lenken müssen. Und diese verdammten fünfhundertfünfzig Euro! Aber es ist ja nur für ein paar Monate. Das darf sie ihm allerdings nicht sagen.
Langsam wird es Abend. Sie hat Topfenstrudel gebacken, den mag Alfons besonders gern. Mit Vanillesoße!
„Alfons, kommst du? Wir essen."
„Sonst essen wir um halb sieben."
„Essen wir heute halt um viertel nach sechs."
„Was gibt es denn? Leberkäs?"
„Nein, Topfenstrudel mit Vanillesoße."
„Ist das nicht zu schwer für den Abend?"
Mathilde zwingt sich, ruhig zu bleiben. „Weil es noch so früh ist, wirst du ihn gut verdauen."
„Na ja ..." Missmutig setzt sich Alfons an den Tisch.
Mathilde spürt wieder dieses ungute Gefühl. Der Abend lässt sich nicht gut an.
„Die Vanillesoße schmeckt heute nach gar nichts."
„Außer nach Vanille, oder?"
„Ich schmeck' nichts."
Bleib ruhig, Mathilde, ruhig bleiben ... und in die Offensive gehen! „Alfons, du weißt ja, dass ich mich ein bissl umhör' wegen einer anderen Wohnung."
„Ja?"
„Ich hätte etwas Passendes gefunden."
„Ach ja?"
„In Innsbruck."
„In der Hauptstadt ... mhm?"
„Sie liegt im fünften Stock. Eine wunderbare Aussicht."
„Ja?"
„Du solltest sie dir anschauen."

„Brauchen wir eine andere Wohnung?"
„Ja, schon, oder nicht? Ein Tapetenwechsel täte uns beiden gut."
„Warum?"
„Warum, warum? Herrgott noch einmal!" Reiß dich zusammen, Mathilde! „Wir streiten zu oft, Alfons."
„So, wir streiten zu oft? In einer anderen Wohnung würden wir nicht mehr streiten?"
„Ich käme halt gern einmal heraus aus diesem Kaff."
„Unterhirschen ist kein Kaff."
„Es ist auch nicht so gemeint. Nur …"
„Und die Wohnung hast du einfach so aus der Zeitung?"
„Nein, ich hab' zuerst lang gesucht …" Warum fragt er so ruhig, so gefasst? Sie hat befürchtet, Alfons würde laut werden. „Zuletzt hab' ich aber gemerkt, dass das nicht so einfach ist."
„Und?"
„Ja, dann hab' ich mir helfen lassen."
„Von Raphael?"
„Warum weißt du das? Raphael, dieses Schwein, dieses falsche, hinterhältige!" Deshalb diese Ruhe, Alfons weiß alles. Er hat sich verstellt, sie erzählen lassen.
„Warum regst du dich so auf, Mathilde?"
„Verstell dich nicht so. Raphael, dieser hinterhältige Hund, hat dir alles erzählt. Kein Wunder, er ist auch ein Mann, ein verlogener, scheinheiliger …"
„Die Wohnung wäre nicht ganz billig. Wie hast du dir das gedacht?"
Mathilde sieht ihren Plan mit der neuen Wohnung davonschwimmen. Zorn erfasst sie, grenzenloser Zorn.
„Fünfhundertfünfzig Euro, das ist zu viel für uns, Mathilde."

„Für dich ist alles zu viel. Zu viel ist, was ich brauche, zu viel ist, was der Friseur kostet, zu viel ist wahrscheinlich auch, was ich esse!“
„Halt jetzt deine Klappe!“
„So? Auch das Reden willst du mir verbieten? Du Schwachkopf, du Grillenfänger, du Versager!“
Mit einem Satz steht Alfons vor ihr, zischt sie an. „Noch ein Wort, dann ...“
„Was ist dann?“
„Du wirst es spüren.“ Plötzlich wird er ganz ruhig, setzt sich.
„Drohungen mag ich nicht!“
„Warum eine Wohnung im fünften Stock? Du bist doch gar nicht schwindelfrei.“ Mathilde muss innerlich schmunzeln. Er begreift es nicht. Doch der nächste Satz lässt ihr Lächeln gefrieren. „Du willst eine Wohnung hoch oben, wegen dem Vollmond.“
„Was soll das ...?“
„Du kennst mein Leiden bei Vollmond.“
„Was hat das mit dem fünften Stock zu tun?“
„Was gibt es denn beim Leichenschmaus? Schnitzel oder doch nur Suppe und Würstel?“
Mit einem Satz springt Mathilde ihn an, krallt ihm ihre Fingernägel ins Gesicht, in den Hals. „Du Schwein, du elendiges, du ... du ...!“
Ein Schlag trifft ihren Kopf, lässt sie taumeln, fallen. Sie hält sich am Tisch fest, reißt ihn um, das Strudelmesser fällt genau vor ihre Füße. Sie packt es, richtet sich auf. Alfons geht langsam auf sie zu.
„Gib mir das Messer.“
„Hol es dir.“
Alfons streckt eine Hand aus. Blitzartig zieht sie das Messer über seinen Arm. Alfons stößt einen Schrei aus,

starrt auf seinen Arm. Langsam färbt sich das blasse Fleisch rot, Blut beginnt zu tropfen. In diesem Moment sieht Alfons rot. Blitzartig greift er sich einen Stuhl und lässt ihn auf Mathilde niedersausen. Das Messer fällt ihr aus der Hand, langsam sackt sie zusammen. Noch einmal trifft sie der Stuhl. Und noch einmal. „Du musst es gründlich machen", sagt Alfons zu sich selbst. Er geht ins Schlafzimmer, macht die Kastentür auf, sperrt das Abteil auf und nimmt das Gewehr heraus.
Sie liegt ein bisschen anders da als zuvor, sein Verdacht hat ihn nicht getrogen. „Gründlich!", sagt er noch einmal laut, setzt das Gewehr an und drückt ab. Der Knall holt ihn in die Wirklichkeit zurück. Was hat er getan? Langsam begreift er. Tränen treten ihm in die Augen, er kann nichts mehr rückgängig machen. Was er getan hat, erfordert noch ein Zweites: Er wird Mathilde folgen! Alfons setzt das Gewehr an seine Brust – und drückt ab.

18

Rosa wird es Evelyn heute sagen. Sie soll und darf es als Erste – nach Leonhard – erfahren. Sie ist neugierig, was die Tochter sagen wird. Fast ein wenig bange ist ihr. Sie glaubt nicht, dass sich Evelyn revanchieren wird für die Reaktion, die sie Evelyn gegenüber gezeigt haben. Aber Evelyn und Jens kennen einander halt noch nicht sehr lang, und jung ist sie auch. Sie kommt, am Ton des Autos hört sie es. Leonhard ist bei einer Versammlung heute Abend.
Nach dem Essen sagt Evelyn unvermutet: „Ich fahr' heute wieder."

„Du fährst noch einmal weg?"
„Ja, zu Jens. Wir gehen ins Kino."
„Aha. Geht es dir gut, Evelyn?"
„Warum soll es mir nicht gutgehen?"
„Es könnte ja sein. In deinem Zustand …"
„Sorg dich nicht, Mama. Mir geht es gut."
Evelyn macht Anstalten zu verschwinden. Rosa schaut wehmütig. Soll sie überhaupt etwas sagen? Die jungen Leute haben es immer eilig, die ganze Zeit ist verplant.
„Mama, was schaust du so?"
„Ach, ich …"
„Was ist denn? Du schaust so … anders."
„Ich hab' mir nur gedacht, dass es junge Leute immer eilig haben."
„Ich hab' es nicht eilig, wir gehen nur noch ins Kino."
„Ja, ja …"
Evelyn legt eine Hand auf den Arm ihrer Mutter. „Etwas ist doch, oder?"
Rosa schaut Evelyn in die Augen. „Ja, etwas ist. Evelyn, es wird mehr Kinder geben."
„Oha, ist es bei Petra so weit?"
„Nein, nicht bei Petra."
„Ja, kriegt die Gabi noch eines?"
„Nein, auch nicht die Gabi. Evelyn, ich krieg' eins."
„Mama!" Wie die Tochter dieses eine Wort jetzt ausgesprochen hat! Verwunderung, aber auch Vorwurf liegen darin. Und wie sie ungläubig, fast entsetzt schaut. Rosa kommen die Tränen, sie setzt sich. Evelyn bleibt wie angewurzelt stehen. Schwere Sekunden sind es, für beide. Rosa hat erfasst, dass sich Evelyn nicht freut, ja richtig erschreckt hat sie sie …
Evelyn muss erst begreifen, was ihre Mutter gesagt hat. Sie bekommt noch ein Kind, in ihrem Alter? Sie freut

sich aber anscheinend, obwohl sie Angst gehabt hat vor ihrer Reaktion. Sie hat es gespürt, vorher. Plötzlich weiß sie, sie muss ihrer Mutter helfen, muss es ihr zeigen. Zwei Kinder sind im Entstehen, Freude erfasst sie, sie setzt sich neben die Mutter, umarmt sie. „Mama!“ Ihr fehlen plötzlich die Worte, Tränen stehen in ihren Augen. Engumschlungen sitzen beide da, weinen Tränen der Freude, des Glücks. Worte sind in diesen Minuten unwichtig. Dann telefoniert Evelyn mit Jens, sagt ihm, dass Wichtiges geschehen ist – das sie ihm aber nicht am Telefon erzählen will, und erklärt, dass sie heute nicht mehr kommen kann.

Rosa und Evelyn verbringen einen wunderbaren Abend, sie reden, planen und freuen sich.

Leonhard staunt nicht schlecht, als er um halb elf heimkommt und die beiden munter in der Küche vorfindet. Dann aber ahnt er den Grund und wird von Evelyn bestätigt: „Papa, das habt ihr aber gut gemacht – in eurem Alter!“ Mit einem flüchtigen „Gute Nacht“ ist sie bei der Tür draußen, ehe Leonhard etwas sagen kann.

„Rosa, wie hat sie reagiert?“

„Genau wie wir. Ganz gleich wie wir bei ihr, Leonhard.“

19

Der erste Schnitt fällt sehr gut aus. Tonis Zufriedenheit beruht auf mehreren Faktoren. Eben die gute Heuernte, und dann läuft da noch etwas – etwas, das wahrscheinlich am meisten bringen wird. Das Grundstück Langenhaxl! Paula wehrt sich zwar dagegen, aber vermutlich nicht mehr lang. Er hat ein Schäufelchen nachgelegt,

das wird sich auswirken! Die Bauern haben zum Glück alle mitgespielt. Fast alle. Sie beziehen jetzt die gesamten Futtermittel vom Lagerhaus aus dem Nachbarbezirk und nicht mehr vom Schmauser. Das wird Gustav nicht lang verkraften, er wird aufgeben müssen. Ein geschlossenes Unternehmen braucht aber auch keine Halbtagskraft. Er hat lang überlegt, bis ihm dieser geniale Schachzug eingefallen ist. Damit erwischt er zwei Fliegen auf einen Schlag. Den Schmauser hat er noch nie mögen – und Paula ist selber schuld. Den Schmauser hat er dann wahrscheinlich zum Feind. Aber manchmal muss man hart sein, um sich durchzusetzen.
„Gustav, die Futtermittelpreise sind zu hoch", sagt er.
„Euch sind die Preise immer zu hoch."
„Du musst heruntergehen."
„‚Können vor wollen.' Das geht beim besten Willen nicht!"
„Wieso nicht?"
„Du bist gut. Die kleine Spanne, die ich hab', brauch' ich zum Leben."
„So so …, die brauchst du?"
„Ja, ich hab' auch viele Ausgaben – der Lastwagen, die Steuern, Benzin, die Kosten steigen fast täglich."
„Die steigen auch für uns. Wir müssen auch rechnen."
„Ihr Bauern jammert immer, dabei kriegt ihr jeden Herbst die Förderungen."
Das hätte er nicht sagen dürfen. Toni ist erzürnt und kürzt das Ganze ab. „Gustav, ab jetzt kaufen wir im Lagerhaus ein. Die haben uns einen guten Preis gemacht."
Gustav schaut ungläubig, dann stammelt er: „Das könnt ihr nicht machen. Und was heißt wir?"
„Alle Bauern beziehen in Zukunft übers Lagerhaus."

Gustav wird bleich im Gesicht und bringt eine Weile gar nichts mehr heraus.
„Es ist nicht gegen dich persönlich gerichtet, Gustav, aber wir müssen auch schauen …"
„Du hast das alles angezettelt, du willst meinen Ruin. Aber warte!"
„Überleg dir, Gustav, was du sagst. Drohungen mag ich nicht gern."
„Der Teufel soll dich holen!"
„Den Teufel, Gustav, den gibt es nicht mehr, der ist abgeschafft worden."
„Ich weiß, dass du keinen Glauben hast, aber du wirst noch an mich denken."
Toni tritt ganz nah an den Schmauser heran, packt ihn vorn am Janker, zieht ihn zu sich heran, dass sich die Nasenspitzen fast berühren, und zischt: „Schmauser, heutzutage muss öfter einer aufhören. Wenn du das schnell begreifst, kommst du noch am besten davon."
Weiß ist der Schmauser im Gesicht, er bringt kein Wort hervor. Es tut dem Toni fast leid, einen Augenblick lang, das Häufchen Armseligkeit, das da vor ihm steht. Mit einem Arm könnte er es hochheben, tut es aber nicht. Wie er seine Hand, seinen Griff vom Janker löst, stolpert der Schmauser zurück und macht sich davon. Auch Toni geht.

20

„Ja, wir werden …, ja, wir werden nachschauen. Ja …, doch, es ist schon richtig, dass Sie angerufen …, nein, werden Sie nicht, nein …, Ihren Namen hab' ich nur so notiert, nein, Sie haben nichts zu befürchten. Ja, wir fahren gleich hinaus ... Seit zwei Tagen sagen Sie ..., mhm ..., ja, das ist schon verdächtig ..., ja, danke für den Hinweis." Waldemar steht unter der Tür, hört die letzten Sätze mit.

„Was gibt es?"

„Ein Mann hat angerufen. Seine Nachbarn, sagt er, habe er seit zwei Tagen nicht mehr gesehen."

Waldemar muss lachen. Da sieht einer seine Nachbarn zwei Tage nicht und ruft bei der Polizei an. „Die sind natürlich umgebracht worden ..., ha, ha, ha!"

„Der Mann hat gesagt, er habe bei der Wohnungstür probiert, aber die sei versperrt; alles sei verdächtig still."

„Dann sind sie sicher schon länger tot." Waldemar zynisch. Aber wahrscheinlich haben die einen Ausflug gemacht und den Nachbarn nichts gesagt davon.

„Wie heißen die Verschwundenen?"

Der Junge schaut auf den Zettel. „Alfons und Mathilde Luger." Der Name sagt keinem etwas.

„Ja, dann! Können wir beide weg?"

„Ja, ich häng' das Schild an die Tür." Der Junge ist schon fahrbereit, Waldemar eigentlich auch. „Wegen dringender Angelegenheit geschlossen!", steht auf dem Schild.

„Soll ich die andere Seite nehmen?"

„Was steht da drauf?"

Der Junge dreht es um. „Wegen Staatsbesuch geschlossen!"

„Nimm das erste", sagt Waldemar. Dann fahren sie los. Er öffnet das Seitenfenster des Audi einen Spalt, eine unnötige Hitze hat es. Angenehm streicht der Fahrtwind durchs Fenster. Eigentlich ist die Abwechslung ganz nett, der ganz große Fall wird das zwar nicht werden, aber immerhin ...

„Soll ich einschalten?“
„Nein, was denkst du denn? Alle würden lachen.“
Dann sind sie da. Ein Mann und eine Frau erwarten sie schon. „Sind Sie Herr Luger?“
„Nein, ich doch nicht. Ich habe Sie angerufen.“
„Hoffentlich ist ihnen nichts zugestoßen“, sagt die Frau mit weinerlicher Miene. „So nette Nachbarn ...“
„Also, dann wollen wir einmal schauen. Im ersten Stock, haben Sie gesagt, wohnen sie?“
„Ja, im ersten Stock. Soll ich mitgehen hinauf?“
„Danke, Sie bleiben, wo Sie sind!“ Waldemar schaut sich um. Von allen Seiten schleichen – neugierig schüchtern – Leute heran. Sie gehen hinauf. Auf dem Türschild steht „Fam. Luger“. Die Tür ist verschlossen.
„Herr Luger!“ Es rührt sich nichts.
„Herr Luger, sind Sie da? Sind Sie verletzt?“ Stille.
Waldemar schaut den Jungen an und umgekehrt. Was tun? Sie überlegen ...
„Gibt es einen Schlosser im Dorf?“, fragt der Junge.
„Ja, den gibt es. Genau, den holen wir her.“
„Es gäbe auch noch eine andere Möglichkeit“, ertönt es von unten. Der Mann, der Anrufer, hat sich hereingeschlichen, steht auf der untersten Stufe der Treppe.
„Und die wäre ...?“
„Es gibt noch einen Schlüssel.“ Waldemar geht ein paar Stufen hinunter. „Wieso wissen Sie das?“
Der Mann wird verlegen. „Weil ..., weil wir – wenn Alfons und Mathilde auf Urlaub sind, oder so ..., weil wir dann die Blumen gießen.“
„So, so, Sie gießen die Blumen? Dann können Sie ja jederzeit in die Wohnung?“
„Nein, nur wenn sie dahin sind.“ Die Frau des Anrufers hat geantwortet, steht jetzt auch unten an der Treppe.

„Aber wenn ihr wisst, wo der Schlüssel ist …"
„Wenn wir nicht gefragt sind dafür, dann gehen wir auch nicht hinein." Der Mann.
„Auch jetzt nicht, obwohl das Ganze verdächtig still ist, wie Sie gesagt haben?"
„Nein, auch jetzt nicht!"
Waldemar und der Junge wechseln Blicke. „Ja und – wo ist dann der Schlüssel?"
„Er hängt neben Ihnen, Herr Polizeikommissar."
„Ich bin Postenkommandant."
„Ist das etwas anderes?"
Waldemar lässt es gut sein, schaut sich um. „Wo?"
„Das Bild."
„Was ist mit dem Bild?" Neben ihm im Stiegenaufgang hängt tatsächlich ein Bild.
„Darf ich …?" Der Mann steigt eine Stufe höher.
„Nein, halt!"
„Ich tu' Ihnen nichts."
„Wo ist der Schlüssel?"
„Sie müssen das Bild abnehmen, dahinter ist er."
Waldemar schaut zum Jungen hinauf, der zieht die Dienstwaffe. Dieser Mann wird langsam verdächtig, beinahe unheimlich. Er dreht den Kopf noch einmal nach oben, schussbereit steht der Junge da. Vorsichtig nimmt Waldemar das Bild von der Wand. Dahinter hängt ein Schlüssel. Er hat aber keine Hand frei, das Bild ist schwer.
„Darf ich …?" Der Mann, wieder eine Stufe höher.
„Nein! Gehen Sie hinunter." Waldemar nickt dem Jungen, der steigt die vier Stufen herunter und nimmt den Schlüssel. Der Anrufer weicht nur zögerlich zurück.
„Fredi, komm herunter, wenn das Ding losgeht …" Die Frau deutet auf die Waffe des Polizisten.

Waldemar hängt das Bild wieder an die Wand. Es ist ein zusammengesetztes Puzzle, ein Stillleben stellt es dar.
Der Junge sperrt die Wohnungstür auf.
„Passen Sie auf", ruft der Mann von unten, „es könnte drinnen einer warten – mit einer Hacke!"
„Sie schauen wohl gern Krimis?"
Trotzdem zieht und entsichert auch Waldemar seine Waffe. Vorsichtig betreten sie den Flur. Nach ein paar Schritten befindet sich links und rechts je eine Tür.
„Rechts ist die Küche." Die Stimme hinter ihnen.
Sie konzentrieren sich auf die rechte Tür. Der Junge ist voran, wird sie öffnen.
„Aber nicht erschrecken", hören sie von hinten.
Sie ignorieren den Wichtigtuer. Schwungvoll schlägt die Tür auf. Nichts rührt sich. Beide betreten die Küche – und erstarren. Auf dem Boden liegen zwei Leichen.
„Bah, Leni, schau!" Die zwei schauen bei der Tür herein.
„Hinaus! Aber schnell!" Waldemar ist wütend.
Eilig fliehen die beiden die Stiege hinunter.

21

Frohgemut wandert Sixtus bergauf. Er besucht die Kragler Mena. „Nur so", wird er sagen, wenn sie fragen, warum er kommt. Ihre Stimme muss er hören, ob sie sehr abweicht von der damaligen Aufnahme. Gestern Abend hat er die Stimme abgehört und sich eingeprägt. Im Wald. Nachmittags hat er Batterien gekauft fürs Kofferradio. Über ihr Leben auf der Alm haben sie damals geredet. Das Thema ist nicht wichtig, er braucht nur einen Satz, und der muss nicht einmal vollständig

sein. Aber die Stimme, die muss zur Leiche passen. So, wie die Leute sie kennen.
Die Jungen sind beim Heuen. Er grüßt winkend. Sie grüßen zurück. Die Jungen sind nicht wichtig, wichtig für ihn ist Mena. Dann sieht er sie. Sie sitzt vor dem Haus in einem dick gepolsterten Stuhl, mit einer Decke über dem Schoß. Oje, denkt er, da geht's nicht mehr lang, wenn eine in der Sommersonne eine Decke braucht. Dieser Eindruck verstärkt sich, als er sie anredet. „Grüß dich, Mena." Sie schaut verständnislos. „Ich bin's, der Sixtus. Kennst mich nimmer?"
„Ja, es wird schlimmer."
Da bist du umsonst herauf, denkt Sixtus. Diese schwache Stimme, kein Vergleich zu damals. Aber macht nichts, er hat Zeit.
Die junge Bäuerin kommt. „Grüß dich, Sixtus, dass du heute da heraufkommst?"
„Nur so."
„Mit der Mutter kann man aber nicht mehr viel reden, sie …"
„Ich hab' es gemerkt, sie kennt mich nimmer."
„Ja, seit zwei Jahren ist sie so."
„Ich geh' wieder."
„Nein, wart ein bisschen, ich mach' Kaffee. Wir trinken alle einen Kaffee. Gewitter kommt heute keins."
Ganz wohl fühlt sich Sixtus nicht in der Runde beim Kaffeetrinken. Die Kinder schauen ihn an, als hätten sie noch nie einen Menschen gesehen, die alte Mena redet mit sich selbst und taucht Brot in den Kaffee, und die Bauersleute …, es will kein richtiges Gespräch in Gang kommen.
„Sixtus, an was arbeitest du zurzeit?", fragt der Bauer unvermittelt.

„Das ist so eine Sache …“ Warum weiß der Bauer überhaupt, dass er an etwas arbeitet? Er hat nicht gefragt, was er tut, sondern an was er arbeitet. Er wird doch nicht eine Ahnung haben? Nein, kann er nicht haben.
„Es ist eine komplizierte Sache …“
„Du magst gern komplizierte Sachen?“
„Eigentlich schon.“
„Aber was es wird, willst du nicht verraten?“
„Nein.“
„Lass ihn, sei nicht so neugierig. Sixtus, nimm dir Brot, es ist genug da.“
Nach einer halben Stunde marschiert Sixtus wieder talwärts. Der Ausflug hat nichts gebracht, außer einer guten Kaffeemahlzeit. Soll er noch den Kaspar aufsuchen? Von Weitem sieht er die Kirchturmuhr. Es ist zehn nach drei. Eigentlich hat er es nicht vorgehabt, aber der Besuch bei Mena war schneller beendet, als er gedacht hat. Also geht er noch zu Kaspar. Natürlich hat er auch dessen Stimme ablaufen lassen, mehrmals. Plötzlich hat er Bedenken. Ob Kaspar überhaupt noch lebt? Das würde seinen ganzen schönen Plan zunichte machen. Das wäre ewig schade! Er geht schneller, muss es sofort wissen. Der Mesner Kaspar wohnt am anderen Ende von Unterhirschen. Knecht beim Dorfwirt war er, und Mesner. Der Dorfwirt hat auch eine Landwirtschaft, früher haben sie auch Rösser gehabt. Über die Arbeit als Rossknecht und Mesner haben sie damals geredet bei der Aufnahme. Sixtus beginnt, durch das schnelle Gehen, zu schwitzen; aber bald ist er da. „Nur so“, wird er auch dort sagen, wenn er gefragt wird. Obwohl, für Kaspar könnt's dramatisch werden. Wenn er noch eine gute Stimme hat, ist das sein, ja, es klingt hart, aber für seinen Plan nützt er ihm nur als Leiche.

Eine Frau ist vor dem Haus. Ist das die vom Kaspar?
„Grüß Gott. Ist Kaspar da?"
Die Frau mustert ihn streng. Unbehaglich ist ihm das. Endlich redet sie. „Ist das nicht der Sixtus?"
„Ja, der bin ich."
„Kaspar müsste längst da sein. Aber er wird gleich kommen."
Was soll er tun? Warten? Aber die Frau wird lästig werden, ihn ausfragen wollen.
„Ah, da kommt er", sagt die Frau.
Ein Mopedfahrer biegt bei der Einfahrt herein. Er hat einen Sturzhelm und eine Schibrille auf. Ist das Kaspar? Als dieser seine Verkleidung ablegt, erkennt er ihn sofort.
„Grüß dich, Kaspar!"
„Grüß dich, Sixtus. Was tust denn da?" Dann drückt er ihm die Hand, dass es Sixtus wehtut. Aber innerlich jubelt er. Er ist am Ziel, Kaspar hat immer noch seine kräftige Stimme.
„Ich ..., nichts tu' ich, eine Runde gehen."
„Wie geht's dir?"
„Es geht mir gut, älter wird man halt."
„Ja, das stimmt. Ich hab' schon den Siebziger auf dem Buckel."
„Aha." Den Einundsiebziger wird er nicht mehr erleben. Das behält Sixtus aber für sich.
„Hast' es eilig? Komm ein bisschen herein."
„Ja, eigentlich ..., etwas in Planung hab' ich."
„Und da sollst du weitermachen, stimmt's?"
„Du sagst es."
Ein wenig unterhalten sie sich noch vor dem Haus, dann macht sich Sixtus auf den Heimweg. Er kann seinen Plan ausführen, so viel steht fest. Plötzlich fällt ihm

Ungewöhnliches auf. Was ist denn dort los? Vor dem Haus, in dem die Lugers wohnen, stehen viele Leute, und zwei Polizisten kommen zur Haustür heraus. Ist wohl eingebrochen worden?! Sixtus nimmt einen anderen Weg; er muss nicht dabei sein, wenn Polizisten dabei sind.

Daheim wird er sich hinlegen und überlegen, wie Kaspar von einem Lebenden zu einem Toten wird. So wie der beisammen ist, lebt er gut und gern noch zwanzig Jahre. So lang will er aber nicht warten. Noch heuer wird er den Leuten diesen gewaltigen Schrecken einjagen, der sie in einen Schockzustand versetzen wird. Aber sie verdienen es. Einige wenigstens. Er hat viel Arbeit vor sich. Er muss überlegen, planen und dann ausführen. Wenn er alles gut macht, wird es sie von den Kirchenbänken hauen. Denn niemand, kein einziger, hat bis jetzt einen Toten reden gehört.

22

Einen Moment lang überlegt er ernsthaft, um seine Versetzung anzusuchen. Er hat genug von Unterhirschen! Genug von diesen unterwürfigen, scheinheiligen, hinterhältigen, blutrünstigen Menschen! Waldemar ärgert sich über sich selbst. Er hat es nicht geschafft, diese zwei verdammten Gaffer vom Tatort fernzuhalten. Er hat sie unterschätzt, hätte sie sofort aus dem Haus weisen sollen. Danach, als sie alles gesehen haben, sind sie aus dem Haus gelaufen und haben allen Anwesenden lauthals verkündet, dass da oben zwei Tote liegen, erschossen! Ein Raunen, ein Gemurmel, ein Geschnatter hat eingesetzt, zuletzt hat der Großteil der Leute ins

Haus wollen. Sein junger Kollege hat einen Warnschuss abfeuern müssen, sonst hätte die Meute sie überrannt. Mit gezogener Waffe haben sie den Hauseingang verteidigt, bis Verstärkung eingetroffen ist. Danach erst haben sich die Leute zurückgezogen.
Jetzt ist die Mordkommission im Einsatz. Soweit er gesehen hat, war kein Dritter im Spiel. Die Verletzungen, die beide aufweisen …! Die Frau hat das Gesicht demoliert, der Mann eine tiefe Schnittwunde am rechten Arm. Die Eheleute müssen sich einen Kampf geliefert haben, wahrscheinlich hat der Mann zur Waffe gegriffen und zuerst seine Frau und dann sich selbst erschossen. Dass zwei Menschen nur so weit gehen können? Erinnerungen werden in ihm wach. Vor drei Jahren hat er Ähnliches schon einmal erlebt. Da sind zwei Männer aneinandergeraten, der eine, dieser Theo, hat noch gelebt. Gar nicht gern erinnert er sich an diese Geschichte.
Es ist sechzehn Uhr. Er wird heute früher heimgehen. Dieser Anrufer – Fredi hat die Frau ihn genannt – kommt ihm wieder in den Sinn. Und die Sache mit dem Schlüssel. Soll er die Geschichte dazu überhaupt glauben? Wenn der schon nachgeschaut und gewusst hat, was geschehen war? Wenn er sich nur verstellt hat? Und die zwei Schüsse, die muss doch jemand gehört haben!
„Wie haben die beiden, oder wie hat der Anrufer geheißen?"
Der Junge schaut nach. „Alfred Perli."
„Die Adresse hast du auch?"
„Ja, die hab' ich auch."
„Bring den Mann sofort her, ich muss ihn vernehmen."
„Ich allein?"

„Ja, du allein. Ich warte, muss noch nachdenken."
Widerwillig verschwindet der Junge.
Waldemar fällt noch etwas ein. Dieser Fredi hat zuletzt, nachdem er gesagt hat, dass rechts die Tür zur Küche sei, „nicht erschrecken" oder so ähnlich hinaufgerufen. Der muss also schon vor ihnen in der Küche gewesen sein! Dieser Satz hat beim Einsatz wie im Spaß geklungen, im Nachhinein aber ... Der Mann muss überhaupt genauer unter die Lupe genommen werden. Diese Aufdringlichkeit im Stiegenhaus ... Ein Anruf reißt ihn aus seinen Gedanken. „Nein, der ist nicht da."
„Vielleicht in einer Viertelstunde?"
„Nein ..., soll ich?"
„Aha ..., ja, auf Wiedersehen."
Eine Frau, eine junge. Dass sie jetzt schon auf dem Posten anrufen, ist arg. Er ist ein schöner Mann, der junge Kollege, aber das geht eindeutig zu weit. Er wird ihm das sagen.
Wo ist er gedanklich stehen geblieben? Bei Fredi! Warum hat er das gesagt – nicht erschrecken? Das ist ihm wahrscheinlich herausgerutscht, oder hat er es tatsächlich als Spaß gemeint? Wie anfangs das mit der Hacke. Dass drinnen womöglich einer wartet, mit einer Hacke.
Alfred Perli, der Name ist ihm bisher nie untergekommen. Er scheint ein unbescholtener Bürger von Unterhirschen zu sein. Seine Frau heißt Leni. „Bah, Leni schau!", hat er gesagt. Wieder überkommt ihn Ärger über sich selbst. Warum hat er die zwei so weit ins Haus kommen lassen? Und wo bleibt der Kollege so lang? Das kann doch keine Hexerei sein, den Fredi herzubringen. Seine Frau ..., wie viel weiß die? Wahrscheinlich ist sie auch schon drinnen gewesen.

Die zwei Schüsse! Wenn die beiden Nachbarn sind, müssen sie die gehört haben. Über die Schüsse wird er ihn zuerst befragen. Er muss ihn überraschen, überrumpeln, vielleicht verredet er sich dann. Die Leni, es wäre gut, wenn er die auch gleich vernehmen könnte. Er hat zuerst nicht daran gedacht. Die beiden werden von der Kripo noch mehrfach befragt werden, er will aber der Erste sein.

Dieser Fall wird viel Staub aufwirbeln, wenn es zuletzt auch nur zwei Selbstmorde sein werden. Nein, stimmt nicht. Ein Mord und ein Selbstmord! Warum passiert so etwas in einem kleinen, friedlichen Dorf? Oder ist nur die Fassade so friedlich? Er ist Optimist und glaubt an das Gute.

Endlich hört er sie kommen. Beide sind mit – Fredi und Leni. Sehr gut! Da muss er den Kollegen später noch loben für seinen Weitblick.

„Kommen Sie herein." Er öffnet ihnen die Tür ins Chefbüro.

„Wir haben aber beide nichts getan", sagt die Frau.

„Niemand behauptet das Gegenteil. Ich will das Ganze nur noch einmal besprechen mit Ihnen. Setzen Sie sich." Er bietet beiden einen Stuhl an. Fredi setzt sich, Leni nicht. „Ich steh' lieber."

„Ganz, wie Sie meinen."

„Vorhin, im Haus, da sind wir etwas zu neugierig gewesen", sagt Fredi. „Ich hoffe, Sie sind uns nicht mehr böse."

„Nein, nein, das ist Vergangenheit." Er wartet ein bisschen. Die beiden wirken ausgesprochen ruhig. „Es ist gut, Frau Perli, dass Sie auch mitgekommen sind."

„Allein hätte ich den Fredi nicht mitgehen lassen." Aha, so ist das.

„Ja, wo fangen wir an? Jedenfalls eine tragische Sache."
Beide nicken ernst.
„Was haben Sie sich gedacht, als Sie gestern die zwei Schüsse gehört haben?"
„Ich hab' mir zuerst ..." Fredi schaut Leni strafend an. Schweigen. Schließlich scheint Fredi einzusehen, dass die Behauptung, nichts gehört zu haben, nicht halten wird.
„In der Nähe ist ein Steinbruch, das wissen Sie auch, Herr Polizeikommissar, da wird öfters geschossen. Gesprengt. Wir dachten uns, das wäre es gewesen."
„So spät am Abend noch?"
„So spät ist es ..." Leni verstummt wieder, also beendet er den Satz, „noch gar nicht gewesen." Fredi wird aufmüpfig. „Sie fragen ein bisschen hinterhältig. Sie sollten froh sein, dass wir es gemeldet haben. Wahrscheinlich ist es ein Fehler gewesen, dass ..."
„Herr Perli, man kann eine Sprengung, die man schon oft gehört hat, von zwei Schüssen unterscheiden. Oder nicht?"
Fredi scheint nichts mehr sagen zu wollen.
Er wird den Ton verschärfen müssen. „Wird abends öfters geschossen, im Steinbruch?"
Beide schweigen.
„Oder im Nachbarhaus?"
Keine Regung. Er muss es anders versuchen. „Herr und Frau Perli, als Nachbarn, als gute Nachbarn, wie Sie sagen, wäre es sogar Ihre Pflicht gewesen, nach den beiden Schüssen nachschauen zu gehen."
„Wohin nachschauen?", fragt Fredi.
„In die Richtung, aus der die Schüsse kamen." Fredi und Leni schauen sich gegenseitig an. Waldemar hat

den Eindruck, als wollte Leni etwas sagen. „Wir werden wieder gehen", sagt Fredi.
Waldemar geht aufs Ganze. „Haben Sie gestern Abend oder erst heute nachgeschaut?"
Leni setzt sich und schluchzt. „Die, die arme Mathilde!"
„Du meinst wohl, armer Alfons?"
„Ihr Männer helft immer zusammen …"
„Ihr etwa nicht? Du hast ja keine Ahnung, was Alfons mitgemacht hat! Ich an seiner Stelle hätte sie schon viel früher verräumt."
„Wie redest du denn? Du …, du gemeiner …"
„Brauchst nicht so erschrocken zu tun, du weißt ganz genau …"
„Ruhe jetzt!"
„Entschuldigen Sie, Herr Polizeikommissar, aber die Mathilde …"
„Schon gut, Herr Perli. Sie sind also nachschauen gegangen, allein oder beide?"
Als Fredi endlich das Schweigen bricht, sagt er: „Zuerst ich allein."
„Aha. Warum haben Sie das nicht zugeben wollen?"
„Sie wisssen das ja selbst."
„Aber wir haben nur geschaut, nichts angerührt." Leni.
„Sind die beiden schon tot gewesen?"
„Ja."
„Es wäre besser gewesen, Fredi und ich hätten nicht hinübergeschaut. Die Nacht ist furchtbar gewesen, ich hab' keine Minute geschlafen."
„Glaubst du, ich vielleicht?"
„Warum habt ihr dann heute noch einmal schauen müssen?"

„Sie hätten sich noch irgendwie verdrehen können.“ Waldemar hat genug von den beiden. „Sie können wieder gehen. Der Kollege bringt …“

„Nein, wir gehen! In ein solches Auto steig' ich nicht noch einmal. Die Leute glauben ja, wir wären Verbrecher – oder Fredi?“

„Ja, wir gehen.“

„Danke für Ihre Auskunftsbereitschaft.“

Fredi schaut giftig zurück.

„Wenn noch Fragen auftauchen sollten, Herr Perli …“

„Kommen wir wieder.“ Ohne Gruß oder sich noch einmal umzudrehen verlassen die beiden den Posten.

•

Die friedliche Ruhe in Unterhirschen ist gestört. In jedem Haus wird debattiert, wie und warum so etwas geschehen konnte. Wo doch alle nette, normale Leute sind. Sicher, es gibt auch welche, die sich scheiden lassen, nicht mehr „miteinander können“, wie man so sagt. Aber muss man sich deshalb gleich umbringen? Es hat sich inzwischen überall herumgesprochen, wie das Ganze abgelaufen sein wird. Zuerst hat man ja fürchten müssen, dass der Mörder der beiden frei herumläuft, inzwischen wissen alle …

„Die Welt wird untergehen“, behauptet die alte Gamperin, und gar nicht wenige hegen die gleiche Befürchtung.

„Der Teufel steckt dahinter“, meinen wieder andere. Die Jungen lachen über solche Aussagen, sie berühren derartige Geschehnisse weniger. Sie sind abgehärtet durch Fernsehen und Internet. Die Gamperin weiß auch, warum es so kommen wird. Sie ist eine gebilde-

te Frau. „Weil die Amerikaner den Mars nicht in Ruhe lassen. Das wird sich fürchterlich rächen. Und weil sie jetzt in der Schweiz eine unterirdische Höllenmaschine gebaut haben, die uns alle auffressen wird. So ist das!", betont sie immer wieder.
Die Gäste, die im Dorf ihren wohlverdienten Urlaub verbringen, laufen verstört herum, wissen nicht so recht, sollen sie das Geschehen als Sensation oder Bedrohung sehen. Der Tourismusdirektor sieht das Ganze als schlechte Werbung für den Ort, nicht wie damals, vor drei Jahren, als sich zuletzt alles positiv ausgewirkt hat. Der Sommer ist in den letzten zwei Jahren ohnehin rückläufig (die Nächtigungszahlen). Aber sie haben eine Gegenstrategie entwickelt, das heißt, sie sind noch dabei. Wenn die dann greift, werden alle staunen!
Man weiß noch nicht, wann das Begräbnis sein wird. Wann die beiden Leichen freigegeben werden. Heutzutage wird obduziert. Auch wenn man davor schon weiß, warum und woran einer gestorben ist. Eine ganze Armada rückt da an. Auch solche Leute wollen leben.
Hat anfangs niemand das tragische Geschehen verstehen, begreifen wollen, so sind einige jetzt doch offener. Sagen ganz unverblümt, dass sie so etwas bei den beiden schon kommen gesehen haben. Die Gamperin, seit sie bei der Stiege heruntergefallen und im Spital gewesen ist, nützt die Besuche, die ihr aus Anteilnahme zuteil werden, um ihre höhere Bildung auch denen zukommen zu lassen. „Dieser Teilchenbeschleuniger", verrät sie und hat auch gleich gewonnen, weil niemand sonst von so etwas je gehört hat oder gar etwas davon versteht, „der wird ihnen auskommen, heraufbohren und die ganze Luft absaugen. Und ohne Luft wird alles zusammenfallen, die Menschen, die Kühe und die Vö-

gel." Manche Besucherin geht früher heim und probiert hinter vorgehaltener Hand, ob noch genug Luft zum Ein- und Ausschnaufen vorhanden ist. „Und es wird noch mehr geschehen", prophezeit die Gamperin. „Ich weiß nicht was, aber etwas wird es sein. Die Mathilde und der Alfons, die waren nur der Anfang. Der Alfons hat die Mathilde und sich selbst auch nicht freiwillig erschossen, der ist dazu getrieben worden. Von dem da." Mit ihren Zeigefingern macht sie die Hörner des Teufels nach.

23

Rudi bleibt dieses Mal länger aus. Schon fünf Tage hat er sich nicht sehen lassen. Olga sehnt sich nach ihm, nach einem Mann! Vielleicht tut sie heute das, was er schon einmal verlangt hat. Männer sind ja richtige Schweine! Aber Rudi ist so gut, er verdient sich einmal eine extra Belohnung. Heute wird er kommen, sie fühlt das. Für Dora ist ihr – für den Mordversuch im Schwimmbad – die Bestrafung eingefallen, und die ist bereits im Gange, vielleicht schon geschehen. Wieder eine geniale Idee, die ihr vorgestern eingefallen ist. Eigentlich hätte sie studieren sollen, hätte wahrscheinlich längst einen Doktortitel oder wenigstens den Magister. Aber in der Schule hat sie sich mehr für die Buben, die älteren Buben, interessiert.
Dora und Rudi wohnen in der Fettgasse – neben Judith, die alle fürchten. Judith ist eine boshafte Person. Mann hat sie nie einen bekommen. Sie hat einen Sauberkeitsfimmel. Sauberkeit ist schon recht, bei Judith ist es aber krankhaft. Lässt ein Hund in ihrem Bereich etwas fallen

oder hebt er ein Bein, hat der Besitzer sofort eine Anzeige hängen. Wenn im Herbst die Blätter fallen, ist sie den ganzen Tag mit Besen und Kehrschaufel vor dem Haus. Ins Haus dürfen sowieso nur die engsten Verwandten – und die kommen nur selten. Oft hat sie Wäsche neben dem Haus an der Leine hängen. Vorgestern haben Olga die himmelblauen Leintücher ins Auge gestochen; da ist die geniale Idee gekeimt. In der Nacht hat sie dann gehandelt. Um halb zwölf ist sie noch einmal aus dem Haus und in die Fettgasse geschlendert. Alles war dunkel und ruhig. Blitzschnell ist sie über den Zaun, hat die Spraydose gezückt und SAU auf das Leintuch gesprüht. Lautlos und ungesehen ist sie wieder heimgewandert. Richtig gut geschlafen hat sie dann. Sie ist gespannt, wie Judith reagieren wird. Sie ist überzeugt, dass die nächst liegende Nachbarin, eben Dora, dafür büßen wird müssen. Und das ist gut so!
Olga hat sich nicht getäuscht, um fünf nach zehn klingelt das Telefon. Rudi. „Ich kann nur schwer weg, die Frau ist krank, und der Sohn spinnt."
„So, was fehlt ihr denn?"
„Ach, alle paar Tage etwas Neues."
„Und warum spinnt der Sohn?"
„Keine Ahnung; er ist ganz anders seit einigen Tagen."
„So, so …" Langsam vergeht ihr die Lust auf alles.
„An den Augen hat es sie erwischt, im Schwimmbad."
„Die Sonne …?"
„Nein, nicht die Sonne. Sand hat sie in die Augen bekommen. Am linken …"
„Das ist ja schlimm."
„Schlimm ist allerdings, dass jemand anderer schuld ist. Sie behauptet, jemand habe ihr im Vorbeigehen Sand ins Gesicht gestreut."

Olga hält den Atem an. „Ja, hat sie erkannt, wer?"
„Nein, sie hat ihn nicht erkannt."
„Hat sie denn nicht geschaut?"
„Sie hat nichts mehr gesehen."
„Das ist aber blöd." Olgas Puls geht wieder normal.
„Der Doktor hat es aber angezeigt. Vielleicht finden sie es, dieses Schwein."
Olgas Puls schnellt nach oben. „Hat Dora Feinde?"
„Bis heute nicht; aber seit heute hat sie eine Feindin."
„Wen?"
„Judith, die Nachbarin! Die ist herübergekommen, hat geläutet, und als Dora hinausgeschaut hat, hat sie ihr aus heiterem Himmel eine geknallt, dass Dora da gelegen ist."
Olga muss sich sehr zusammenreißen, dass sie nicht lacht.
„Sie hat ihr zwei Zähne ausgeschlagen und einen tiefen Riss in der Unterlippe …"
„Und warum das alles?"
„Dora sagt, sie weiß es selber nicht. Aber diese Judith werd' ich mir noch vorknöpfen."
„Komische Leute gibt es."
„Sau soll sie noch gesagt haben. Zwei Tage ist Dora daheim gewesen, und jetzt das."
Olga ist zufrieden und auch nicht. Dora hat bekommen, was sie verdient hat, aber durch dieses Geschwafel ist ihr die Lust auf alles vergangen.
Rudi scheint dies zu spüren. „Ich weiß, ich hätte das alles gar nicht erzählen sollen …"
„Ist schon gut, Rudi. Bleib' heute heim, vielleicht ein anderes Mal."
„Nein, Olga …" Er hat noch ein Weilchen gebettelt, sie ist aber hart geblieben. Es schadet auch gar nicht, ist

manchmal sogar gut, wenn einer warten muss. Das hebt den Preis.

•

Didi hat eine maßlose Wut. Er muss ruhiger werden, damit er nachdenken kann. Nachdenken, wie er diese Olga, dieses geile Luder bestrafen wird. Was die seiner Mama angetan hat! Und er ist mitschuldig. Olga wird Mama im Schwimmbad gesehen und geglaubt haben, sie hätte sie untergetaucht. Warum sonst hätte sie ihr Mehlsand in die Augen geschleudert. Das wird sie büßen!

Aber wie? Er könnte sie mit seinem Moped überfahren, er sieht sie öfters zu Fuß, Auto wird sie keines haben – aber damit begibt er sich selbst in Gefahr. Nein, eine blöde Idee. Er könnte ihr abends auflauern und sie ordentlich verprügeln. Da müsste er aber eine Maske aufsetzen. Und wenn sie der erste Schlag nicht niederstreckt, dann ist gar nicht sicher, ob er überhaupt gewinnt. Er vermutet, dass sie stark ist. Also genauso Blödsinn. Es muss andere Möglichkeiten geben … er könnte … , ja, langsam werden die Ideen besser, er könnte mit dem Moped langsam an ihr vorbeifahren und ihr etwas ins Gesicht schütten. Etwas Scharfes, Ätzendes. Genau das wird er machen! Das wäre dann ungefähr das Gleiche, das sie seiner Mutter angetan hat. Sogar noch besser, denn die Flüssigkeit – er weiß noch nicht was – wird ihr das Gesicht verbrennen. Sie wird für ihr Leben gezeichnet sein. Ganz zufrieden ist er aber noch nicht. Es ist da noch etwas, etwas, an das er immer wieder denken muss. Er hätte ihr zwischen die Beine greifen sollen! Wie soll er es anstellen, dass er das nachholen kann – oder noch mehr? Er will selbst auch etwas haben davon. Kennt sie ihn? Er glaubt nicht. Sie einfach anreden, bringt aber auch nichts. Er glaubt nicht, dass sie auf ihn „abfährt". Wenn er nur seinen „Fehler" nicht hätte! Er hinkt, hat ein kürzeres Bein, schon von Geburt an. Nur auf dem Moped fühlt er sich richtig wohl, da ist er gleich wie alle anderen. Olga hat eine Tochter – nein, das ist zu umständlich. Er muss ihr eine Falle stellen, in die sie tappt – und dann das Gitter zu, und sie gehört ihm!

Das gefällt ihm – wenn sie in der Falle sitzt und nicht mehr aus kann. Gewaltig! Sie wird zuerst versuchen auszubrechen, dann zu betteln anfangen, dass er sie gehen lässt. Er wird tun, als überlege er … zuletzt aber ein paar Bedingungen stellen! Und sie wird nicht anders können, als sie zu erfüllen. Didi spürt, wie ihm die Hose langsam zu eng wird. Er beschließt, das Bett zu verlassen und aufzustehen. Es ist zehn Uhr. Er sucht sich etwas zum Frühstück. Blöd, dass Mama schon wieder beim Doktor ist. Dieser Judith wird er es auch geben. Er hat schon angefangen damit, letzte Nacht, und er wird es immer wiederholen. Es braucht ja nicht viel, um sie rasend zu machen. Jeder kennt ihre Schwäche. Eine Schaufel Kuhmist vor die Haustür, das genügt. Der „Katzinger" hat Kuhmist genug!

Morgen Nacht wird es rundgehen! Sie werden den Plan vom Boss ausführen. An vier Stellen wird es gleichzeitig geschehen. Ein bisschen – nein, nicht Angst, aber ein bisschen Scheu hat er vor dem, was er morgen tun muss. So etwas Gewaltiges haben sie noch nie getan. Fredi sagt aber, es muss endlich einmal etwas Großes geschehen. Heute Abend treffen sie sich noch einmal in der Schottergrube. Um neun Uhr.

24

Paula kniet in der Kirche und betet, dass Gott ihr beistehen möge. Allein schafft sie es nicht mehr, das Leben. „Ich glaube an Gott, den Vater, den allmächtigen, den Schöpfer des Himmels und der Erde, und an Jesus Christus, seinen eingeborenen Sohn ..." Sie hört, dass sich die Kirchentür öffnet, dreht sich aber nicht um. Urlauber sind es, hört sie am Getuschel. „... unseren Herrn. Geboren von der Jungfrau Maria ..." Die Urlauber, sechs an der Zahl, schauen sich in der Kirche um, bestaunen auch sie, reden immer lauter ..., schieben den Vorhang des Beichtstuhls beiseite, schauen hinein ... Das ist zu viel. Paula steht auf, geht vor.

„Sie befinden sich in einer Kirche", sagt sie vorwurfsvoll.

„Ja, in einer Kirche", sagt einer.

„Dann sollten Sie sich auch dementsprechend verhalten."

Die sechs tuscheln wieder, dann verlassen sie die Kirche. Paula kniet wieder nieder und wendet sich leise betend an Gott. „Bitte hilf mir. Ich habe seit gestern keine Arbeit mehr. Wir haben Schulden bei der Bank, die wir nicht zurückzahlen können. Gott, bitte hilf meinem Mann Sixtus, er ist krank, sein Geist ist krank. Bitte bewahre ihn vor einer großen Dummheit. Er plant etwas. Es ist etwas Verbotenes. Etwas Gefährliches. Er will damit anderen Leid zufügen. Ich fürchte, er will Unheil stiften. Gott, lenke seinen Geist wieder auf die richtige Bahn. Lass ihn wenigstens wieder friedlich werden. Gott, gib mir Kraft, damit ich nicht verzweifle. Manchmal kommen mir so dunkle Gedanken. Ich weiß, dass ich solches nicht denken darf, aber ich habe nichts mehr auf der Welt. Mein Mann lebt in seiner eigenen Welt, beachtet mich kaum mehr. Er geht oft weg, ich weiß nicht wohin. Es ist für seinen neuen Plan, sagt er. Gott, bitte bring ihn ab von diesem Plan, er führt ihn und mich und andere ins Verderben."

Seit einer Weile sitzt sie still da, hat aufgehört zu beten. Die Augen hält sie halb geschlossen, sie atmet ganz ruhig. Diese Stille tut gut, dem Kopf und der Seele, auch die Kühle des Raums. Sie will noch öfter in die Kirche gehen, beten und diese Stille erleben. Das gibt ihr Kraft, die Kraft zum Leben.

Paula verlässt die Kirche. Hitze schlägt ihr entgegen. Da fällt ihr ein: Sie ist gerade sehr egoistisch gewesen, hat nur für sich selbst gebetet. Alfons und Mathilde hätten auch ein „Vater unser" verdient. Sie sind beide nicht mehr unter den Lebenden. Sie wird das nachholen. Auch für Gustav hätte sie beten sollen. Er hat sehr deprimiert geschaut, als er ihr gesagt hat, dass er den Betrieb aufgeben muss. „Nur so, bei mir, wirst du ja nicht bleiben wollen – oder Paula?", hat er gefragt. Ganz offen angeschaut hat er sie dabei.

„Nein, Gustav", hat sie gesagt, „ich habe ja Sixtus, ich muss Sixtus …"

„Ich hab' mir das schon gedacht."

Daheim hat sie dann geweint. Das Leben ist so ungerecht. Sie will arbeiten, hat aber keine Arbeit mehr. Daheim schon, aber diese Arbeit rechnet sie gar nicht, die macht sie sowieso. Sixtus soll es an nichts fehlen, er hat immer ordentlich zu essen und saubere Wäsche. Sie sollte aber noch mehr arbeiten, damit die Schulden weniger würden. Sie muss sich umhören, vielleicht kriegt sie wieder Arbeit, für ein paar Stunden oder einen Halbtagsjob, wie man so sagt.

Die Stunde in der Kirche hat ihr geholfen, sie denkt wieder normal. Gestern hat sie nur geweint und dunkle Gedanken gehabt, sogar überlegt, wie sie …
Paula nimmt die Zeitung, beginnt zu blättern, zu suchen. Stellenmarkt, da wird wohl auch etwas für sie dabei sein. Mit dem Kuli kreist sie drei Angebote ein. Selbstständig arbeiten von Zuhause, haupt-/nebenberuflich möglich. Mit PC/Internet. Diese Stelle kann sie vergessen. Sie kennt sich mit Internet nicht aus. Kellnerinnen werden gesucht, gleich mehrere. Auch nichts für sie. Erstens ist sie zu alt dafür, mit neununddreißig wird man nicht mehr Kellnerin, und zweitens arbeitet eine Kellnerin hauptsächlich abends. Begleitagentur sucht Damen zwischen achtzehn und fünfundsechzig. Sexangebote seitenweise; die Welt ist schlecht geworden. Da! Reinigungskraft, vier Stunden täglich, fünf Tage/Woche. In der Nachbargemeinde. Na ja? Zuletzt fällt ihr noch das beste auf: Suche tüchtige/n Verkäufer/in für Imbiss. Arbeitszeit nach Vereinbarung. Metzgerei Knoch. Allerdings ist die Stelle zwei Gemeinden, zwanzig Kilometer, entfernt. Aber sie hat ein Auto. Was sagt aber Sixtus? Sie wird mit ihm zuerst reden. Er ist aber nicht da. Und wenn sie zu lang wartet, ist die Stelle womöglich schon weg. Von wann ist denn die Zeitung? Aha, von gestern. Soll sie gleich anrufen? Sie muss ja nicht sofort zusagen. Sixtus kommt in dem Moment bei der Tür herein. „Sixtus, wo bist du wieder gewesen?"
„Unterwegs."
„Ja, das denk' ich mir. Aber wo?"
„Was suchst du?"
„Warum?" Er starrt auf die aufgeschlagene Zeitung, beugt sich über sie, beginnt zu lesen: Sportlicher Mann, Anfang vierzig, sehr einfühlsam, sucht sinnliche …

Sie entreißt ihm die Zeitung. „Ich hab' doch nicht so was gelesen, wegen einer Stelle, einer Arbeitsstelle hab' ich geschaut." Sixtus blickt argwöhnlisch. „Ja, glaubst du mir etwa nicht?"
„Du magst mich nicht mehr."
„Doch, Sixtus." Sie will ihn umarmen, schroff wehrt er sie ab. „Sixtus, ich hab' keine Arbeit mehr. Der Schmauser sperrt zu, braucht mich nicht mehr." Sie kämpft mit den Tränen.
„So, er sperrt zu?"
„Ja, die Bauern kaufen nicht mehr ein bei ihm."
„Dann bist du wieder mehr daheim."
„Ja, das schon, aber das Geld, das ich verdient hab', hätten wir auch gebraucht."
„So …?"
„Ja, wir haben doch Schulden bei der Bank, große Schulden."
„Ich hab' heute Geld geholt bei der Bank, sie haben nichts gesagt."
„Wofür hast du Geld …?"
Er zeigt ihr ein Päckchen, öffnet es aber nicht.
„Was ist da drin?"
„Etwas, das ich brauche."
„Für deinen neuen Plan?"
„Ja." Sixtus drückt das Päckchen an sich und geht die Stiege hinauf.
„Wir werden unser Haus verlieren, wenn wir immer mehr Schulden machen." Er hört sie nicht mehr, es ist zum Verzweifeln. Zorn steigt in ihr auf. Sie müht sich ab, verdient Geld, und Sixtus gibt alles wieder aus. Für sinnlose Sachen: Sie wird ihm das jetzt sagen, sie muss ihn wachrütteln. Energisch steigt sie die Stiege hinauf, reißt – ohne anzuklopfen – die Tür auf. Wie angewur-

zelt bleibt sie stehen, will etwas sagen, schreien – doch sie bringt keinen Laut über die Lippen.
Sixtus hält eine Waffe in der Hand, eine Pistole! Er hat sie gestreichelt. Wortlos steht er auf, geht auf sie zu, die Waffe in der Hand. Todesangst packt sie – er will sie erschießen, er wird sie umbringen.
„Six…, Sixtus, nicht …" Sie zittert am ganzen Leib.
„Du spionierst mir nach?!"
„Nein, ich … , tu die Waffe weg." Sie greift nach seiner Hand. Er weicht ihr aus.
„Sixtus, bitte …"
„Paula, es ist schade, aber du weißt jetzt zu viel."

25

„Rosa, halt einmal."
„Ich glaube, es geht sich aus, oder?"
„Es sind drei Meter; die Zentimeter seh' ich schlecht."
„Soll ich schauen?"
„Nein, du darfst nicht auslassen."
„Drei Meter …? Ich muss hinunter, die Brille holen."
Leonhard legt das Maßband aufs Nachtkästchen und geht. Rosa hält das Maßband in der Ecke an die Wand. Sie vermessen das Schlafzimmer. Sie werden nämlich ein bisschen umbauen.
Leonhard ist wieder da. „Drei Meter zweiundvierzig."
„Kann ich jetzt auslassen?"
„Ob du kannst, weiß ich nicht, aber du darfst auslassen."
Sie sind beide guter Laune, schon seit Wochen! Gute Laune haben sie auch vorher oft gehabt, aber jetzt …, sie befinden sich in einer völlig neuen Lage, sie bekom-

men ein Kind! Sie, Rosa Saracher, geborene Gwiggl, zweiundvierzig, Hausfrau und Bäuerin. Er, Leonhard Saracher, achtundfünfzig, Bauer, genauer: Kleinbauer. Das Leben ist schön, hält immer wieder Überraschungen bereit. Sie messen die drei anderen Seiten des Zimmers aus. Leonhard schreibt die Maße auf. Wichtig ist allerdings nur die eine Seite, die rechts von der Tür. Denn da werden sie durchbrechen, für eine Tür zum Kammerl dahinter. Dafür müssen allerdings einige…, vor allem das Ehebett muss umgestellt werden. Aber es wird sich ausgehen, von den Maßen her. Das Kammerl dahinter, jetzt als Abstellraum genützt, wird Kinderzimmer. Sie werden es ganz schön herrichten und zwischen den beiden Räumen eine neue Tür setzen. Eine Tür hat das Kammerl jetzt schon, aber vom Gang her. Es ist praktischer, wenn sie nicht immer außenherum laufen muss, wenn der Kleine schreit oder eben etwas will. Bei einem Mädchen ist es genauso. Eile haben sie aber keine …
Am einundzwanzigsten Februar soll es dann so weit sein. Ah, wie sie sich freut! Ihr aller Leben wird umgekrempelt werden. Natürlich wird das Kleine die ersten paar Jahre bei ihnen im Zimmer verbringen, aber sie fangen halt einmal früh genug an mit der Planung. Rosa gesteht sich ein, dass sie eine gewisse Euphorie erfasst hat, beide. Sie müssen etwas „umreißen“. Sie sind natürlich auch beim Überlegen, ob sich vielleicht sogar ein neues Schlafzimmer ausgeht, finanziell. In zwei Möbelhäusern haben sie schon geschaut, so nebenbei. Leonhard wäre beinahe schon beim Kaufen, sie bremst aber noch. Ein neues Schlafzimmer ist keine Salatschleuder! Die hat sie jetzt auch schon ausprobiert. Herrlich schmeckt er, der Salat. In einem Geschäft für

Babysachen hat sie sich auch schon umgeschaut. Da ist es ihr aber gar nicht gutgegangen, erst daheim, Leonhard hat sie wieder aufgerichtet. Sagt doch die Verkäuferin zu ihr, ganz vertraulich: „Immer früher machen sie uns zu Omas, mir geht es genauso." Im Grunde hat die Verkäuferin ja recht gehabt, sie wird ja tatsächlich Oma im Winter, aber dass die gar nicht auf den Gedanken gekommen ist, sie könnte für sich selbst noch so etwas brauchen? Wird sie die Babyausstattung halt nicht bei „Kuss und Co" kaufen. Es gibt andere Geschäfte. Kinderwagen hat sie auch schon begutachtet, richtig schöne Modelle werden heutzutage angeboten. Nicht mehr zu vergleichen mit denen von früher. Obwohl die auch ihren Zweck erfüllt haben.

„Rosa."

„Ja ..."

Leonhard schaut sie an, vielleicht schon länger. Sie ist wieder ins Sinnieren gekommen. „Wenn wir die Tür in der Mitte, also bei Einmetereinundsiebzig, machen, geht es sich mit dem Platz fürs Bett nicht mehr aus."

„Ja, aber ...?"

„Oder wir kaufen zwei normale Betten und lassen in der Mitte einen Durchgang."

Rosa schaut ihn erschrocken an.

„Du willst doch eine Tür durch diese Wand?"

„Schon, aber ... du wirst doch nicht im Ernst meinen?"

Leonhard ist es nicht ernst mit dem Vorschlag der Bettentrennung. Rosa sieht es ihm jetzt an, geht auf ihn zu, nimmt ihn zärtlich am Ohr und küsst ihn.

„Du bist wohl zu lang schon nicht mehr gebeutelt worden?"

„Ich ..."

„Eine Sekunde lang bin ich richtig erschrocken."

Sie schmusen noch ein bisschen, dann löst sich Leonhard. Er nimmt wieder das Maßband, misst die Breite des Doppelbetts, stellt sich zur Wand. „Rosa, da." Er hält ihr den Anfang des Maßbands hin. Rosa nimmt es, Leonhard misst und rechnet lang.
„Was denkst du jetzt?" Er denkt noch weiter. Rosa hat auch nachgedacht. „Leonhard, wenn wir das Bett auf eine Seite verschieben, vielleicht geht sich die Tür dann daneben noch aus?"
„Ja, ich überlege …"
„Schau, so herüber." Sie zeigt es mit den Armen, lässt dabei das Maßband sausen, nimmt es aber rasch wieder auf.
„Es ginge vielleicht, Rosa, aber im Kammerl dahinter steht der große Kasten, genau an dieser Wand."
„Den können wir doch verschieben."
„Der ist zu schwer." Schelmisch schaut Leonhard.
„Ach du, du willst mich immer auf den Arm nehmen."
„Nein Rosa, ich freue mich nur."
„Hallo!? Ist niemand daheim?" Es ist jemand im Hausgang unten.
Rosa und Leonhard treten aus dem Zimmer, gehen die Stiege hinunter. „Wer ist da?"
„Ich bin es." Ein fremder Mann steht im Hausgang. Rosa hält im Schritt inne, lässt Leonhard vorgehen.
„Es war nicht abgesperrt", sagt der Mann.
„Untertags sperren wir nie zu."
Der Mann tritt näher zu Leonhard, greift dann in seine Rocktasche. Diesen Mann hat Rosa schon gesehen, das ist doch dieser Behinderte. Ein Grinsen legt sich auf das Gesicht des Mannes, er zieht seine Hand wieder heraus. Im gedämpften Licht erkennt Rosa zuerst nicht, was er da hält, aber dann stößt sie einen Schrei aus.

„Der gehört euch“, sagt der Mann und legt den toten Frosch auf die Truhe im Hausgang.
„Da drüben ist er gelegen.“ Er deutet Richtung Weg.
„Den hättest du auch dort drüben lassen können, Sixtus“, sagt Leonhard.
„Er hat mir derbarmt.“
Dann dreht sich der Mann um und verlässt wortlos das Haus.

26

Sie sitzen im Zug und fahren nach Wien. Waldemar ist zufrieden mit sich selbst. Sehr zufrieden. Vorletzte Nacht ist ihm die Idee gekommen. Sie müssen einmal hinaus in die Welt, sie beide, Erna und er. Er hat das gestern seiner Frau eröffnet und wenig Widerstand erfahren. Nach einigen Minuten hat ihn Erna sogar geküsst. Das hat sie seit mindestens fünf Jahren nicht mehr getan. Er war so überrascht, dass er keinen Widerstand geleistet hat. Also hat sie ihm noch einen gegeben.
„Und wann, Waldemar, willst du, dass wir fahren?“
„Morgen.“
„Morgen schon?“
„Ja, morgen schon.“
„Aber ich muss noch … und …“
„Was musst du noch?“
Erna hat dann gar nichts mehr „müssen“, sondern sofort mit den Vorbereitungen begonnen.
„Und du? Kannst du einfach so weg?“
„Ja, ich kann! Erstens wird in diesen drei Tagen nichts Weltbewegendes passieren, und zweitens ist Simon auch noch da.“

So ist es auch.
Sie werden bei Daniel und Ute übernachten, das sind alte Bekannte. Jahrelang haben sie sie immer wieder eingeladen, endlich einmal in die Hauptstadt zu kommen, jetzt kommen sie. Sie hätten auch mit dem Auto fahren können, sie fahren aber mit der Bahn. In viereinhalb Stunden werden sie in Wien sein. Sie sitzen einander gegenüber. Waldemar hat zwei Fensterplätze reserviert. So ist gesichert, dass eine Person in Fahrtrichtung sitzen kann, und diese Person ist er. Er verträgt das Rückwärtsfahren nicht, und Erna ist es egal, in welche Richtung der Zug fährt. Hundert Euro, hin und retour für eine Person, ist zwar ein stolzer Preis, aber hin und wieder darf und soll man sich etwas gönnen.
Sie werden sich noch mehr gönnen in diesen drei Tagen. Für heute Abend lassen sie sich überraschen, was sie unternehmen werden, morgen steht dann Großes auf dem Programm. Untertags schauen sie sich das „Palmenhaus" an. Abends gehen sie in die Oper! Ute hat ihre Beziehungen spielen lassen, sonst hätten sie keine Karten mehr gekriegt. „Hoppala …" Ein Mann fällt im Gang beinahe über seinen eigenen Koffer. Jetzt erst sieht man den Grund. Eine Gruppe Jugendlicher drängt ungestüm nach und an ihm vorbei. Beinahe hätte Waldemar eine Rüge hinausgerufen, sich im letzten Moment aber besonnen. Wozu sich unnötig aufregen?
Zwei junge Leute stehen jetzt vor dem Abteil, kommen dann herein. Nach der Begrüßung lesen die beiden. Nein, sie lernen, denn sie verbessern zeitweise das Gelesene. Studenten.
Herrlich ist es, einfach nur da zu sitzen, sich nicht sorgen zu müssen, und die Landschaft an einem vorbeiziehen lassen. Sie fahren jetzt durch Deutschland. Von Kufstein

bis kurz vor Salzburg fährt die Bahn über deutsches, bayrisches Staatsgebiet. Schön gepflegte Orte, Bauernhöfe kommen ins Blickfeld und verschwinden wieder. Bauern auf großen Traktoren bewirtschaften das Land. „Erna, schau.“ Zwei Rehe grasen unweit der Bahnstrecke. Bis Erna aber richig begreift, sieht sie keine Rehe mehr.

„Beinah wäre ich eingenickt“, meint sie entschuldigend.

„Jetzt schon? Wir fahren erst eine knappe Stunde.“

Es stimmt aber, diese monotonen, immer gleichen Geräusche des Zugs wirken einschläfernd. Die beiden Studenten lernen immer noch. Er wird sie jetzt etwas fragen.

„Fahren Sie auch nach Wien?“

„Nein, nach Linz“, sagt das Mädchen. Der junge Mann schaut gar nicht auf.

„Aha, bis Linz ...“ Genauer nachzufragen, warum und wieso, wäre unhöflich, also lässt er es bleiben. Dann fällt ihm aber noch etwas ein. „Dann betrifft euch das Sparpaket wohl auch – oder?“

Jetzt schaut auch der junge Mann auf.

„Diese zwei Jahre, um die sie die Kinderbeihilfe streichen wollen ...“

„Da hängt noch mehr dran“, sagt das Mädchen.

„Diese Hohlköpfe haben ja keine Ahnung“, meint der Mann.

„Aber es müssen alle sparen.“

Erna schaut ihn strafend an, ihr gefällt diese Debatte nicht.

„Sie werden das wahrscheinlich sowieso noch ändern“, sagt er abschließend.

„Das wäre wichtig, ja.“ Das Mädchen.

Plötzlich juckt es ihn, noch etwas zu sagen. „Aber einen kleinen Beitrag", beginnt er, „könntet ihr schon leisten." Die beiden warten auf seine weiteren Worte. Er weiß, dass er nicht mehr weiterreden sollte, tut es aber doch. „Wenn ihr auf diese zwei Jahre Kinderbeihilfe besteht, dann solltet ihr aber auch um zehn Uhr schlafengehen und keinen Alkohol trinken."
Die Reaktion der beiden fällt aus, wie er es sich vorgestellt hat. Sie lernen wieder. Beim Mädchen glaubt er, ein verstecktes Schmunzeln zu entdecken, als es noch einmal kurz herüberschaut.
Deutschland ist groß. Sie sind schon seit über einer Stunde unterwegs, Salzburg ist aber noch immer nicht in Sicht.
Erna freut sich auf Wien. Sie schläft. Waldemar sieht es an ihrem Gesichtsausdruck. Auch er freut sich. Sie werden durch die Stadt bummeln. Das liebt Erna. Fünfhundert Euro haben sie mit. Die müssen sie aber nicht unbedingt – doch er weiß schon jetzt, dass nicht viel übrig bleiben wird. Es ist ganz gleich, ob er zweihundert oder fünfhundert mithat, heimbringen wird er höchstens fünfzig Euro.
Der Schaffner kommt, erledigt freundlich seine Arbeit. Waldemar wird jetzt auch ein bisschen schlafen. Der Koffer, ja, der ist noch da, also lehnt sich Waldemar zufrieden zurück. Was sich Ute für heute Abend ausdenkt? Oder schon ausgedacht hat? So auf die Schnelle ist es natürlich nicht einfach, etwas Passendes zu finden, aber Ute …
Was ist eigentlich „passend" für sie? Sie kommen vom Land, sind Mitte fünfzig … Plötzlich sieht Waldemar etwas zwischen den Rückenlehnen gegenüber, nein, weiter oben, zwischen den Kopfstützen ist ein kleiner

Abstand, da sieht man durch. Da ist keine Wand, man sieht ins nächste Abteil. Dort erblickt er eine Frau. Nicht die ganze, nur den Kopf, und der schaut zu ihm. Instinktiv dreht er sich um, aber hinter ihm ist niemand, da ist nur seine Rückenlehne. Als er den Kopf wieder nach vorn dreht, ist die Frau verschwunden. Sie ist sicher noch da, in dem Abteil vor ihm, aber sie schaut nicht mehr herüber. Sie muss sich seitlich versetzt haben. Aber zuerst hat sie herübergeschaut – zu ihm! Das kann sie schon seit über einer Stunde gemacht haben, er hat es nur nicht bemerkt. Warum schaut die fremde Frau zu ihm herüber? Aha jetzt, jetzt hat er sie wieder kurz gesehen. Ist die allein im Abteil, dass sie seitlich so viel Freiheit hat? Sie ist fesch. Vielleicht zehn Jahre jünger als er. Er wird einmal aufs Klo gehen müssen …
„Hast du Hunger, Waldemar?" Seine Frau.
„Was? Hunger? Nein, Hunger hab' ich keinen."
„Was hast du so angestrengt gedacht?"
„Was – ich?"
„Ja, soeben."
„Ich, ich hab' gar nichts gedacht."
Herrgott na, nicht einmal im Zug hat man seine Ruhe! Von allen Seiten wird man belauert. Von der eigenen, von einer fremden Frau. Erna isst einen Apfel. Einen Apfel würde er jetzt auch mögen, aber er hat gesagt, dass er keinen Hunger hat. Wortlos reicht ihm Erna einen herüber. Kann sie jetzt Gedanken lesen auch noch?!
„Ein schöner Tag ist das, Waldemar", sagt sie.
„Ja, Erna, ein schöner Tag."
Jetzt ist diese Frau aufgestanden, aus dem Abteil in den Gang getreten. Sie ist tatsächlich schön, nicht nur der Kopf. Sie geht in die andere Richtung.

„Das sind Berner Rosen.“
„Was?“
„Die Äpfel!“
„Ja, gute Äpfel, Berner Rosen.“
„Solche haben wir früher selbst im Obstgarten gehabt.“
„Wir?“
„Nein, nicht wir. Bei uns daheim.“
„Aha.“
„Recht groß ist deine Freude aber nicht auf Wien.“
„Das täuscht, Erna. Dieses Sitzen macht müde.“
Die fremde Frau kommt wieder, schaut ihn an und geht in ihr Abteil. Salzburg kommt näher, und der Schlaf. Das Leben wäre viel einfacher ohne Frauen. Diese Erkenntnis trifft Waldemar mit solcher Wucht, dass er jetzt auch noch Kopfweh hat. Er befindet sich in einem Delirium, einem Zwischenstadium zwischen Muntersein und Schlafen. Zeitweise schwimmen die Landschaft und die Menschen an ihm vorbei, dann schafft er es wieder, munter und ganz da zu sein. Würde er von dieser fremden Schönen nicht beobachtet, könnte er schlafen. Einfach genüsslich schlafen, aber so …
„Schlaf nur, Waldemar, ich weck' dich schon, wenn wir in Wien sind.“ Er hört Erna, ist aber zu müde, um zu antworten.

27

Paula hat Glück, dass sie seine Frau ist, und sie hat Glück, dass er so gutmütig ist. Spioniert sie ihm tatsächlich nach! Sie hat ihn erschreckt, als sie ins Zimmer gestürmt ist, und beinahe wäre er zornig geworden.

Er hat sie dafür bestraft, sofort. Ihr ein paar Sekunden Angst gemacht, die Pistole auf sie gerichtet. Jetzt wird er wohl Ruhe haben vor ihr.
Ja, er hat sich eine Pistole gekauft. Er braucht sie, um seinen Plan ausführen zu können. Er braucht Kaspar tot! Aber ohne Waffenschein wäre da nichts gegangen. Gut, dass er ihn gesucht, gefunden und mitgenommen hat. Er hat früher, in jungen Jahren, auch schon einmal eine Waffe gehabt. „Die Zeiten werden immer unsicherer", hat er zum Verkäufer gesagt. Muss er Kaspar erschießen? Könnte er ihn nicht auf andere Weise …? Erschießen ist laut und auffällig. Es muss doch andere Möglichkeiten geben. Das Moped! Kaspar ist mit dem Moped gekommen, als er ihn besucht hat. Und es ist steil dort oben. Wenn er ihm die Bremse ausschaltet? Wenn es Kaspar aber frühzeitig merkt und abspringt? Oder Kaspar fährt bergaufwärts und merkt es dann erst beim Absteigen? Höchstens ein leichtes Umkugeln wäre die Folge. Nein, nein! Auf solche Zufälligkeiten kann er sich nicht verlassen. Überhaupt muss er das Ganze noch besser planen, genauer überdenken. Was nützt ihm, wenn Kaspar zwar nicht mehr unter den Lebenden ist, er aber am nächsten Tag verhaftet und eingesperrt wird?! Sein Endziel würde nie erreicht werden.
Er stellt sich das Szenario wieder vor, lässt es vor seinem geistigen Auge ablaufen: Das Begräbnis ist in vollem Gang, die vielen Leute hören gebannt auf die Worte des Pfarrers, dann folgt eine kurze Pause, eine Stille … Wann ist eigentlich diese Stille, dieser Moment, wo der Pfarrer in die Sakristei geht und mit einem goldverzierten Mantel wieder herauskommt, um den Toten zum Grab zu geleiten? Ein Mikrofon hat er dann um-

gehängt. Eigentlich braucht er sich um diesen Moment nicht zu sorgen, denn er ist ja selbst anwesend, auf der Empore. Von dort oben hört und sieht er alles und kann im entscheidenden Moment zuschlagen.
Per Funk wird er das Band starten! Plötzlich wird die Stimme von Kaspar ertönen. Mit offenem Mund werden die Leute zwei Sekunden verharren, dann zu begreifen beginnen, vielleicht schreien wollen, doch ihre Stimme ...; einigen wird vor Grauen das Herz stehen bleiben; sie werden umfallen wie ein Sack; ein Tumult wird entstehen; alle werden flüchten, die Kirche verlassen wollen; die Ersten werden an der Kirchentür umgestoßen werden und stürzen; alle werden zertrampelt, zertreten werden; nur die Obersten werden unbeschädigt ins Freie kommen ...
Sixtus wischt sich Speichel vom Mund, vom Kinn. Ja, so oder so ähnlich wird es ablaufen! Das Ganze hat ihn jetzt erregt. Er schaut auf seine Hose, streicht mit den Fingern über die Wölbung. Nein, nein! Das hat er jetzt nicht gewollt. Er kann es nicht mehr aufhalten. Betroffen starrt Sixtus auf den dunklen, nassen Fleck, der langsam größer wird. Aber schön ist es gewesen.
Paula darf das nicht sehen. Er muss sich eine andere Hose anziehen. Vorsichtig schleicht er die Stiege hinunter. Paula merkt nichts. Später fragt sie: „Wieso hast du eine andere Hose an, jetzt?"
„Weil die andere dreckig geworden ist. Oben im Wald bin ich einmal ausgerutscht."
„Wo, oben im Wald?"
„Ich bin zuerst durch den Wald hinaufgewandert, zu den, zu den Neuen dort oben."
„Und warum?"
„Einfach so, Paula, einfach so."

28

Das Leben hat immer wieder Überraschungen parat. Die heutige Überraschung besteht darin, dass es gar keine Überraschung gibt. Als Ute sie am Bahnhof allein abholt, weiß Waldemar, dass etwas nicht stimmt.

„Daniel hustet stark“, entschuldigt ihn Ute.

„Mitten im Sommer?“

„Ja, mitten im Sommer.“ Alle drei lachen. Dann fahren sie mit der U-Bahn zur Wohnung ihrer Freunde. „Und heute Abend bleiben wir alle daheim, es wird auch etwas zu essen geben, dann können wir erzählen …“

„Oh, Ute, ich freu’ mich schon so.“ Erna.

Sie genießen das Beisammensein. Daniels Husten ist nicht ganz so stark, die Pizza schmeckt vorzüglich – Ute hat sie kommen lassen – und zu erzählen gibt es genug.

„Waldemar, du hast zugelegt“, bemerkt Ute, „aber das steht dir gut.“

„Mach ihm bloß keine Komplimente, viel zu dick ist er.“

„Erna, sei nicht gar so streng, ein Bäuchlein darf er doch …“

„Keine Hose passt ihm mehr.“

„Gibt es bei euch nicht auch Geschäfte, wo sie neue Hosen verkaufen?“ Daniel.

Auch über die Bahnfahrt wird gesprochen. Plötzlich fällt Waldemar wieder diese Frau im Zug ein. Er hat sie nicht mehr gesehen. Sie muss in Salzburg ausgestiegen sein. Und er hat geschlafen. Na bravo!

„Waldemar.“

„Ja, was ist?“

„Stößt du nicht an mit uns?“

„Oh, ja doch …“ Alle vier stoßen an. Auf Wien, auf drei Tage Urlaub und auf die Gesundheit!
Dann läutet sein Handy.
Umständlich sucht er es in der Innentasche seines Sakkos.
„Wer ruft denn heute noch an? Um halb zwölf!“
„Meld dich nicht!“ Erna. Einen Augenblick lang ist er unschlüssig. Erna funkelt ihn an. „Du bist nicht im Dienst!“
Trotzdem drückt er auf die Taste. Was Waldemar erfährt, lässt ihn aufspringen und in den Gang gehen. Es tut weh, was ihm Simon, sein junger Kollege erzählt. „Verdammt.“ Genau jetzt, wo er in Wien ist. Vierhundert Kilometer vom Geschehen entfernt. „Ich komme, sofort!“ Dann überlegt er eine Sekunde. „Warte Simon, vielleicht komm' ich erst morgen früh!“
Erna wird explodieren! Aber morgen früh wird es auch, wenn sie noch in der Nacht zurückfahren. Er geht wieder hinein.
„Waldemar – nein!“ Erna hat dieses Nein fast geschrien. Ein bisschen versteht er sie auch. Sie hat sich so gefreut auf Wien. „Waldemar, was ist denn mit dir? Du bist ja ganz bleich im Gesicht.“
„Es ist so …“ Er setzt sich.
„Red schon!“
„Lasst ihn, er wird es euch gleich sagen.“ Daniel.
Waldemar fasst das ganze Geschehen in zwei Worte: „Unterhirschen brennt!“
Daniel fasst sich als Erster. „Was heißt das, Waldemar?“
„Dass ein Haus brennen wird.“ Ernas Blick ist wütend.
„Mehrere brennen – an verschiedenen Stellen!“ Das löst Betroffenheit aus. Auch Erna schweigt.

„Dann ist es ein …?“ Ute sucht nach der treffenden Erklärung. „… ein Anschlag“, vollendet sie den Satz.
„Ein Anschlag?!“ Erna schaut Ute verächtlich an.
„Wer wird auf Unterhirschen einen Anschlag verüben? Auf dieses Kaff.“ Waldemar steht auf, geht auf und ab.
„Waldemar, setz dich wieder, du machst alle nervös.“
„Erzähl genauer, was los ist in Unterhirschen!“ Daniel.
„Simon hat gesagt, an drei oder vier Stellen brennt es.“
„Was brennt? Ist unser Haus vielleicht auch dabei?“
„Erna!“ Utes Blick verrät Angst.
„Simon hat nicht gesagt, welches Haus oder Gebäude brennt, am Ortsrand, ja, am Ortsrand brennt es. Einen Stadel hat er erwähnt.“
„Gott sei Dank!“ Erna. „Ein Stadel brennt und wird einen zweiten angesteckt haben.“
„Nein, Erna, an verschiedenen Stellen brennt es.“ Dann sagt Waldemar noch den Satz, vor dem er Angst hat.
„Erna, wir müssen heimfahren.“
Ein kurzes, wildes Aufflackern in ihren Augen, dann fällt Erna in sich zusammen und fängt zu weinen an.
„Erna, ich kann auch nichts dafür, ich …“
„Doch, du bist Polizist!“ Giftig schleudert sie ihm diesen Satz vor die Füße.
Daniel und Ute versuchen zu retten, was noch zu retten ist. „Erna, beide habt ihr recht. Waldemar fühlt sich verpflichtet heimzufahren, und du hast recht, dass sein Beruf daran schuld ist …“
„Dann soll halt Erna noch bleiben.“ Utes Einfall.
„Ja, Erna, dann geht ihr drei morgen in die Oper.“ Als er Ernas Blick begegnet, weiß Waldemar, dass er alles falsch gemacht hat. Er hätte sagen sollen, Erna müsse unbedingt mit ihm heimfahren, dann wäre sie womöglich geblieben.

„Morgen früh, mit dem ersten Zug, fahren wir heim, schließlich ist Waldemar Chef in Unterhirschen." Aus, basta! Das hat sie nicht mehr gesagt, aber es hat so geklungen. Ob die Betonung – Chef in Unterhirschen – zynisch oder anerkennend gemeint war, bleibt offen.

29

„Ja, Herrgottseiten, was tut denn der in Wien?" Toni ist wütend. „Da brennt in der Nacht halb Unterhirschen ab, und der Postenkommandant weilt in Wien. Und was tut er dort?", fragt er etwas ruhiger.
„Ich weiß es nicht genau, ich glaube, es ist dienstlich", der junge Simon.
„Und wann kommt er zurück?"
„In zwei Stunden."
„In zwei Stunden?"
„Ich hab' ihn in der Nacht noch informiert."
„Und wieso weißt du, dass er in zwei Stunden da ist?"
„Wie er in Wien abgefahren ist – mit der Bahn –, hat er mich angerufen."
„Verdammte Scheiße! Aber der oder die Brandstifter sind sowieso schon über alle Berge."
„Oder auch nicht. Ich hab' in der Nacht noch ermittelt."
„Was heißt das – ermittelt?"
„Ich hab' die Augen offen gehalten und nachgedacht."
Toni muss lachen. Das Bürschl hat ermittelt. Ha! „Und was hast du entdeckt? Wer hat das alles angezündet?"
„Sie sollten nicht so herablassend reden mit mir."
„Was soll ich nicht? Ja, da schau her! Da zündet einer vier Gebäude an, die Polizei schläft oder ist in Wien,

und dann soll man nicht einmal nachfragen dürfen. Du, ich bin der Größte in Unterhirschen!"
„Das weiß ich."
Eigentlich ist es verlorene Zeit, sich mit diesem jungen Polizisten abzugeben, der alte ist nicht da, also wird er wieder heimgehen und arbeiten. Denn Arbeit gibt es genug, Toni weiß gar nicht, wo er heute zuerst anfangen soll. „Wenn bei einem Traktor oder einem Anhänger ein Licht nicht geht, das fällt euch sofort auf, wenn aber …"
„Werden Sie nicht beleidigend, Herr …"
„Den Brandermittlern wird es nicht gefallen, dass der Postenkommandant nicht da ist!"
„Er wird gleich da sein."
„Ach was, rutsch mir doch …" Toni verlässt den Posten. Wer kann das gewesen sein? Ein Feind der Bauern? Ein Irrer? Zündet einen Stall und drei Heustadel an … Der Stall und ein Stadel gehören ihm. (Haben ihm gehört.) Plötzlich durchfährt ihn ein Gedanke. Hat das Ganze ihm gegolten? Sind die zwei anderen, leeren Heustadel nur angezündet worden, um von diesem Verdacht abzulenken? Hat er einen solchen Feind? Ja, man hat nicht nur Freunde; aber dass jemand so weit geht!? Die Feuerwehr hat getan, was sie konnte. Man kann aber nicht an vier Stellen gleichzeitig sein. Als die Feuerwehren aus den Nachbarorten eintrafen, war schon alles zu spät. Schon in der Nacht fiel einigen auf, dass Waldemar, der Postenkommandant, nicht zu sehen war. Aber bei dem Aufruhr … Als man bemerkte, dass es an mehreren Stellen gleichzeitig brannte, griff Angst um sich. Die Zuschauer verdrückten sich, liefen nach Hause, weil sie um den eigenen Besitz bangten. Sogar die Feuerwehr bekam Schwierigkeiten, den Löscheinsatz

aufrechtzuerhalten, weil einige Männer – Bauern – einfach heimgingen. Verständlich. Es wusste ja niemand, welches Gebäude als Nächstes brennen würde. Wäre in der Nacht ein Verdächtiger erwischt worden, hätte man ihm vermutlich den Hals umgedreht – und man hätte es keinem Bauern verübeln können. In dieser Nacht herrschte ein Ausnahmezustand – in jeder Beziehung.
Sixtus ist unterwegs. „Grüß dich, Toni."
„Oh, Sixtus, du bist auch munter heute?"
„Ich hab' nichts geschlafen heut'."
„Ich auch nicht."
„Grausig ist das. Zuerst lebst du, und dann bist du verbrannt."
„Es sind zum Glück nur Gebäude."
„Und die zwei?"
„Was? Die zwei?"
Sixtus schaut ihn nur an. Toni beginnt es zu frösteln. „Ich zeig' sie dir." Sixtus deutet ihm mitzukommen.
Was will ihm Sixtus zeigen? Da wird doch niemand verbrannt sein? Ein beklemmendes Gefühl erfasst Toni.
„Wo gehen wir hin?" Sixtus scheint ihn nicht zu hören. Er fasst ihn am Arm. „Sixtus, wo willst du hin?"
„Drüben neben dem Stall, dem deinen, liegen sie."
Tonis Herz schlägt schneller, er greift sich an die Brust.
„Wer liegt da?"
„Alle zwei – verbrannt!"
Sie gehen schneller. Schon sieht man die Brandruine des alten Stalls. Vor zehn Jahren hat er einen neuen Stall samt Haus gebaut, das alte Haus abgerissen, den Stall will er auch – er braucht ihn nicht mehr. Einige Maschinen hat er in der Tenne oben abgestellt, die sind jetzt natürlich nichts mehr. Aber er ist gut versichert. Sie sind bald da, Toni ist auf alles gefasst. Dann bleibt

Sixtus stehen und zeigt auf den Boden. Toni sieht aber nichts – ja, zwei kleine, verkohlte … Was ist denn das? Sixtus bückt sich und hebt etwas auf – einen verkohlten Vogel.
„Paula, meine Frau, hat bei deiner Frau manchmal Eier gekauft. Jetzt gibt es keine Eier mehr." Bekümmert schaut ihn Sixtus an.
Drei Sekunden braucht Toni, bis er begreift, dann packt ihn die Wut. Er fasst Sixtus hart an der Schulter. „Du Trottel, du verdammter, wegen ein paar toter Hühner erschreckst du mich so …, ich hab' geglaubt …"
Sixtus windet sich unter seinem harten Griff. „Hühner haben auch ein Leben … gehabt."
„Wegen zwei von diesen Viechern machst du so ein Theater?" Er lässt Sixtus los, stößt ihn weg. „Geh heim, leg dich hin, dann richtest du keinen Schaden mehr an." Scheu schaut Sixtus ihn an, dann setzt er sich in Bewegung. Nach ein paar Schritten bleibt er noch einmal stehen, dreht sich um und sagt etwas, danach geht er heimzu.
„Hast du noch etwas gesagt?", ruft ihm Toni nach, doch Sixtus hört ihn nicht mehr.
Toni ist noch immer aufgebracht wegen diesem Trottel. Jagt ihm der wegen zwei Hühnern einen Schrecken ein! Ja, es stimmt, sie haben noch ein paar Hühner im alten Stall untergebracht. Aber warum hat er sich von Sixtus solche Angst einjagen lassen? Man weiß doch, dass der nicht ganz richtig ist im Kopf.

•

Langsam kommen Leute zusammen, schauen, tuscheln, raten. Wer hat das alles angestellt? Dass ein Stall oder

ein Stadel brennt – aus welchen Gründen immer – so etwas kann passieren; aber dass gleich vier Objekte fast gleichzeitig brennen?! Nein, das gibt es nicht. Da ist nachgeholfen worden! Und dieser Täter, dieser Saurhund, muss gefunden werden!
„Dass man den Waldemar nicht sieht …?"
„Der ist in Wien, kommt aber in ein paar Stunden."
„Woher weißt du das, Toni?"
„Ich weiß es eben."
Dann kommt Bewegung in die Menge. Die alte Gamperin braust daher, schaut schweigend in die Runde, dann hebt sie ihren Stock. „Ich hab's euch gesagt, dass etwas geschehen wird, etwas Grausiges. Das heute ist schrecklich, aber nicht grausig." Alle Umstehenden halten den Atem an. „Eine Finsternis wird kommen, die Erde wird sich auftun und alles verschlucken. Auch uns!"
„Geh, Gamperin, so arg wird es wohl nicht kommen."
Erstaunt schaut sie den Vorlauten an. „Ah, der Toni! Ja, du bist noch jung und stark, hast vor nichts eine Angst. Aber auch du wirst nicht auskommen."
„Gamperin, du bist eine gescheite, gebildete Frau. Hast du eine Ahnung, wie ein Feuer an vier Stellen gleichzeitig ausbrechen kann?"
Die Alte stößt einmal mehr den Stock drohend in die Höhe und zeigt dann in vier Richtungen. „Er hat Helfer, macht es nicht allein." Dann schaut sie in die Runde. Langsam begreifen die Anwesenden, sie schauen einander argwöhnisch an und gehen dann. Auch Toni macht sich auf den Heimweg.

•

Die Brandkommission ermittelt und stellt fest, dass überall ein Brandbeschleuniger verwendet wurde. „Benzin“, sagen die Leute dazu. Warum alles komplizierter machen, als es ohnehin ist? Die Zeitungen berichten seitenweise, und die Polizei bittet „um zweckdienliche Hinweise“. Also haben sie noch nichts Konkretes. Toni hat einige „schlechte Nächte“, langsam normalisiert sich aber wieder alles.
Die Stunden verrinnen, am Abend hat jeder das Gefühl, ein Tag sei vergangen. Der Abend wird von der Nacht abgelöst – und diese verstreicht, ob man sie nützt oder nicht.

30

Es regnet. Schon seit zwei Stunden. So lang schaut Ingrid jedenfalls schon hinaus. Es sind keine großen Tropfen, aber sie fallen stetig. Ein kleines Bächlein hat sich gebildet, fließt in einer nachträglich eingefügten Rinne an ihrem Haus vorbei. Der Platz vor ihrem Haus hängt ein wenig in ihre Richtung, und deshalb war, als der weg asphaltiert wurde, die Rinne notwendig geworden. „Karli“, sagte sie damals, „dauernd das Wasser vor der Haustür, das können wir nicht haben. Unternimm etwas dagegen.“
Karli begann tatsächlich, etwas zu unternehmen, am späten Nachmittag musste sie ihn aber zum Doktor bringen – mit einem kleinen Stein im Auge. „Wenn man mit dem Pickel auf Stein haut, muss man die Augen zuklemmen, du Trottel!“, stellte sie fest. Der Arzt entfernte den Steinsplitter, das Blinzeln auf dem Auge ist dem Karli aber bis heute geblieben. Die Arbeiter vom Bau-

hof haben die kleine Rinne angelegt, und bezahlt hat sie nichts dafür. Der Bürgermeister schickte zwar eine von ihr unbeachtet gebliebene Rechnung und danach zwei ebensolche Mahnungen. Nach der dritten Mahnung explodierte sie und verlor den Bürgermeister als Kunden, was sie aber nicht weiter störte.
Der Regen lässt ein bisschen nach, oder? Es kann sie auch täuschen. Im Grunde bleibt es belanglos, ob es stark oder weniger stark regnet. Plötzlich kommt Abwechslung in ihr Blickfeld: ein alter Mann von links. Es ist der Brommer. Er schlurft – im Einundachtzigsten darf man das – zum Hofer, um dort einzukaufen. Jeden zweiten Tag zuckelt er vorbei, bei jedem Wetter. Ja, der Brommer. Ingrid seufzt. Die Zeit, wie die Zeit vergeht! Vor fünfzig Jahren war der Franz ein flotter Bursch, fesch und verwegen. Alle Mädchen, auch sie, umschwärmten ihn. Es ist aber nie etwas Ernsteres entstanden zwischen ihnen.
Heute geht er besonders langsam. Das sind keine Schritte mehr, das ist nur noch ein Sich-Dahinschleppen. Geht gesundheitlich wohl stark bergab mit ihm. Würde er stürzen und sich dabei verletzen – ein Oberschenkelhalsbruch oder gar ein Schädelbruch würde ihm sicher den Rest geben. Bei über Achtzigjährigen ist das normal. Sie wünscht ihm das alles zwar nicht, aber in dem Alter sind Krankenhaus und Tod deine ständigen Begleiter. Wie der über die Straße geht! Er schaut nicht links oder rechts. Und dann das Schneckentempo! Bis jetzt hat aber noch jedes Auto angehalten. Der Brommer verschwindet aus ihrem Blickfeld. Fast drei Minuten hat er für die knapp dreißig Meter gebraucht. Nachmittags wird sie das schöne, schwarze Kleid aus dem Kasten holen und abstauben.

Plötzlich geht ein junger, flinker Mann aufs Haus zu. Ingrid kennt ihn nicht. Kommt der tatsächlich zu ihnen? Er hat eine … Aktentasche mit, das verheißt selten Gutes.
Dann steht er herinnen. „Grüß Gott."
Fast schüchtern blickt sie der junge Mann an, öffnet dann seine Tasche und entnimmt ihr einen großen Zettel. „Ich soll …, das ist …" Er gibt ihr das Papier, es ist ein Partezettel. „Am Freitag ist Beerdigung, um zwei."
„Mein Beileid", sagt sie und reicht ihm die Hand. Mit Tränen in den Augen geht er wieder.
Ingrid setzt sich auf einen Stuhl, den Partezettel in der Hand, und liest. Und erschrickt! Michael! Sie schnauft ein paarmal tief durch. Nicht für den Franz, sondern für Michael wird sie das schwarze Kleid brauchen. Aber eine Vorahnung hat sie gehabt. Michael, erst zweiundsechzig, ist – war – ein entfernter Verwandter und lebt in der Nachbargemeinde Oberhirschen. Lebte in Oberhirschen. Jetzt hat sich alles erledigt. Michael ist nie vom Glück verwöhnt worden. Sie trägt den Partezettel in die Küche, danach nimmt sie wieder ihren Platz ein, lehnt sich auf die „Pudel", lässt ihren schweren Busen darauf nieder und stützt sich mit den Ellenbogen ab. Das ist jetzt ihr Platz, ihr Arbeitsplatz seit sieben Jahren. Richtig zu arbeiten braucht sie nicht mehr, sie steht aber jeden Tag um sechs auf, frühstückt, macht alles sauber, zieht den weißen Arbeitskittel an und geht in den „Laden". Nur zwei Türen trennen sie davon: die Küchen- und die Haustür. Der Laden befindet sich im Haus, in ihrem Haus. Im Parterre ist Platz für ihre Wohnung und den Laden, oben ist eine große Wohnung, die derzeit Karli belegt. Und noch ein Zimmer, das sie gelegentlich vermietet.

Ingrid schaut auf die Uhr. Neun Uhr fünfzehn, Klara kommt. Ingrid kennt alle, die vormittags vorbeikommen. Normalerweise. Es gibt auch Abweichungen, selten zwar, aber es gibt sie. Dann wird es meistens spannend. Warum kommt heute der oder die nicht vorbei? Ist er krank? Ist ihm etwas zugestoßen? Oder brauchen sie heute einfach nichts? Die meisten Vorbeigehenden eilen in die Geschäfte ringsum. Auch dieses Kreuz- und Querlaufen ist interessant zu beobachten. Die Klara, zum Beispiel, hat den Lebensmittel-Großmarkt neben ihrer Wohnung, geht aber zum Hofer einkaufen. Uschi, neben dem Hofer daheim, läuft dafür zur Konkurrenz. Zuerst hat Ingrid – inzwischen ist ein richtiges Hobby daraus geworden – einige Zeit gebraucht, bis sie alle und alles zuordnen hat können. Heute weiß sie alles. Sie hat niemanden ausfragen müssen, nur die Augen offen halten und den Verstand einsetzen. Ingrid ist überzeugt, dass sie dieses „Spiel" auch geistig auf der Höhe hält. In der Regel sieht man schon an den Einkaufstaschen, wo der oder die Betreffende eingekauft hat. Es hat aber auch Fälle gegeben, wo sie nachhelfen musste. Bei Helga zum Beispiel. Die geht nur mit dem Korb einkaufen. Ingrid hat die Zeit gestoppt und dann die eigene, die sie gebraucht hat für dieselbe Strecke. Sogar einen kurzen Tratsch hat sie mit eingerechnet – und herausgefunden, dass Helga nicht beim Hofer, sondern doch beim Großmarkt einkauft. Weil es sich zum Hofer mit der Zeit einfach nicht ausginge.
Ah, jetzt kommt Klaus. Klaus kommt jeden ersten Donnerstag im Monat. Klaus ist ihr treu geblieben, sie mag Klaus. „Grüß dich, Ingrid."
„Grüß dich, Klaus." Er stellt den Schirm in den Ständer, zieht den Rock aus und hängt ihn an den Haken.

„Setz dich, Karli kommt gleich.“ Sie geht in den Gang: „Karli!“
Als sie wieder hereinkommt, sagt Klaus: „Heut’ hab’ ich es gut erwischt. Bei dem Wetter geht sonst niemand vors Haus.“
„Ja“, sagt sie nur. Klaus erwischt es fast immer gut, denkt sie wehmütig, ganz selten kommen zwei Kundschaften zusammen.
„Gibt es etwas Neues, Ingrid?“
„Der Michael ist nicht mehr.“
„Wer? Der Michael? Dein ...?“
„Ja, mein Göd.“ Klaus legt die zuvor genommene Zeitung weg. „Warum der Michael? Wenigstens hat er jetzt ausgelitten.“
„Das kann man sagen. Dass die Frau die Hosen anhat, ist manchmal gut, aber Margot hat es übertrieben.“
„Ja, da hast du wohl recht. Überhaupt keine Freude hat sie ihm gegönnt.“
„Obwohl sie nicht arm sind, oder?“
Karli erscheint; zerzaustes Haar, müder Blick. Ingrid hält sich aber zurück.
„Grüß dich, Klaus.“
„Hallo, Karli.“ Klaus ist Karlis Zustand auch nicht entgangen. „Hast gerade ein Spielchen gemacht, mit Jany, ha?“
Karlis derzeitige Flamme ist Engländerin. Karlis Miene hellt sich auf. „Ja, du hast recht, Klaus, etwas in diese Richtung haben wir gemacht.“
„Vormittags?“
„Nachts arbeitet sie ja.“
„Dann solltest du sie vormittags aber schlafen lassen.“
Die zwei plänkeln noch ein bisschen weiter. Ingrid klappt die Ohren zu, sinnloses Geschwätz!

„Klaus, setz dich her. Wie schneiden wir sie heute?“
„Wie immer. Die Ohren frei.“
Karli befestigt den Umhang am Kragen von Klaus und beginnt seine Arbeit. So läuft das bei ihnen. Nachmittags wird Edi kommen. Ingrid schaut beim Fenster hinaus, gedankenverloren … Morgen werden sich Erwin und Peter die Haare schneiden lassen. Ab und zu kommt noch ein Zufälliger herein, selten zwar, aber ausgeschlossen ist es nicht. Ja, die Zeiten haben sich geändert …
Paula und Mathias kommen ins Blickfeld. Die gehen immer zu zweit einkaufen. Paula kann mit Geld nicht umgehen, und Mathias ist zu schön, als dass er allein gehen dürfte. So gehen sie eben mitsammen und einer passt auf den anderen auf. In den ersten Jahren ihrer Ehe hat Paula ihm zu viel Freiheit gelassen, und prompt hat er auf der Seite gegrast! Seither müssen sie der Doris Alimente zahlen. Paula geht dreimal in der Woche putzen. Mathias lebt seit damals daheim „unter dem Tisch“, sagt man. Er hat es aber auch nicht anders verdient.
„Spielst du noch immer Lotto, Ingrid?“
„Toto, Klaus, nicht Lotto.“
„Ach ja …“ Lotto ist nur ein Glücksspiel, aber beim Toto, da muss man etwas wissen. Soll sie ihm das erklären?
„Fußball, Ingrid, ist nicht mein Gebiet. Aber ich weiß, du kennst dich da aus. Wer wird denn heuer Meister?“
„Die Austria.“
„Und in Deutschland?“
„Die Bayern – obwohl ich den Tormann nicht mag.“
„Schon die Bayern?“
„Ja.“

„Warum bist du dir da so sicher?"
„Ich weiß es."
„Das ist doch alles nicht so wichtig." Karli.
„Du, halt dich da heraus. Du verstehst nämlich überhaupt nichts." Ach, wozu aufregen?
Ein Mann geht draußen vorbei, bleibt stehen, schaut herüber. Sixtus ist es, ihr Bruder. Genau genommen, ihr Halbbruder. Geh weiter, komm bloß nicht herein, ich brauch' dich nicht! Als hätte er ihre Gedanken gespürt, setzt er sich wieder in Bewegung. Wo er wohl hingeht? Er ist in letzter Zeit viel unterwegs. Sinnlos läuft er umher. Ihr Bruder spinnt! Es ist tragisch, aber es ist so. Manchmal schämt sie sich für ihn. Er spürt seinen Zustand nämlich nicht, fühlt sich wichtig, hat Sachen im Kopf …
Früher ist er nicht so gewesen. Erst später ist er so geworden. Seine Frau, die Paula, gibt einer Verkühlung die Schuld, wahrscheinlich ist aber auch sie mitschuldig.
„Wo ist Klaus?"
„Gegangen, du hast es nicht gemerkt."
„So …, ohne Gruß ist er gegangen?"
„Nein, er hat sich verabschiedet."
„Ich hab' nichts gehört."
„Du hast dreingeschaut, als wärst du nicht ganz da."
„Reiß dich zusammen, sonst …" Karli wird immer frecher. Sie wird ihm das austreiben müssen. Wenn sie auch schon einundsiebzig – und er vierunddreißig ist. So redet man nicht mit seiner Mutter. Auch nicht, wenn man das einzige Kind ist.
Die Meiers gehen vorbei. Bei diesem Bild hellt sich ihre Miene wieder auf. So eine schöne Familie! Kathrin schiebt den Kinderwagen, Peter achtet auf die zwei

Kleinen. Eine Familie mit drei Kindern sieht man heutzutage selten. Eines, höchstens zwei … Die Frauen gehen alle lieber arbeiten, als daheim Kinder großzuziehen. Kathrin wuchs oben am Berg beim „Hirtl" auf, ging dann bei ihr in die Lehre. Friseurin lernen viele Mädchen, auch heute noch. Kathrin war eine Tüchtige, was sie nicht von allen behaupten kann. Freundlich, tüchtig und hübsch. Kathrin hat ihr Kundschaft gebracht, hauptsächlich männliche.
„Ich geh' wieder hinauf."
„Hast du alles sauber gemacht?"
„Ja, hab' ich."
Es stimmt, alles sauber. Lange hat es gebraucht, bis sie Karli das alles beibringen hat können. Es ist nicht ganz ohne Gewalt gegangen. Seit fünfzehn Jahren führen sie jetzt den Laden gemeinsam – sie und ihr Karli. Die Haare schneidet Karli, das Finanzielle macht sie. Angestellte haben sie keine mehr. Brauchen sie auch keine. Die weiblichen Kundschaften haben sich alle „verlaufen". Es gibt noch einen Friseursalon in Unterhirschen. Aber früher hat sich viel getan bei ihnen! Das ist aber fünfzig Jahre her. Zwei Friseurinnen – neben ihr – und ein Lehrmädchen sind mit der Arbeit kaum nachgekommen. Früher – da lernte sie auch Willi kennen. Sie schnitt ihm die Haare, und er schaute sie im Spiegel so seltsam an. Das machten zwar viele, aber bei den anderen empfand sie nichts. Aber bei Willi …! Ein herrliches Gefühl packte sie, ihr wurde richtig heiß. Worte fielen ihr zwar nicht die richtigen ein, auch Willi nicht, trotzdem fanden sie einen Weg der Verständigung. Willi fuhr seinen Ellenbogen langsam aus, und sie ging darauf ein. Seitlich neben ihm stehend, arbeitete sie an seinen Haaren, und Willis Ellenbogen schob

sich Zentimeter für Zentimeter zwischen ihre Schenkel. Nach vorn gebeugt, den untersten Knopf des Arbeitsmantels geöffnet – so blieb sein Arm besser verdeckt – arbeiteten sie. Willi wurde mutiger, hob seinen Ellenbogen an und schob vor und zurück. Herrlich, es war so verboten herrlich. Doch dann kamen Kundschaften, und sie mussten aufhören. Willi zahlte und ging – eine Hand im Hosensack; auch ihn hatte das Spiel aufgewühlt. So hat alles angefangen.

Am nächsten Abend holte er sie ab. Er fragte nicht lang, sagte einfach, dass sie spazieren gingen. Und sie gingen spazieren. Ihre Eltern staunten, sagten aber nichts. Es hätte auch nichts genützt, sie wäre sowieso mit Willi gegangen. Nach einem kurzen Stück nahm er ihre Hand, so gingen sie bergwärts.

„Wohin gehen wir?“

„Dort hinauf“, war seine Antwort.

Auf einer Bank am Waldrand oben küssten sie sich. Immer wieder. Dann schob seine Hand ihren Rock zurück, seine Finger kitzelten und streichelten ihre Schenkel, wurden immer drängender. Sie gab schließlich nach, öffnete ihre Schenkel und ließ seiner Hand freies Spiel. Bisher ungekannte Schauer überfielen sie, eine Woge der Lust … Dann kamen sie im Moos hinter der Bank zu liegen. Willi zerrte ihr die Unterhose vom Leib, dann nahm er sie. Beide schnauften und stöhnten laut dem Höhepunkt entgegen.

Ingrid wischt sich eine Träne aus den Augen. Willi! So schön fing alles an, und so grausig musste alles enden. Schon nach einem Jahr heirateten sie. Karli kam erst später, da war Willi schon … Willi fing im zweiten Jahr ihrer Ehe an zu trinken – und zu spielen. Anfangs war sie richtiggehend geschockt. Willi trank! Warum?

Immer öfter kam er mit einem Rausch nach Hause. In dieser schwierigen Zeit starben ihre Eltern schnell hintereinander, und sie musste den Betrieb übernehmen. Sixtus, ihr Bruder, war Zimmerer und hatte sich nie für den Friseurladen interessiert. Dafür bekam er das Grundstück, auf dem er dann ein kleines Haus gebaut hat.
Und Willi? Sie konnte nicht begreifen, wie sich ein Mensch so schnell ändern kann. Sie versuchte es „im Guten", redete auf ihn, verzieh ihm … Als das nichts bewirkte, drohte sie, ihn hinauszuwerfen. Nichts wurde besser deswegen. Die Alkoholsucht nicht, und die Spielsucht auch nicht. Dafür arbeitete er fast nichts mehr. Und grob wurde er. Aber das Schlimmste sollte erst noch kommen.
„Grüß Gott! Hier werden Haare geschnitten?"
„Was? Ja, Haare …" Wer ist dieser Mann? Wie ist der hereingekommen? Er schaut umher, nimmt seinen Hut ab und zieht den Mantel aus. „Sie wollen Haare schneiden? Bitte, setzen Sie sich, Karli wird gleich kommen."
„Ja, ja, der Karli …"
„Karli ist mein Sohn, er schneidet Ihnen die Haare." Komisch klingt dieses Hochdeutsch, sie hält es aber für angebracht bei diesem Mann. Sie geht in den Flur. „Karli!"
Der Fremde setzt sich, wirkt geduldig. „Anscheinend hab' ich's gut getroffen, ich komme gleich dran?"
„Ja, Karli kommt sofort." Sie schaut auf die Uhr. „Nach zehn wäre es schwieriger, da ginge heute gar nichts mehr."
„Ich hab' mir gedacht, ich probier's einfach."
„Für gewöhnlich geht es auch ohne Vereinbarung, manchmal kommt allerdings viel zusammen."

Zufrieden sitzt der Fremde auf dem Stuhl. Ein Fremder ist er, der Sprache nach, eher nicht, eher ein Besserer.
„Sie sind die Chefin?"
„Ja, das bin ich. Aber eigentlich lass' ich Karli den Salon führen."
„Großes Feuer gehabt?"
„Ja", sagt sie nur. „Lausbuben."
Ingrid ist überzeugt, dass da nur Lausbuben auffallen wollten. Komisch, wie der daherredet. Zusammenhanglos. Der weiß mehr, als er sagt. Wer ist dieser Mann? Sein Gehabe ist freundlich, aber …, sie beschließt, ein wenig Zurückhaltung zu üben. Auch Finanzbeamte sind freundlich und lassen sich die Haare schneiden.
„Alles gleich wie früher, nur der Damensalon ist nicht mehr."
Wieso weiß der das? „Waren Sie früher schon hier?"
Freundlich schmunzelnd schaut er sie an, schweigt aber.
Was will dieser Fremde? Karli kommt herein.
„Grüß dich, Karli."
„Hallo …"
Die beiden kennen einander also. Ingrid beschließt, aufs Ganze zu gehen. „Karli, der Mann ist früher schon da gewesen. Kennt ihr euch?"
Karli wirkt unsicher, weicht ihrem Blick aus.
„Die Haare waschen und schneiden, Karli."
„Setz dich herüber." Karli redet ihn mit Du an. Karli macht das aber bei jedem, er kennt den Unterschied nicht, ob einer ein Normaler oder ein Nobler ist. Wenn einer Karli von früher her kennt, bedeutet dies meistens nichts Gutes. Karli hat viel angestellt. Dieser Mann ist nicht viel älter als Karli. „Es geht dir gut …," hört sie den Mann sagen, danach verschluckt das rin-

nende Wasser die Worte. „Jany …“, dieses Wort hört sie einmal heraus und erschrickt. Warum kennt dieser Mann Jany, die Freundin ihres Sohnes? Es geht um Jany. Schon bei seinem Betreten des Salons hat sie kein gutes Gefühl gehabt. Dieses noble Gehabe! Dabei ist er ein primitiver … Der will Karli Jany streitig machen. Sofort meldet sich ihr Mutterinstinkt. Sie muss Karli zu Hilfe kommen. Aber wie? „Ein Sauwetter, heute“, sagt sie und nähert sich den beiden.

„Regen ist gut für die Natur. Es war lang trocken.“

Du Trottel, denkt sie, das weiß ich selber auch.

„Karli und ich sind Freunde, schon lange, oder Karli?“

„Ja“, sagt Karli nur. Das klingt nicht so, als wären sie tatsächlich Freunde. Natürlich wird jetzt wegen ihrer Anwesenheit nur Belangloses geredet. Sie geht wieder an ihren Platz zurück, lehnt sich auf den Ladentisch. Den hat sie vor ewigen Zeiten günstig erworben, er passt gut in den Laden. Er hätte nicht so groß sein müssen, Platz ist aber. Sie ist stolz auf dieses Möbelstück, weil es den ganzen Salon aufgewertet. Zuletzt, wenn die Kundschaft zahlt, steht sie gebieterisch dahinter. Das Gefühl, auf die Kunden hinunterschauen zu können, genießt sie heute noch. Das stimmt auch bildlich. Sie hat sich in einer Zimmerei ein Kantholz gekauft, zwanzig mal dreißig Zentimeter lang und breit und zwanzig Zentimeter hoch: Dieses Holz liegt – für Kunden nicht sichtbar – hinter dem Ladentisch und lässt sie jedes Mal wachsen …

„Nein!“ Karli hat laut Nein gesagt. Sie fühlt Zorn aufsteigen gegen diesen Fremden. „Nein, werd’ ich nicht!“, sagt er noch einmal.

Plötzlich weiß sie: Der Fremde will Karli erpressen! Sofort handelt sie, greift zum Telefon.

„Mama, was tust du?"
„Ich muss nur etwas fragen bei der Polizei."
Das Wort Polizei hat sie betont, um den Fremden zu erschrecken, der aber sagt nur: „Die Polizei, dein Freund und Helfer" – und lacht.
„Mach ja keinen Blödsinn, Mama!"
Eigentlich sollte sie alles hinschmeißen, sich ein schönes Leben und um Karli keine Sorgen machen. Karli war als Kind klein und zerbrechlich, brauchte immer Hilfe. Erst mit zwölf, dreizehn Jahren begann er zu wachsen. Nach der Schule geriet er an falsche Freunde. Damals hat es angefangen, dass sie für Karli zahlen musste. Ein kleiner Einbruch da, eine Sachbeschädigung dort – und immer wurde nur ihr Karli erwischt. Weil die sanfte Art bei Karli nichts bewirkte, griff sie zu härteren Maßnahmen. Es wirkte. Karli wurde gescheiter. Ein anderes Übel, das Karli bis heute nicht ganz im Griff hat, ist seine Sexualität. Jany fährt allerdings ganz gut mit ihm, schon seit über zwei Jahren. Jany – wer ist sie überhaupt? Ingrid weiß es nicht. Plötzlich ist sie da gewesen, zu Karli in die Wohnung droben gezogen. Sie kommt aus London, ist Ende zwanzig und hübsch. In einem winzigen Koffer hat sie ihre ganze Habe mitgebracht. Sie spricht mittelmäßig gut Deutsch und ist immer freundlich. In der Sommer- und Wintersaison arbeitet sie als Kellnerin in der „Salben-Bucht", in der Zwischensaison fährt sie heim.
„Auf Wiedersehen, Frau Ingrid."
„Auf Wieder …". Eigentlich will sie den gar nicht wiedersehen. Sie wird Karli nicht gleich fragen, der würde nur schweigen. „Karli, lass, ich mach' sauber."
Erstaunt, aber dankbar schaut er sie an. „Dann geh' ich hinauf."

„Ja, geh zu Jany." Hoffentlich hat sie sich getäuscht in dem Fremden. Hoffentlich will er nicht Jany oder Geld. Schnell macht sie sauber und schließt den Laden. Es ist zwar erst kurz nach elf, aber sie mag nicht mehr. Um vierzehn Uhr wird wieder geöffnet. So einfach ist das.
Ingrid macht sich ein Omelett. Zwei-, dreimal in der Woche isst sie Omeletten, sie mag das. Viel lieber als Fleisch. Allerdings immer mit einer anderen Marmeladesorte. Eigentlich ist sie stolz auf sich selbst. Sie hat den „Salon Ingrid" um zehn nach elf geschlossen, obwohl bis Mittag offen sein sollte. Jedes andere Geschäft hält bis zwölf offen, sie nicht. Sie ist ihr eigener Chef. Sie kann es sich leisten zu schließen, wann sie will, und aufzusperren, wann sie will.
Wenn sie jemand ärgert – wie eben der Fremde da (obwohl sie sich umsonst geärgert hat, davon ist sie jetzt überzeugt) –, kann sie sofort schließen, den Laden dicht machen, wie man sagt. Es ist ihr nämlich gleichgültig, wenn noch einer kommen sollte, um sich die Haare schneiden zu lassen. Sie ist nicht angewiesen auf die fünfzehn Euro! Den Laden führt sie nur, damit Karli eine ordentliche Beschäftigung hat. Das ist wichtig für ihn. Sie selbst hat ihre Rente, und eine Großtante hat ihr Geld vererbt. Sie isst zwei Omeletten, ein wohliges Gefühl stellt sich ein. Sie freut sich auf das Mittagsschläfchen auf dem Diwan. Das gönnt sie sich jeden Tag. Sie schläft mittags besser als in der Nacht, denn nach Mitternacht wird sie regelmäßig munter, und da kommen dann die Geister – vom Keller herauf und von noch tiefer unten. Er schickt sie ihr – als Rache. Aber jetzt ist Mittag und helllichter Tag. Zufrieden schläft Ingrid ein.

•

Karli sitzt regungslos in der Küche, denkt nach. Er muss eine Lösung finden – so oder so. Und zwar schnell! Er hat es immer befürchtet, und heute war Albert da. Albert vergisst nichts. Soll er noch einmal seine Mutter fragen? Sie wird sehr ungehalten reagieren. Er kennt sie. Sein Konto kann er aber nicht noch mehr überziehen … Jany kommt aus dem Zimmer.
„Guten Morgen."
„Guten Morgen! Es ist aber bald Mittag."
„So?", sagt sie nur und stellt sich vor ihn. Wie weggeblasen sind die dunklen Gedanken: Jany steht vor ihm! Langsam öffnet seine Rechte den obersten Knopf ihres Pyjamas, dann den nächsten. Jany steht still, lässt ihn gewähren. Seine Linke schiebt den leichten Stoff zur Seite, die Rechte umfasst ihre Brust, und seine Zunge vollendet das Spiel.
„Karli, hör auf", gurrt sie und entzieht sich ihm.
Einen kurzen Moment blitzt Zorn in seinen Augen, dann hat er sich wieder gefangen. Nein, bei Jany darf er nicht grob werden, bei Jany nicht. Wenn ihn andere abgewiesen haben, wenn er gerade in Fahrt gekommen ist, haben sie dafür bezahlt. Die eine mehr, die andere weniger. Und wo bekommt er tausend Euro her? Er denkt wieder nach …
„Magst du Spaghetti, Karli?"
„Was? Spaghetti – ja." Er wird seine Mutter um das Geld fragen müssen. Sie hat genug davon. Plötzlich wieder dieser Zorn in ihm. Warum hat sie Geld und er keines? Warum muss er sie immer fragen, wenn er knapp dran ist? Er kriegt eine Art Taschengeld, aber mit dem hat er immer zu wenig.
„Was denkst du denn so angestrengt?"
„Ach, nichts."

Plötzlich weiß Karli, was er tun wird. Er wird Mama nicht mehr fragen, er wird fordern! Wenn sie aber reagiert wie immer? Dann muss er sich eben durchsetzen. „Hallo Mama, ich brauch' tausend Euro", wird er sagen. Das klingt zwar schon ganz gut, aber er bettelt noch immer. Das Hallo wird er weglassen. „Mama, ich brauch' tausender …" Nein! „Mama, reiß tausend Euro her!" Auch das Mama wird er weglassen. „Tausend Euro brauch' ich!" Ja, das klingt gut. Dem Ganzen wird er mehr Nachdruck verleihen – natürlich mit einer Waffe; mit einem Messer vielleicht, es muss ja nicht gleich ein Revolver sein. Er hat auch gar keinen. Da kommt ihm ein Gedanke, ein verwegener Gedanke.

„Karli, die Spaghetti!"

Er hat gar nicht gemerkt, dass Jany schon gedeckt hat.

„Träumst du mit offenen Augen?"

„Nein, nein, es ist nichts. Ich denk' nur nach."

Sie essen wortlos. Wenn Mama …, wenn sie plötzlich nicht mehr wäre?!

„Du isst ja gar nicht." Jany.

„Doch, ich esse." Er bemüht sich, nicht mehr zu denken. Jany braucht nichts zu wissen von seinem Problem. Ja, Albert ist ein Problem. Albert … Das still ausgesprochene Wort eröffnet ihm eine andere Sichtweise. Wäre Albert nicht mehr, wäre auch das Problem nicht mehr.

„Karli, wie viel Geld hast du daheim? Ich muss nachmittags einkaufen."

„Geld?"

„Ja, Geld. Schau nicht so überrascht, der Kühlschrank ist fast leer."

„Zwanzig, dreißig Euro werden es sein."

„Naja, fürs Nötigste!" Jany beginnt, den Tisch abzuräumen.

Geld, Geld, immer geht es ums Geld. „Verflucht!"
„Hast du etwas gesagt, Karli?"
„Nein."
Jany macht alles sauber in der Küche. „Ich bin dann weg."
„Ja, ja." Was schaut sie ihn so an? Ach ja, das Geld. Er gibt es ihr. „Dreißig Euro, Jany, aber ..." Er spricht den Satz nicht zu Ende. Verprass es nicht, hat er sagen wollen. Zum Schluss kriegt er noch einen Kuss, dann ist sie weg. Karli setzt sich und beginnt wieder zu überlegen. Sein Entschluss steht fest: Er wird heute die harte Tour anwenden! Jetzt ist es zehn vor eins. Mama schläft da noch. Normalerweise. Er nimmt das große Küchenmesser und geht hinunter.

•

Ingrid träumt. Willi und sie gehen auf einen Berg. Jetzt Rast und Jause. Gut schmecken die Semmel und die Wurst. Willi säbelt von der Wurst herunter, Blatt für Blatt. „Willst du noch ein Blättchen?", fragt er sie.
„Nein", sagt sie, „jetzt ist es genug."
„Wir machen die Wurst aber fertig, hilf mir noch ein bisschen." Also nimmt sie noch die Blättchen und legt sie zwischen die Semmelhälften. Willi ..., warum isst Willi nicht mehr? Er spielt mit dem Messer in seiner Hand, dann schaut er sie so an ... merkwürdig. Plötzlich packt sie panische Angst: Willi und ein Messer in der Hand. Plötzlich hebt er die Hand, sie schreit auf – und ist munter. Schrecklich, diese Angst um ein bisschen Leben. Gott sei Dank war es nur ein Traum. Ingrid setzt sich auf – und bemerkt jetzt erst Karli. Er steht hinter ihr. „Was ist, Karli? Warum bist du hier?"

Er scheint es selbst nicht recht zu wissen. Eine Hand hält er hinter seinem Rücken. „Hast du geträumt? Du hast geschrien."
Ja, jetzt kann sie sich erinnern. Sie hat Grausames geträumt. Aber was genau? Unschlüssig steht Karli noch immer hinter dem Diwan. „Karli, was versteckst du vor mir? Ein Geschenk? Ist heute ein besonderer Tag?"
Langsam nimmt er seine Hand hinter dem Rücken hervor, sie hält das große Küchenmesser. Er legt es auf den Tisch. „Es schneidet nichts mehr. Kannst du eine Schneid machen?"
„Wenn das ein paar Tage Zeit hat?" Sie macht das tatsächlich selbst, sie hat einen guten Schleifstein und Übung darin. Allerdings, nicht jedes Messer lässt sich schleifen. Karli geht zum Fenster und schaut hinaus.
„Ist Jany nicht da?"
„Sie ist einkaufen gegangen."
„Sonst kaufst auch du manchmal ein."
„Ja, schon."
„Habt ihr gestritten?"
„Nein, Herrgott na."
„Du brauchst nicht zu fluchen, ich hab' nur gefragt."
Etwas bedrückt ihn, etwas will er. Das spürt sie. Dass das Küchenmesser nicht mehr schneidet, ist nur ein Vorwand. Sie kennt ihn zu gut. „Hast du etwas fragen – oder mir etwas sagen wollen?"
Er dreht sich um, geht ein paar Schritte auf sie zu, steht jetzt nahe vor ihr. Sein Blick verheißt nichts Gutes. Ein paar Sekunden schaut er sie schweigend an, dann sagt er:
„Ich brauch' tausend Euro!"
Diese vier Worte bewirken in ihr einen Reflex. Ihre Rechte schnellt vor und landet klatschend in Karlis Ge-

sicht. Mit einem Aufschrei weicht er zurück und hält sich die Wange. Ingrid ist überrascht. Sie hat ihrem erwachsenen Karli eine ordentliche Ohrfeige verpasst. Er hat sie verdient.
„Das wirst du noch bereuen", sagt Karli beim Hinausgehen.

•

Es ist halb zwei. In einer halben Stunde wird sie den Laden wieder aufsperren. Zuvor kriegt Karli die tausend Euro. Sonst spinnt er womöglich und weigert sich, den Kunden die Haare zu schneiden. Ingrid geht in die Speis, dreht das Licht an und sperrt die Tür hinter sich zu. Sie nimmt die große Zuckerdose vom Regal, ebenso die Tupperschüssel. Sie leert den Zucker in die Schüssel, zuunterst kommt Geld zum Vorschein. Sie muss jedes Mal schmunzeln, wenn sie Geld braucht. Kein Einbrecher würde auf die Idee kommen, in der Speis, in der Dose unter dem Zucker nach Geld zu suchen. Sie nimmt zwei Fünfhunderter, steckt sie in die Tasche des Arbeitskittels und legt das restliche Päckchen wieder in die Dose. Den Zucker wieder drauf – und fertig! Den Zucker verwendet sie nicht für Tee oder Kaffee.
Karli hat die Wohnung abgesperrt. Das macht er sonst nicht. Sie klopft. Noch einmal. Es bleibt alles still. „Karli!" Sie wird es später noch einmal probieren, wenn sein Zorn verraucht ist. Aber nein, sie muss mit ihm reden, bevor sie aufsperrt. Sie weiß auch, wie er aufmachen wird. „Karli", sagt sie laut vor sich hin. „Ich weiß, ich bin vorhin grob gewesen zu dir. Es tut mir leid. Die tausend Euro leg' ich dir vor die Tür." Dann macht sie auf der Stelle ein paar harte Schritte, will ihn damit glauben

machen, sie wäre wieder hinuntergegangen. Die zwei Fünfhunderter legt sie, einen Meter von der Tür entfernt, auf den Boden. Sie braucht nicht lang zu warten: Die Tür geht auf, und Karli kommt heraus. Er will sich um das Geld bücken, da sieht er sie. Er richtet sich auf, ohne das Geld zu nehmen. Grimmig schaut er sie an.
„Du kannst es schon nehmen, Karli, ich schenk' es dir."
„Du brauchst mir nichts zu …"
„Aber es ist das letzte Mal!" Sie sieht es ihm an, er kämpft mit sich selbst. „Du brauchst mir auch nichts zu erklären. Ich glaube, es hängt mit dem heutigen Besucher zusammen."
Schließlich bückt sich Karli und nimmt das Geld. „Um zwei sperr' ich wieder auf, du bist da, wenn du gebraucht wirst." Sie wartet nicht ab, ob er Ja sagt, dreht sich um und geht die Stiege hinunter. Karli wirft die Tür mit Wucht zu. Innerlich kocht er. Er könnte die ganze Wohnung auseinandernehmen. Er hätte aber selbst den Schaden und – er ist selber schuld. Warum hat er nicht zugestochen? Vielleicht hätte er es getan, wenn sie nicht plötzlich aufgeschrien hätte. Er ist richtig erschrocken, beinahe wäre ihm gar keine glaubhafte Antwort eingefallen, als sie gefragt hat, was das Messer bedeutet. Er hat das Geld zwar bekommen, aber so kann es nicht weitergehen. Er muss eine glaubhafte, intelligente Lösung finden, wie er sie verschwinden lässt. Sie kaltzumachen wäre nicht das Problem, aber danach? Er schaut in den Spiegel. Tatsächlich, er hat sich zuerst nicht getäuscht, seine linke Wange wird dicker. Dafür wird sie büßen!
Ingrid hat wieder ihre Stellung eingenommen, schaut beim Fenster hinaus. Nichts entgeht ihr. Sie selbst wird

aber nicht gesehen. Sie hat das vor Jahren mit Karli einmal geprobt. Erst als er ganz nah zum großen Auslagenfenster getreten ist, hat er sie gesehen; so nah geht aber von den Vorbeigehenden keiner oder keine. Dieser Store ist sein Geld wirklich wert! Es kommt wieder jemand. Oh …, ein feiner Stich bis ins Herz trifft sie – aber sie fängt sich sofort. Er öffnet die Tür, tritt herein. Sie schauen einander kurz an, dann setzt er sich in den Stuhl zum Haare-Schneiden. Ingrid geht in den Flur. „Karli!" Kommen die alten Zeiten wieder? Sie hasst diesen Mann. Er weiß das, deshalb kommt er. Und dafür hasst sie ihn noch mehr, den alten „Gansler". Die Leute sagen Toni zu ihm. Sein Sohn heißt auch so. Er ist ein Schwein, der Alte.

31

Die Begegnung nach dem großen Feuer mit Toni macht Sixtus schwer zu schaffen. Wie der ihn fertiggemacht hat, was für Namen der ihm gegeben hat, wie tief der ihn beleidigt hat! Dabei hat er ihn nur darauf hingewiesen, dass zwei Hühner verbrannt sind. Haben Hühner kein Leben? Kein Gefühl? Die fühlen auch etwas, wenn sie verbrennen! Er ist zornig auf Toni, schon seit ein paar Tagen. Er überlegt hin und her, ob er dem Toni das nicht heimzahlen soll. Aber wie? Wie kann er gegen den etwas ausrichten? Plötzlich kommt ihm ein Gedanke. Innerlich erschrickt er fast. Aber genau so wird es sein. Dazu muss er seinen Plan allerdings ändern. Allerdings: Von Toni hat er keine Stimme. Er müsste sie erst aufnehmen. Er hat aber kein Aufnahmegerät mehr … Seinen schönen Plan wird er nicht umstoßen, Toni

aber trotzdem bestrafen; er weiß auch schon wie. Dafür muss er aber den Abend abwarten.
Sixtus beschließt, bis dahin zu lesen. Er nimmt das Telefonbuch und setzt sich auf die Hausbank. Zeitweise muss er laut lachen. Was die Leute heutzutage für Namen haben! Hadrotschki Helmut steht da. Helmut, das geht ja noch, aber der Nachname! Er möchte nicht Hadrotschki heißen. Vorbeigehende Leute schauen, werden auf ihn aufmerksam, lachen, weil er lacht. Manchmal sind Menschen ganz leicht zufriedenzustellen. Er liest und lacht weiter. Plötzlich kommt ihm das Ganze aber blöd vor.
„Sixtus komm, es ist zum Essen."
„Ist es schon Abend?"
„Direkt Abend noch nicht, aber halb sieben ist's."
„Aha." Dann muss er noch warten, bis es dunkel wird. Essen kann man aber, auch wenn es noch nicht dunkel ist. Er wird einen Schraubenschlüssel mitnehmen müssen. Doch jetzt wird gegessen. „Wurstsalat ist gut."
„Deshalb hab' ich ihn ja gemacht."
Paula ist eine gute Frau. Fast verlangt es ihn, ihr das zu sagen. „Was ist da alles drin?"
„Ja, was schon? Wurst, Käse …"
„Ach, Paula, ist schon gut. Ich muss noch kurz weg."
„Was hast du vor?"
„Nichts Wichtiges. Ich geh' ein bissl spazieren."
„Darf ich mitgehen? Gehen wir zusammen spazieren?"
Das will er jetzt aber doch nicht. Wie soll er ihr das sagen? „Schau Paula, …"
„Aha, du willst nicht, dass ich mitgehe."
„Nein, das ist es nicht. Aber ich muss noch was erledigen."

„So – du musst noch was …“
„Du brauchst dich nicht zu fürchten; ich treff' mich mit keiner anderen.“
Paula weiß nicht, was sie sagen soll. Dass sich Sixtus mit einer anderen Frau trifft, hat sie gar nicht befürchtet, aber sonst, was macht er sonst? Es muss dunkel sein für das, was er vorhat. Also ist es etwas Verbotenes. „Du gehst nicht mehr weg, heute.“
„Du willst mir das verbieten?“
„Ja.“
„Warum?“
„Weil du etwas Verbotenes vorhast.“
Sixtus kommt ins Nachdenken. Ist es verboten, bei einem Traktor die Lenkstange zu lockern, sodass sie irgendwann auslässt und der Traktor nicht mehr dorthin fährt, wohin Toni will? Er will Toni doch nur ordentlich erschrecken.
„Wir werden unser Haus verkaufen müssen, Sixtus.“
Halt! So braucht sie ihm nicht zu kommen, so nicht! Das Haus, das er gebaut hat, verkaufen?! Er steht auf und verlässt die Küche, setzt sich wieder auf die Hausbank. Da wird er warten, bis Paula schlafengeht. Wenn sie das mit dem Haus nicht gesagt hätte, hätte er es sich vielleicht noch anders überlegt. So aber wird er tun, was er sich vorgenommen hat. Ganz still sitzt er da und wartet. Auf einmal hört er es – Paula weint. Sie sollte es nicht tun, das tut ihm weh. Wenn er jemanden, gewöhnlich ein Kind, weinen hört, tut ihm das weh. In letzter Zeit mehr als früher. Wird er weicher? Wird sein Herz weicher? Die ganzen Gefühle, die gehen vom Herzen aus. Das weiß er. Jetzt hat sie aufgehört, er hört nichts mehr. Froh ist er, dass sie nicht mehr weint, richtig froh. Den Schraubenschlüssel – nein, er muss noch warten.

Wenn er den jetzt holt, wird sie ihm wieder zusetzen. Er will Paula nicht ärgern. Das Ganze ist ja auch nicht gegen sie gerichtet.

32

Ingrid kann nicht mehr. Sie ist am Ende. Es kommt alles zusammen. Karli spinnt, und der alte „Gansler" kommt wieder! Karli verlangt ein fixes Gehalt monatlich. Fünfzehnhundert Euro! Auf die Hand! Sie hat ihn nicht wieder schlagen können, zu entschlossen ist er gewesen. Angst hat sie gekriegt, so wie er sie behandelt hat. Sie ist hinaufgegangen, stellte ihn zur Rede, nachdem er nicht heruntergekommen war und sie dem Gansler, diesem Schwein, selbst die Haare hat schneiden müssen. Viele Jahre ist er nicht mehr gekommen, hat sie in Ruhe gelassen, viele Jahre. –
Damals, als Willi nicht mehr war – nach drei Wochen erst meldete sie der Gendarmerie, dass er „abgehauen" war –, damals kam der Gansler einmal in den Salon und ließ sich die Haare schneiden – von Karin, einer Angestellten. Beim Zahlen dann hat er sich vorgebeugt und halblaut zu ihr gesagt: „Du weißt etwas und sagst nichts – und ich weiß etwas und sag' nichts!" Dann ist er gegangen.
Sie konnte an jenem Mittwoch – es ist schon über vierzig Jahre her, aber dass es ein Mittwoch war, weiß sie noch genau – nichts mehr arbeiten an diesem Tag. Sie saß im Schlafzimmer und weinte. Die Stunden quälten sich dahin, es wurde Abend und Nacht. Sie spürte, wie es dunkel wurde. Am nächsten Tag war ihr elend, doch dann ging das Leben weiter.

Ingrid geht in den Laden. Es ist halb neun abends, langsam kommt die Dunkelheit. Sie mag das, entspannt sich langsam. Wenn es herinnen dunkel ist, auch draußen das Licht schwindet, da fühlt sie sich irgendwie geborgen. Niemand sieht sie, niemand weiß, dass sie da ist und alles sieht. Nach und nach verflüchtigen sich die Bilder von früher. Auch die Angst und die Wut vor dem „Besucher“ heute Vormittag legen sich nach und nach. Er kann ihr nichts anhaben.

Aber warum ist er gekommen?

Er hat nichts gesagt, ihr nicht gedroht. Eigentlich könnte sie ihm drohen. Schon seit vierzig Jahren. Sie haben sich schon ein paarmal gesehen in diesen vierzig Jahren, aber nie ein Wort gewechselt. Beide wohnen und leben sie in Unterhirschen, diesem netten Dorf.

Damals befürchtete sie, dass er wieder auftauchen könnte. Er hat ihren Salon aber nie mehr betreten. Und jetzt ist er plötzlich vor ihr gestanden.

Zwei Leute mittleren Alters kommen von links – Hand in Hand. Ist das nicht die ...? Tatsächlich, es ist die Bognerin. Hat die also auch noch einen gefunden! Drei Jahre war sie allein, seit Karl, ihr Mann, plötzlich das Zeitliche segnete. Man hat sich schon gefragt im Ort, ob sie allein bleiben wird. Diese Frage ist geklärt. Und es ist beileibe kein Hässlicher, den sie da mithat. Jetzt bleiben sie stehen, umarmen und küssen einander. Ach, Liebe kann etwas Schönes sein, wenn die Richtigen zusammentreffen. Die Richtigen! Immer wieder kommen welche zusammen, bei denen sich später herausstellt, dass es nicht die Richtigen sind. Sie streiten wegen Kleinigkeiten, wälzen sich gegenseitig Steine in den Weg, zanken dann erst recht und heftiger miteinander, hintergehen einander heimlich, schließlich ganz offen –

bis es zum großen Knall kommt. Da fliegen dann die Fetzen! Oder sie trennen sich im Stillen. Friedlich oder tödlich! Die beiden da draußen lösen sich voneinander, gehen händchenhaltend weiter. Ingrid steigen Tränen in die Augen. Warum hat sie das alles nur ganz kurze Zeit erleben dürfen? Weil ihr Willi alles zunichte machte mit seinem Saufen und Spielen: ihre Liebe, ihre Ehe, ihr Leben! Auch das seine vernichtete er. Er zwang sie zu dem, was sie tat. Sie bereut es nicht, auch heute nicht. Ingrid richtet sich auf, geht in den Hausgang und steigt die Kellerstiege hinunter. Sie öffnet eine Tür, tritt ein und betätigt den Lichtschalter. Helligkeit durchflutet den Raum. Muffiger Geruch steigt ihr in die Nase – sie kennt das. Ganz still steht sie im Raum, horcht, überlegt. Soll sie einschlagen auf ihn? Es ist alles an seinem Platz, nichts rührt sich, kein Laut ist zu hören. Das ist gut so! Es ist nicht immer so!
Sie schaltet das Licht aus, sperrt ab und geht wieder hinauf. Sie wird sich jetzt niederlegen, aber sie hat Angst vor der Nacht. Komisch, wenn es Abend und dunkel wird, das mag sie, aber vor der Nacht, der richtigen Nacht, da fürchtet sie sich. Obwohl sie keine ist, die gleich Angst hat. Es ist auch keine greifbare Gefahr, die sie bedroht, es sind Geister, die in der Nacht erwachen und sie bearbeiten. Sie wollen sie in den Wahnsinn treiben.
Ingrid zieht sich aus, legt sich ins Bett. Plötzlich ist sie nicht mehr sicher, das Licht im Keller ausgeschaltet zu haben. Doch, sie hat! Oder doch nicht? Zur Sicherheit geht sie lieber nachschauen. Sie steigt aus dem Bett, schlüpft in die Patschen und stapft in den Keller. Sie dreht den Schlüssel um und steht in diesem Raum. Es ist dunkel, sie hätte sich den Weg sparen können. Sie

schaltet, mehr als Probe, das Licht ein. Vor ein paar Jahren traf sie beinah der Schlag, als es beim Einschalten die Birne zerriss. Heute funktioniert alles normal. Doch dann – kalte Gänsehaut zieht über ihren Rücken, mitten auf dem Kellerboden liegt eine tote Maus.
Bitte, lauf weg, sei nicht tot! Die Maus rührt sich nicht, ist tot. Ingrid will wegschauen, zurück hinausgehen, aber sie kann den Blick nicht abwenden, keinen Schritt rückwärts machen. Nur langsam legt sich der Schrecken. Ist die Maus zuerst auch schon da gewesen? Nein, zuerst ist keine Maus mitten auf dem Boden gelegen. Da ist sie ganz sicher. Dazwischen sind höchstens fünf Minuten vergangen. Eine Maus in einem Keller ist alltäglich. Aber eine tote Maus mitten auf dem Fußboden? Warum? Ist sie verhungert? Es gibt da seit vierzig Jahren nichts zu knabbern; diesen Raum benützt sie nicht mehr. Das Vieh muss sonstwo vom Haus hereingekommen sein. Um dann genau in der Mitte zu verenden? Plötzlich hört Ingrid Stimmen. Kommen die von oben oder von unten? Sie muss raus aus dem Raum. Langsam bewegt sie sich rückwärts aus der Tür. Plötzlich weiß sie es: Willi hat ihr die tote Maus hingelegt! Das ist ein Zeichen, ein böses Zeichen. Angst erfasst sie, sie sperrt schnell zu, zieht den Schlüssel ab und hastet die Stiege hinauf. Dieses Zeichen zeigt auf Tod, auf ihren Tod! Ingrid stößt einen Schrei aus und stolpert in ihre Kammer. Todesangst erfasst sie.

33

Toni hat heute eine stinkende Arbeit. Er bringt Jauche aus. Der erste Schnitt ist eingebracht, dann gehört Mist

oder Jauche auf die Felder, damit das Gras wieder gut wächst. Drei Mal wird gemäht, die besten Flächen sogar vier Mal. Vom vierten Schnitt lässt er Siloballen machen. Toni liebt den Sommer, die Erntezeit. Diese Monate sind die wichtigsten für einen Bauern. Da wird die Ernte fürs ganze Jahr eingebracht. Unwetter und Hagel sind die Feinde des Bauern. Oder wenn es zu lange regnet und das Gras reif zum Mähen ist. Wird es „überständig", beginnt es zu faulen. Eine zu lange Hitzeperiode kann genauso schädlich werden für den Ertrag der Felder. Toni fährt gemächlich zum Unterfeld – schon die zehnte „Fuhre", das zehnte Güllefass voll, und er hat ein großes, dreitausend Liter fasst es. Er schaltet zurück in den zweiten Gang. Im Hohlweg geht es ein kurzes Stück steil bergab.
Nachbarinnen lieben es nicht sehr, wenn er mit der Jauche unterwegs ist. Sie ziehen die Nasen in die Höhe. Was ihm freilich vollkommen gleichgültig ist. Im Grünen wollen sie romantisch leben, wenn aber Jauchegeruch ihre Nasen streift, jammern sie. Was ist denn? Täuscht er sich? Nein, der Traktor zieht nach links. Ja, Hergott noch einmal!
Toni hält an, steigt ab – und sieht es. Im linken Vorderrad ist fast keine Luft mehr. Er hat sich einen „Platten" eingefahren. Na bravo! Verdammte Scheiße!
Er fährt die zwanzig Meter noch, biegt ins Unterfeld ein und überlegt. Dann zückt er das Handy. Was tut sie denn schon wieder, dass sie kein Läuten hört? Endlich meldet sich seine Frau.
„Ich steh' im Unterfeld, hab' einen Platten. Komm mit dem alten Traktor, dass ich umspannen und weitergüllen kann." Nach anfänglichem Zögern willigt sie ein. Erika fährt, bei Bedarf, öfter mit dem Traktor.

Toni besieht sich den Schaden noch einmal und wartet. Da fällt ihm ein – das Güllefass abhängen! Er klappt das Stützrad herunter und beginnt zu kurbeln. „Verdammt noch einmal!" Er hat es fast befürchtet. Das Stützrad drückt es in den Boden, ohne dass sich das Güllefass hebt. So kann er es nicht abhängen. Er braucht etwas zum Unterlegen. Toni schaut sich um. Ein Brett oder ein flacher Stein. Wenn man etwas braucht, ist natürlich nichts zu finden.

„Herrgott Sakra noch einmal …" Erika! Erika muss ein Brett mitnehmen! Wenn sie nicht schon abgefahren ist. Er ruft wieder an. Nichts, natürlich rührt sich nichts. Es ist immer das Gleiche mit den Frauen. Zuerst hat sie kaum Zeit oder will nicht – dann, wenn man noch etwas Wichtiges mitzuteilen hat, ist sie schon unterwegs. Wäre er doch selbst hinaufgegangen, wäre er längst oben. Hört er den Traktor schon? Er geht die paar Schritte hinüber und schaut. Aha, er sieht sie schon, sie ist gerade in den Hohlweg eingebogen. Hoffentlich wird er heute noch fertig mit seiner Arbeit, wenn es sich schon so wehrt. Dieses verdammte Warten!

Wo ist sie denn? Noch weit oben. Im ersten Gang kriecht sie herunter. Ja, ist die übermütig geworden oder betrunken? Sie fährt Schlangenlinien. Pass auf, übertreib es nicht! „Ja, Herrgotts-Schaf, pass auf, fahr herunter!" Sie fährt … „Halt an!" Sie hört ihn aber nicht, fährt weiter … „Fahr herunter!" Er schreit, so laut er kann. Sie fährt neben dem Weg, auf dem Böschungshang! „Du wirfst um, halt an!" Er rennt los, etwas stimmt da nicht. Dann passiert es … „Nein, lenk herunter!" Langsam, wie in Zeitlupe, kippt der Traktor um. Einen Augenblick lang kippt auch Toni um. Er kniet, schaut und schreit. „Erika!" Sie hat abspringen wollen, hat die Tür aufgemacht. Toni steht wieder, kann wieder laufen, rennen. Erika! Er hat gesehen, wie sie … „Nein, nein!" Endlich erreicht er den Traktor. Wo ist Erika? In der Fahrerkabine ist sie nicht. Er hastet um den Traktor herum, seitlich liegt er da. Toni erstarrt, ein Bein ragt unter dem Traktor hervor. Er will schreien, aber keinen Laut bringt er heraus. Kalte Angst packt ihn. Erika liegt unter dem Traktor! Sekunden vergehen – endlich arbeitet sein Verstand wieder. „Du musst Erika herausziehen", sagt er zu sich und versucht es. „Du musst den Traktor hoch heben", sagt er und versucht es. Toni ist wieder auf den Knien … und weint. „Erika, Erika …" Wie kann er Erika helfen? Plötzlich weiß er es: Er muss anrufen, Hilfe holen. Allein richtet er da nichts mehr aus.

34

Das Leben ist gewaltig. Rosa empfindet es so. Sie bekommen noch ein Kind! Obwohl sie schon zweiundvierzig ist, die Tochter achtzehn. Und auch die ist schwanger. Gewaltige Veränderungen stehen ins Haus. Rosa ist mit dem Auto unterwegs. Langsam zuckelt sie den Weg hinunter ins Dorf. Sie muss jetzt auf zwei aufpassen.
Sie fährt zum Schulhaus und ist leicht aufgeregt. Sie holt Katrin vom Kindergarten ab. Die Mutter von Katrin ist mit ihnen befreundet und weiß Bescheid über den Stand der Dinge. Und weil sich eben, wenn schon nicht alles, so doch vieles verändern wird, muss Rosa auch ihr Denken und Verhalten ändern. Über zehn Jahre haben sie und Leonhard nichts mehr zu tun gehabt mit Schülern und Lehrern. Eine halbe Ewigkeit ist sie in keinem Schulhaus mehr gewesen.

„Darf ich einmal Katrin, die Tochter, zu Mittag vom Kindergarten abholen?“, hat sie Margreth fast gebettelt. Die hat schmunzelnd zugestimmt. „Fängst schon zu üben an?“

„Ja, ich …, es ist so …“

„Sag nichts, ich versteh' schon.“

Jetzt also holt sie Katrin ab. Sie will auch mit der Kindergartentante ins Gespräch kommen. Sie weiß selbst, das alles hätte noch Jahre Zeit … Oha, zu langsam darf sie auch nicht fahren, sonst kommt sie zu spät, und Katrin würde sich nicht auskennen. Sieben Minuten vor zwölf zeigt die Uhr im Auto, um zwölf haben sie aus. Heiß wird es heute, aber auch gewittrig ist angesagt. Sie stellt das Auto neben der Kirche ab und geht die paar Schritte hinüber. Andere Mütter warten schon auf die Kinder. Alles junge Frauen, stellt sie fest. „Grüß Gott!“, sagt sie, und alle antworten mit „Hallo“.

Dann Stille, obwohl sich die Frauen zuerst unterhalten haben. Sie schweigen wegen Rosa, sie kennen sie nicht.

„Ich bin die Rosa und hol' heute die Katrin ab.“

„Aha!“, sagt eine. „Ist Margreth krank?“, eine andere.

„Nein, krank ist sie nicht, aber verhindert.“

„Gestern hat sie nichts gesagt davon …“

„Gestern hat sie es auch noch nicht gewusst.“

Besprechen die alles, auch was sie am nächsten Tag vorhaben?

Die Frauen gehen ins Schulhaus, Rosa geht mit. Eine ältere Frau, wahrscheinlich eine Oma, schließt sich ihr an. „Du bist die Rosa vom Wald oben? Dich hab' ich noch nie gesehen in der Schule da.“

„Ja, beides stimmt, ich hol' heute die Katrin ab.“

„Euch sieht man selten im Dorf, und so weit komm' ich selten hinauf.“

Dann geht die Tür auf, und die Kinder kugeln heraus. Sie gehen, hüpfen, laufen. Rosa hat das Gefühl, als hätte man den Deckel einer Dose geöffnet und diese dann umgedreht. Und dieses Geschrei! Nein, das ist kein Geschrei, das ist gezeigte Freude. Jetzt geht es hektisch zu. Die Kinder drängen zu ihren Müttern und umgekehrt. Schuhe werden gesucht, gefunden, angezogen. Manche Mutter hilft, manche schaut nur, und andere wollen helfen, werden aber abgewiesen. Rosa steht verloren da und hält Ausschau nach Katrin. Endlich entdeckt sie das Mädchen und geht auf sie zu. Es hat sich schon die Schuhe angezogen und schlüpft eben in die Weste. „Katrin, da bin ich. Du weißt, dass ich dich heute abhole."
„Ja."
„Deine Tasche noch ..." Das Mädchen hängt sich ihre Kindergartentasche um. Rosa nimmt Katrin bei der Hand.
„Jetzt sagen wir noch zur Tante ..."
Da ist eine Stimme hinter ihr. „Ja Katrin, wer holt dich denn heute ab?" Die Kindergartentante.
Rosa streckt ihr die Hand entgegen. „Ich bin die Rosa, eine Nachbarin von Katrin, von Margreth."
„Aha ..., wir haben uns noch nie gesehen, oder?"
„Nein, ich glaube nicht. Wir leben erst seit ein paar Jahren in Unterhirschen."
„Ja, deshalb. Und eure Kinder sind schon groß ..."
Diese Bemerkung ... Ach was! Rosa hat sich vorgenommen, Bemerkungen dieser Art zu ignorieren. „Unsere Tochter ist achtzehn. Wie viele Kinder habt ihr im Kindergarten?"
„Es sind zwei Gruppen. In der meinen sind achtzehn, in der anderen neunzehn."
„Oh, so viele?"

„So viele sind es nur, weil sie sie schon ab drei bringen dürfen."
„Ab drei schon?"
„Ja, Sie wissen ja, viele Mütter arbeiten – oder darf ich Du sagen?"
„Natürlich Du. Wie heißen Sie, ach Du?"
„Ich bin die Johanna."
Rosa findet die Kindergartentante immer sympathischer. Wenn die wüsste! Aber sie sagt noch nichts. Die meisten Mütter und Kinder sind schon gegangen, haben sich so nebenbei von der Tante verabschiedet. Jetzt muss sie wohl auch gehen. „Na Katrin, dann werden wir wohl auch heimfahren, sonst sorgt sich deine Mama."
„Ist Margreth heute etwas dazwischengekommen?"
„Ja, genau so ist es. Sind Sie, ach Johanna, bist du schon länger da angestellt?"
Diese lacht. „Ja, das kann man sagen. Schon bald fünfundzwanzig Jahre. Heute holen Mütter und Väter Kinder ab, die selbst schon bei mir im Kindergarten waren."
„Das ist aber schön, oder?"
„Ja, zeigt aber auch, dass man älter geworden ist."
„Aber es ist doch eine wunderbare Aufgabe, mit Kindern zu arbeiten."
„Ja, das ist es."
„Also, jetzt müssen wir fahren Katrin."
„Du kommst wieder einmal, Rosa?"
„Ich komm' bestimmt wieder." Sie verabschieden sich. Rosa braucht einige Sekunden, bis sie Katrin richtig angeschnallt hat im Kindersitz, den ihr Margreth mitgegeben hat. Fröhlich fährt sie mit Katrin heimzu. Viele Gedanken gehen ihr durch den Kopf. Dass die Mütter

alle jünger sein werden als sie, das hat sie gewusst, aber die sind alle viel jünger. Dass alle „Hallo" sagen zum Gruß, das hat sie schon öfter gehört. Sie sind moderner oder geben sich jedenfalls so. Einige tragen enge, halblange oder sogar kurze Hosen, zwei einen Minirock. Mit ihrem knielangen Rock fühlt sie sich altmodisch. Eine gewisse Reserviertheit gegenüber einer Neuen ist normal, da würde sie auch nicht anders reagieren. Und die Tante? Diese Bemerkung, dass ihre Kinder schon groß sein werden – die hat sie ihr gleich verziehen. Zuletzt aber ist ihr, einen winzigen Moment lang, etwas aufgefallen, aber was? Eine Bemerkung der Tante. Sie hat gesagt …, ja, jetzt weiß sie es wieder: „Du kommst wieder einmal, Rosa!" Warum hat sie das gesagt? Du kommst wieder! Und dabei hat sie sie so freundlich angesehen. Die hat doch nichts gemerkt? Nein, kann sie nicht, man sieht noch gar nichts. Aber vielleicht haben Kindergartentanten einen eigenen Blick für so etwas. Aha, da kommt wieder Beschäftigung. Wer so …
„So, Katrin, da sind wir!" Beide steigen aus.
Irgendwo in der Nähe landet ein Hubschrauber.

35

Gegrüßet seist du Maria, voll der Gnade, der Herr ist mit dir, du bist gebenedeit unter den Frauen …"
„Heilige Maria, Mutter Gottes, bitte für uns Sünder, jetzt und in der Stunde unseres Todes, Amen."
„Gegrüßet seist du Maria, voll der Gnade, …"
„Heilige Maria, Mutter Gottes, bitt' für uns Sünder, …"
Die eintönigen, immer wiederholten Gebetsformeln beeindrucken ihn immer wieder, erzeugen eine gewisse

Ehrfurcht in ihm. Der Vorbeter zuerst, dann alle: „Heilige Maria, Mutter Gottes, bitte für uns Sünder, jetzt und in der Stunde unseres Todes, Amen."
Das Ganze wird zehn Mal wiederholt, danach beginnt der Vorbeter einen neuen Vers. So ein Rosenkranz dauert zirka zwanzig Minuten. Fünf Minuten mehr oder weniger können es sein, nicht jeder Vorbeter betet gleich schnell. Mancher hängt zuletzt noch ein „Vater unser" dran.
Warum schauen ihn die Leute an? Ah, er hat nicht mehr mitgebetet. Man muss ja nicht laut beten (obwohl dies die meisten tun), die Lippen ein bisschen bewegen sollte man allerdings schon. Also betet er wieder mit. Er will nicht auffallen. „... bitte für uns Sünder jetzt und in der Stunde unseres Todes, Amen." Ja, man weiß nie, wann einem die Stunde schlägt. Auch Erika hat es nicht gewusst. Schade, dass es die Falsche erwischt hat. Der Richtige, für den das Ganze gedacht war, steht neben dem Sarg, lebendig. Aber er wird noch drankommen!
„Heilige Maria, Mutter Gottes, bitte für uns Sünder, jetzt und in der Stunde unseres Todes ..." Was ist denn die Schwarze dort für eine? Er sieht sie nur von hinten. Einmal hat sie sich ein bisschen bewegt, hat auf die Seite geschaut, zu wenig aber, um sie erkennen zu können. Vermutlich ist sie gar nicht aus dem Ort. Bei einem Todesfall kommen Verwandte und Bekannte auch von weither zum „Beten-Gehen". Das ist noch Brauch auf dem Land. In Einzelfällen werden die Verstorbenen noch daheim aufgebahrt – bei großen Bauern, wo noch eine Stube und ein breiter Hausgang vorhanden sind. Zum „Beten-Gehen" kommen viele Leute, eigentlich die meisten, aber bei weitem nicht alle. Einige wollen nur gesehen werden und beten deshalb im Chor der

anderen mit. Er hat das schon selbst erlebt, vor einigen Jahren, bei ihnen daheim. In der Regel sind die Verstorbenen in der Leichenhalle aufgebahrt. Man ist froh, weil da mehr Platz ist als in den meisten Häusern.
„… der für uns das schwere Kreuz getragen hat."
„Heilige Maria, Mutter Gottes …" Kreuz getragen hat …, aha, der Rosenkranz neigt sich dem Ende zu. „Der für uns das schwere Kreuz getragen hat" – ist der vorletzte Vers.
An die fünfzig Leute stehen im Hausgang, vor dem Haus sind es sicher noch einmal so viele.
Toni steht regungslos neben dem Sarg, bewegt die Lippen. Ob er mitbetet? Er hat einige Male zwischen den anderen Köpfen vorgeschaut, Toni verharrt noch immer in derselben reglosen Position. Sein Blick geht in die Ferne, so schaut es jedenfalls aus. Ob er sich schon Gedanken gemacht hat? Ob er schon begriffen hat, dass eigentlich er gemeint gewesen ist? Er glaubt es nicht. Wahrscheinlich wird der „Fehler" gar nie gefunden werden, und wenn schon …, es gibt keine Spur. Er hört jemanden schluchzen. Herrgott na, hör auf, es ist nicht so geplant gewesen. Warum hat Erika mit dem Traktor fahren müssen? Er kann es nicht mehr ändern. Warum hat sie abspringen wollen? Wäre sie in der Kabine geblieben, wäre ihr nichts passiert. Mit dem Tod hätte er auch bei Toni nicht gerechnet, aber ordentlich einklemmen hätte es ihn schon dürfen!
„Gelobt sei Jesus Christus."
„In Ewigkeit, Amen." Der Rosenkranz ist gebetet. Zwanzig Sekunden verharrt man noch still und reglos, dann kommen alle in Bewegung. Man drängt zum Sarg, besprengt ihn mit Weihwasser, dann gibt man den oder dem nächsten Verwandten – in diesem Fall dem

Ehegatten Toni – die Hand und sagt „Mein Beileid“. Auch er tut das. Im Hintergrund hört man jemanden sagen – „Vergelt's Gott für das Gebet, und seid so gut ums Kirchen-Gehen, morgen um zwei.“
Tatsächlich, vor dem Haus stehen auch so viele Leute. Sie müssen warten, bis die, die drinnen sind, draußen sind, damit sie hinein können. Jeder, jede besprengt dann den Sarg und wünscht Toni Beileid. Einige Leute wünschen allen anwesenden Verwandten Beileid, was den Ablauf natürlich unnötig verzögert.
Erika haben die Leute gern mögen, sie ist vor zehn Jahren nach Unterhirschen gekommen, hat beim Hofer gearbeitet und dann den Toni geheiratet. Die beiden Kinder, ein Bub und ein Mädchen, sind zu bedauern. Verflucht! Warum hat es so kommen müssen? Er wird noch zum Wirt gehen, sich eine Halbe kaufen. Nur nicht sentimental werden!
Er hat es tun müssen! Wer seinem Bruder wehtut, verletzt auch ihn. Bei ihnen wird immer zusammengehalten – immer! Und weil sein Bruder zu weich ist, hat er einschreiten müssen. Das ist auch früher schon einmal so gewesen – und wird, wenn nötig, auch in Zukunft so sein.

36

Nie wieder Wien! Waldemar hat sich das geschworen, er leidet noch immer darunter. Genauer gesagt, seine Frau lässt ihn deswegen leiden, obwohl es nun schon drei Wochen her ist. Ein bisschen versteht er ja, dass sie enttäuscht ist. Sie hat sich so auf die Oper gefreut. Cosi fan tutte, im Schlosstheater Schönbrunn. Aber es

ist nicht seine Schuld gewesen, die Umstände haben die vorzeitige Abreise erzwungen. Er ist überzeugt, die Verantwortlichen des großen Feuers zu fassen. Er hat schon einen konkreten Verdacht. Wenn er ganz ehrlich ist, hat ihn sein Kollege gehabt. Es fehlen ihnen nur noch die Beweise.
Sie sind beim Frühstücken. Außer „Guten Morgen" haben sie noch nichts geredet, das ist kein gutes Zeichen.
„Dieses Brot schmeckt gut", sagt er.
„Mir hat das andere auch geschmeckt."
„Ja, schon, aber das ist noch besser."
Schweigend essen sie. Er schaut auf die Küchenuhr, dann auf die Uhr an seiner Hand – drei Minuten Unterschied.
„Die Uhr geht immer drei Minuten vor", sagt Erna, „schon seit Jahren."
„Mich stört das nicht …" Er hat jetzt genug. Er streicht die Brösel auf dem Tisch zu einem kleinen Häufchen zusammen, hält die Kaffeeschale unter die Tischkante und streicht sie hinein. Dann trinkt er den letzten Schluck Kaffee.
Erna schaut ihm missbilligend zu. „Ist dir bei Camilla nichts aufgefallen?"
„Nein …, wieso?"
„Schau sie dir einmal an." Was soll da schon sein? Sie sitzt zufrieden auf ihrem Polster, nein, dicker ist sie auch nicht. Kann sie gar nicht sein, sie ist ja sterilisiert.
„Sie hinkt." Er schaut hinüber. „Beim Gehen!" Obwohl ihre Situation nicht lustig ist, muss Waldemar lachen. Die Katze hinkt – beim Gehen – hat Erna betont. Das Telefon klingelt. Erna hebt ab, nach ein paar Worten sagt sie: „Für dich!"
„Ladinger", meldet er sich.

Es ist Toni, der Bauer, dessen Frau so tragisch ums Leben gekommen ist. Er will noch einmal reden mit ihm, es sei ihm noch etwas eingefallen, sagt er.
„In fünf Minuten fahr' ich los, also sagen wir in einer halben Stunde." Das ist dem Toni zu früh, er muss noch in den Stall. „Wann dann – um neun?" Ja, also um neun Uhr. Er legt auf.
„Will er ein Geständnis ablegen?"
„Wer?"
„Der Bauer. Vielleicht hat er selbst die Lenkstange gelockert."
Waldemar schaut seine Frau bestürzt an. Er hätte daheim kein Wort sagen dürfen. Aber inzwischen wissen es ja alle. Dass aber Toni selbst? Nein, das glaubt er nicht. Auf so etwas wäre er nie gekommen.
„Du brauchst mich nicht so anzuschauen."
„Wie schau' ich denn?"
„Du solltest nur alle Möglichkeiten in Erwägung ziehen."
Das wird er schon, aber so etwas? „Ich bin jetzt dahin." Erna schaltet den Geschirrspüler ein. Hat sie etwas gesagt? Er weiß es nicht, hört es nicht.
Sieben Minuten dauert die Fahrt zum Postenkommando. Er hat heute genau darauf geachtet. Vorgestern hat Toni gesagt, er wisse nicht, ob das etwas zu bedeuten habe. Die Lenkstange kann sich selbst gelockert haben oder beim Umfallen des Traktors herausgegangen sein. Aber dann wäre sie wohl abgebrochen. Das ist sie nicht! Moment! Wem ist das zuerst aufgefallen? Jemand hat auf die Lenkstange gezeigt … Der Schmied war es, ja, dem ist da etwas aufgefallen.
Immer mehr Leute drängten sich um den umgestürzten Traktor. Ein grausiges Bild bekam er dort zu sehen, als

er, vom Arzt verständigt, am Unfallort ankam: Erikas Beine unter dem Traktor. Endlich kam ein Nachbar mit seinem Traktor samt Frontlader. Der hob das Unglücksfahrzeug auf und stellte es auf die Räder. Erika war allerdings nicht mehr zu helfen. Der Doktor bemühte sich zwar, und Toni weinte.
Nein, Toni hat seine Frau nicht umgebracht!
Waldemar sieht einige Zeitungen durch, bis Toni kommt. Punkt neun ist er da. „Kommen Sie, Herr Zaun, gehen wir in mein Büro." Beide setzen sich. Dann wartet Waldemar ein wenig, Toni soll zuerst reden. Ein wenig niedergeschlagen wirkt Toni.
„Wie geht es Ihnen? Ach, blöde Frage ..."
„Es geht schon."
„Noch etwas eingefallen ist Ihnen? Ich weiß, Toni, das Sie klingt ungewohnt, aber bleiben wir dabei."
„Ja, ja, ist schon gut." Mehr sagt Toni nicht.
„Sie haben am Telefon angedeutet ..."
„Ja, ich hab' viel nachgedacht. Es war reiner Zufall, dass Erika mit dem alten Traktor gefahren ist. Wenn ich nicht den Platten gehabt hätte, hätte ich sie nicht angerufen."
„Sie haben einen Platten gehabt? Wo?"
„Beim Steyr. Beim Jauche-Ausbringen."
„Was hat das mit Erika, Ihrer Frau, zu tun?"
„Ich hab' sie vom Unterfeld aus angerufen, dass sie mit dem zweiten Traktor kommt, ich hätte umgespannt und weitergemacht."
„Aha, so ist das gewesen. Eine ganz andere Frage, Toni. Lieben Sie Ihre Frau?"
„Was? Ob ich meine Frau liebe? Oha, so brauchen Sie mir nicht zu kommen, so nicht! Da verunglückt meine Frau tragisch, nachmittags ist das Begräbnis, und Sie

verdächtigen mich, dass ich sie selbst umgebracht hätte!“ Toni steht auf. Waldemar spürt, dass er einen Fehler gemacht hat. Verdammte Erna! „Ich geh' jetzt.“
„Bleiben Sie noch, Toni. Ich hab' es nicht so gemeint.“
Toni überlegt, setzt sich dann widerwillig.
„Sie haben gesagt, dass Sie ...“
„Ich weiß nicht, ob ich noch etwas sagen ... will.“
Wortlos sitzen beide da.
„Ich hätte gedacht, wir kennen uns so weit, Herr Ladinger!“
„Es ist meine Pflicht, in alle Richtungen zu denken.“
„Ich muss heim, hab' auch noch etwas zu tun vor dem Begräbnis.“ Stockend bringt Toni die letzten Worte hervor, er hat Tränen in den Augen. Waldemar fühlt sich elend. Mit dieser einen Frage hat er alles vermasselt. Toni wird jetzt nicht mehr reden. Er wird von Toni nichts mehr erfahren, es ist ein Mord passiert. Es hätte sogar den treffen sollen, der jetzt vor ihm steht, vermutlich.
„Toni ...“
„Sagen Sie nicht mehr Toni zu mir.“
„Reden wir vielleicht morgen noch einmal?“
„Vielleicht.“ Damit ist Toni draußen. Ohne Gruß haut er ab. Waldemar setzt sich. Sein Kollege schaut herein. Mit einer Handbewegung verscheucht er ihn. Was hätte ihm Toni noch erzählen wollen? „Es ist mir noch etwas eingefallen“, hat er am Telefon gesagt.
Plötzlich hat Waldemar eine Idee: Er wird am Nachmittag zur Beerdigung von Erika Zaun gehen. Er wird zu Mittag heimfahren, sich umziehen und „Begräbnis gehen“. Und dabei Augen und Ohren offen halten.

37

Sixtus weint. Er kniet in der Kirche, eingekeilt zwischen anderen Männern, die am Begräbnis von Erika teilnehmen. Er hat es gespürt, von ganz drinnen ist es gekommen. Er hat schneller zu schnaufen anfangen müssen, die Lippen zusammengepresst, aber er hat es nicht mehr verhindern können. Er spürt die Tränen über die Wangen rinnen. Er holt das Taschentuch aus dem Sack, wischt sich ab, schämt sich. Sein Blick ist getrübt, er hat noch Wasser in den Augen. Immer neues kommt nach. Er lässt es einfach rinnen, wischt sich nicht mehr ab. Bebend kommen ihm Schnaufer aus Nase und Mund. Die Männer neben ihm schauen ihn an; so viel sieht er gerade noch.

Jetzt drehen sich in der Reihe vor ihm zwei um, schauen erschrocken. Wenn er könnte, würde er hinausrennen aus der Kirche. Er schämt sich. Ein Mann darf nicht weinen. Aber er muss. Erika erbarmt ihm so.

Wenn man etwas Schlimmes plant kann das Denken allein solche Auswirkungen haben? Ohne, dass man es wirklich ausgeführt hat? Er hat die Lenkstange lockern wollen bei einem Traktor von Toni. Hat allein der Gedanke daran schon ausgereicht? Erika hätte er nie treffen wollen, nie! Manchmal geht es schon blöd her im Leben. Einerseits ist er froh, dass er vor drei Tagen wieder umgedreht ist, als er nur noch fünfzig Meter von Tonis Haus entfernt war, andererseits hat er das Gefühl, trotzdem schuld zu sein, dass ein Mensch gestorben ist.

Eier haben sie manchmal geholt, bei Erika. Paula und er. Erika ist immer freundlich gewesen. Auch damals, als er ein Ei zerdrückt hat. Er hat es nur aus der Schachtel

herausnehmen und anschauen wollen. Beim Herausnehmen hat er es nicht richtig zu fassen gekriegt, da ist es zerbrochen. Er hat sich geschämt dafür und es trotzdem bezahlen wollen. Sie hat ihn aber nicht lassen. Erika hat die fünf anderen herausgenommen, eine andere Schachtel geholt und sie hineingetan. Dann hat sie ein neues Ei geholt und es ihm geschenkt. „Wahrscheinlich hat das andere schon einen Sprung gehabt", hat sie gemeint. Hat es aber nicht. Das ist nur zerbrochen, weil er es mit seinen tappsigen Fingern zerdrückt hat. So ist das gewesen. Und jetzt ist Erika nicht mehr.
Wo ist Erika jetzt? Ja, sie liegt im Sarg da vorn, aber …, das ist nicht mehr Erika, das ist nur mehr ihre Hülle. Und er ist schuld! Weil er Böses gedacht hat. Er hat Toni Schaden zufügen wollen, und erwischt hat es Erika. Eigentlich sollte er im Sarg liegen. Das Weinen hört auf, ohne dass er etwas dazu getan hat, aber elend fühlt er sich immer noch und müde. Und noch etwas fühlt er, etwas Eigenartiges. Es kommt von ganz innen; er fürchtet sich davor, kann es aber nicht aufhalten. Das Licht in der Kirche wird trüb, dunkler. Angst packt ihn, er will nach Paula schreien, sie ist auf der Weiberleutseite, dass ihn etwas hinunterzieht, sie muss ihm helfen, er will schreien, kann aber nicht. Jetzt ist es schwarz um ihn, er muss sich setzen. Wo ist die Bank?
Nein, er will das nicht, geht weg, lasst mich! Männer schauen auf ihn herunter, starke Arme fassen ihn, heben ihn hoch. Nein, nein! Er hat nicht die Kraft, sich zu wehren. Sie schleppen ihn, halb tragend, halb schleifend, weg. Wohin? „Er muss an die frische Luft", hört er einen sagen. Auf einmal begreift Sixtus: Ihm ist schlecht geworden in der Kirche. Sie bringen ihn ins Freie. Langsam fühlt er sich besser, kann auf eigenen Beinen gehen.

Er lässt sich aber noch helfen, zwei Männer führen ihn Richtung Kirchentür. Leute weichen zurück, schauen ihn erschrocken an.
„Der arme Sixtus", sagt eine Frau. Und wie mitleidig sie ihn anschaut. Das erbost ihn jetzt aber. Er ist nicht arm. Er will das dieser Frau sagen, aber die beiden drängen ihn weiter Richtung Kirchenausgang. Dann sind sie draußen. Plötzlich hat er auch einen Zorn auf die beiden da. Er will zu Erika Begräbnis gehen.
„Lasst mich los!" Er will sich losreißen.
„Geht es dir gut? Sollen wir ihn lassen?"
„Er ist noch zu schwach. Setzen wir ihn auf die Bank dort drüben."
Er will nicht auf die Bank dort drüben gesetzt werden. Sixtus hört jemanden kommen hinter sich. Er dreht sich um. Eine Frau – Paula! Dann ist sie neben ihm.
„Danke", sagt sie zu den beiden, „danke fürs Helfen."
Sie lassen ihn aus, Paula legt einen Arm um ihn. „Geht es?", fragt einer. „Nicht, dass er noch einmal umfällt."
„Nein, es geht schon, Sixtus, oder?"
„Ja", sagt er.
Die zwei Helfer entfernen sich.
„Ist dir schlecht geworden, Sixtus? Komm, setz dich da auf die Bank."
„Nein, ich will nicht." Trotzdem lässt er sich müde darauf nieder. Besorgt schaut ihn Paula an.
„Was ist denn heute mit dir? Hast du geweint?"
„Ja."
„Wieso denn."
„Erika erbarmt mir so."
Wieder beschleicht Paula diese Angst. Sie hat Sixtus zur Rede gestellt vor drei Tagen. Ihn ganz offen gefragt, was er am vorigen Abend vorgehabt oder gemacht hat.

„Nichts hab' ich gemacht, Paula. Etwas vorgehabt hab' ich zuerst, aber dann nichts getan." – „Du bist aber noch einmal weggegangen vor dem Schlafengehen." – „Ja, aber ich hab' wieder umgedreht." Das stimmt, weit kann er nicht gekommen sein. Sie hörte ihn, als er die Haustür zuzog. Einen richtigen Schock bekam sie aber zwei Stunden später, als sich im Dorf herumsprach, dass Erika verunglückt war. „Und", haben alle gewusst, „die Lenkstange beim Traktor ist gelockert worden!" Mehr sagte niemand, aber alle wussten, was das bedeutete. „Heilige Maria", hat sie still gebetet, „lass nicht sein, dass Sixtus etwas zu tun hat damit. Heilige Maria, Mutter Gottes, bitte für uns Sünder, jetzt und in der Stunde unseres Todes."

Dass Sixtus mit Toni nach dem großen Feuer etwas gehabt hat, weiß sie – aber nicht warum. Zornig war er auf Toni. Und jetzt hat er in der Kirche geweint. Sie hat sogar jemanden schluchzen gehört auf der Männerseite, aber nicht gesehen, wer das war. Hat Sixtus Schuldgefühle? Heißkalte Schauer durchfahren sie. Und alles ist jetzt offen zutage getreten, sozusagen öffentlich geworden. „Sixtus, wir gehen jetzt nach Hause."

„Ich geh' wieder in die Kirche."

„Nein, wir gehen heim. Es geht dir nicht gut."

Plötzlich erschallen die Kirchenglocken. Laut und schrill klingen sie in Paulas Ohren. Es ist „Wandlung". Sie nimmt Sixtus bei der Hand. „Komm, wir gehen." Wortlos lässt er sich führen. Weg, nur weg von hier! In zehn Minuten werden die Leute herauskommen – und sie zwei am Pranger stehen. „Warum ist dem Sixtus schlecht geworen? Warum hat er geweint?" Diese Fragen werden die Leute stellen, und einige ... Richtige Angst hat Paula. Sie geht schnell, Sixtus kann ihr kaum folgen. Vor dem „Kirchen“ hat sie Waldemar, den Postenkommandanten, gesehen, in Zivil zwar; aber ist das weniger verdächtig? Der hält schon Ausschau nach dem Täter, nach dem Mörder. Und einer ist aufgefallen – ihr Sixtus. Paula sieht plötzlich feurige Ringe, alles verschwimmt vor ihren Augen, sie kann nicht mehr richtig gehen, der Boden gibt nach. Mit einer Hand greift sie ins Leere und fällt ...

„Paula, was ist? Wach auf!“ Sie hört eine Stimme. Sixtus? „Paula!“ Jemand streichelt ihre Wange. Was ist los mit ihr? Sie öffnet die Augen. Licht blendet sie, dann sieht sie Sixtus, er kniet neben ihr, streichelt sie an der Wange. „Paula, siehst du mich? Ich bin's, Sixtus.“ Warum kniet Sixtus neben ihr? Sie dreht sich auf die Seite. Wieso liegt sie im Gras? Sie will aufstehen, versucht es. Sixtus hilft ihr, stützt sie, lächelt. „Jetzt ist dir schlecht geworden, Paula. Wir sind also quitt.“

Paula begreift – nach und nach. Tränen treten ihr in die Augen, sie lässt sie rinnen.

„Paula, du weinst.“ Verschwommen sieht sie Sixtus. Er wischt ihr mit der Hand die Tränen weg, ganz vorsichtig, fast zärtlich. „Warum weinst du, Paula?“

„Wegen dir. Um dich, Sixtus, weine ich.“

Verständnislos schaut er sie an, murmelt etwas. Dann nimmt er sie bei der Hand. „Gehen wir heim, Paula.“ Sie hätten gar nicht zu Erikas Beerdigung gehen sollen. Sixtus hat aber darauf gedrängt.

38

Das Leben kann gemein sein. Olga macht zum wiederholten Mal diese Erfahrung. Aber diesmal ist es wirk-

lich schlimm. Es ist nicht nur das Finanzielle, auch seelisch leidet sie. Rudi kommt nicht mehr, und Anna hat Schwierigkeiten in der Schule. Und sie damit auch. Diese neue junge Lehrerin! Die ist ihr sofort unsympathisch gewesen. Aus der Hauptstadt kommt sie. Das ist nicht die Ursache, aber wie die sich gibt! Die Väter reißen sich ums Kinder-Abholen nach der Schule. Und zu Anna, ihrer Tochter, ist sie besonders streng. Nicht den kleinsten Fehler lässt sie ihr durchgehen. Und was die heutzutage für Hausaufgaben machen müssen! Nur selten kann sie Anna dabei helfen. Sie ist mit dieser Ziege auch schon zusammengekracht. Zuerst hat sie es natürlich im Guten versucht, als die dann aber gesagt hat, Anna sei schlampig – ja, schlampig hat sie gesagt –, seither ist es vorbei mit ihrer Gutmütigkeit. Wenn sie gesagt hätte, Anna mache Fehler oder Anna tue sich schwer im Rechnen, das alles hätte ihr nichts ausgemacht – ein bisschen stimmt das ja auch. Aber schlampig hat sie sagen müssen. Olga mag dieses Wort nicht, so etwas Ähnliches hat einmal jemand zu ihr gesagt.
Sie zieht sich um. Sie und Anna waren auf der Beerdigung von Erika. Richtig gut steht ihr der schwarze Rock und die dünne schwarze Bluse. Olga betrachtet sich kurz im großen Spiegel im Schlafzimmer. Beinahe wäre sie so gegangen, dann hat sie doch das Jäckchen genommen. Von den Temperaturen her hätte sie es nicht gebraucht. Aber zu gewagt, das gehört sich nicht bei einer Beerdigung. Sie hat sich davor im Spiegel begutachtet, aber der BH war durch die dünne Bluse einfach zu gut zu sehen.
Die Beerdigung hat lang gedauert. Das ist normal, wenn so viele Leute sind. Sie und Anna sind unter den Letzten gewesen, die am offenen Grab vorbeigezogen

sind und Erika den letzten Segen gegeben haben. Olga war nie böse auf Erika, die war nicht schuld, dass aus ihr und dem Toni nichts geworden ist. Nichts geworden stimmt gar nicht, nichts Endgültiges halt. Obwohl: Anna ist daraus entstanden! Obwohl sie nur einen Monat zusammen waren, ist Anna, ihre Tochter, gezeugt worden. Eigentlich war sie dumm damals, aber Bäuerin werden wollte sie nie. Damals. Damals hat sie aber noch nicht gewusst, wie gemein das Leben und die Menschen sein können. Toni hat immer gezahlt für Anna, das war es dann aber auch schon. Sie sind sich ab und zu über den Weg gelaufen, aber Funke ist keiner mehr übergesprungen. Heute hat sie Toni beobachtet. Er ist am Grab gestanden, und einige Verwandte. Das ist so Brauch. Manche haben ihm die Hand geschüttelt, obwohl auf dem Partezettel stand. „Von Beileidsbezeugungen am offenen Grab bitten wir, Abstand zu nehmen." Sie hat ihm nur tief in die Augen geschaut.
„Anna, zieh das Kleid aus."
„Ich mag nicht."
„Doch, Anna, komm her, ich helf' dir."
In der Kirche ist einem Mann schlecht geworden. Einer jungen Frau, ja, das passiert öfter – meistens wissen dann alle, dass sie schwanger ist. Aber einem älterem Herrn? Zwei Männer haben ihn hinausgeführt. Es war dieser Behinderte. Jedenfalls sagt man, dass es ihm ein bisschen „fehle" im Kopf. Sixtus, so heißt er. Dann fällt ihr etwas ein: „Anna, du musst noch die Hausaufgaben machen."
„Ja, ja!"
„Was hast du denn heute auf?"
„Die Lehrerin hat mir einen Brief mitgegeben."
„Was? Und das sagst du erst jetzt? Wo ist der Brief?"

Anna öffnet die Schultasche, gibt ihn ihr. Böses ahnend öffnet sie ihn, beginnt zu lesen. Wut, richtige Wut erfasst jede Zelle ihres Körpers. Zuletzt sitzt sie da und verschränkt die Finger, bis sie knacken. Sie atmet schwer. Dann ruft sie Anna zu sich. „Hast du Julia das Jausenbrot abgenommen?"
„Was?"
„Ob du Julia die Jause weggenommen hast?!"
„Nein, einmal hat sie mir die Hälfte geschenkt."
Na warte, du Luder von einer Lehrerin, das wirst du mir büßen! Und Olga beginnt nachzudenken.

39

Ingrid nimmt ihren gewohnten Platz in gewohnter Stellung ein. Um Punkt acht hat sie wieder aufgesperrt. Die letzten Tage war der „Salon Ingrid" geschlossen. Karli ging es nicht gut, und ihr auch nicht. Heute geht es besser. Karlis Wange ist kaum mehr geschwollen und ihr – na ja, dass es ihr gut ginge, wäre übertrieben, aber es geht. Mit Karli hat sie sich ausgesprochen – sie haben sozusagen Frieden geschlossen – ein Frieden, der allerdings etwas kostet. Fünfzehnhundert Euro monatlich! „Dafür, Karli, bezahlst du ab jetzt Strom und Wasser fürs Haus."
Er hat eingewilligt.
Ein bisschen Verantwortung übernehmen, ein bisschen einteilen lernen, das soll Karli schon. Später wird er einmal alles kriegen. –
Wie eilig es die Leute haben! Heute laufen alle vorbei. Sollen sie laufen und springen, sie werden erst später draufkommen, dass das nichts bringt. Ruhig angehen,

gründlich überlegen, das bringt viel mehr. Nach diesem Motto hat sie immer gearbeitet und es hat sich ausgezahlt. Trotzdem geht es ihr nicht mehr gut. Das hat aber andere Gründe.
Ein Mann steht plötzlich im Salon. Sie hat ihn gar nicht kommen gesehen. Es ist Peter, der kommt drei Mal im Jahr – so ungefähr. „Grüß dich, Ingrid."
„Grüß dich, Peter. Was tust du heute hier?"
„Was werd' ich tun? Du bist gut, Haare schneiden lassen!"
„Du kommst immer öfter. Hast du am Wochenende etwas vor?"
Sein Gesicht nimmt einen schelmischen Ausdruck an. „Du durchschaust aber auch alles sofort."
„Ist sie eine von hier?"
„Nein, die kennst du nicht. Hab' sie aus dem Internet."
„Angeber! Du kennst dich doch gar nicht aus damit."
Peter sagt nichts mehr, lächelt nur selig.
Sie geht in den Gang. „Karli!" Oben tut es einen Rumpler. „Er wird gleich kommen. Setz dich hinüber."
Peter zieht die Weste aus, setzt sich auf den zugewiesenen Stuhl. „Dass sie den immer noch frei herumlaufen lassen?!"
„Wen meinst du?"
„Ja, den Sixtus. Der kommt mir schon lang verdächtig vor."
„Was meinst du jetzt, Peter?"
„Stell dich nicht so an, Ingrid. Du weißt genau …"
„Grüß dich, Peter."
„Ah, Karli, bist auch schon auf?"
„Du hast keine Ahnung, wann ich aufstehe."
„Ich hab' ja nur gemeint! Wer glaubst dann du, Ingrid, dass es gewesen ist?"
„Ich befass' mich nicht mit so was."

„Wie der geplärrt hat gestern in der Kirche, und dann ist er umgefallen."
„Es ist öfter schon jemand umgefallen."
„Aber den Sixtus hat noch nie jemand plärren gesehen. Ist das nicht verdächtig?"
„Darf ich?" Karli hängt dem Peter den Umhang über die Schultern, schließt ihn mit Klettverschluss in Peters Nacken und beginnt mit der Arbeit.
Komisch, denkt Ingrid, dass Peter so genau weiß, dass es Sixtus war. Außer den Arbeitsgeräuschen herrscht Stille. Ingrid genießt solche Minuten. Im Hintergrund das leise Surren der Haarschneidemaschine oder das leichte Geräusch der Schere. Das Geschäft läuft, wenn auch nicht mehr wie früher. Muss es auch nicht, sie kann gut leben und auch für Karli bleibt genug.
Der nächste Kunde kommt. Erich. „Grüß Gott, alle mitsammen." Herrgott noch einmal, der mit seinem noblen Getue!
„Grüß dich."
„Da ist ja Betrieb, komm' ich vielleicht ungelegen?"
„Setz dich. Es wird nicht lang dauern."
„Ingrid ...", er kommt näher, schaut sie an, „fehlt dir etwas? Schlecht schaust du aus."
„Mir fehlt nichts."
„Du fällst mir aber vom Fleisch."
Zorn steigt in ihr auf, sie muss sich beherrschen. Sie ist tatsächlich die letzten Monate ein paar Kilos losgeworden. Überflüssige Kilos! Aber dieser Wicht braucht ihr das nicht vorzuhalten. „Ich mach' eine Kur."
„Ach so, das ist was anderes. Ich hab' schon geglaubt, es geht dahin mit dir."
Karli ist mit Peter fertig. Der will zahlen, schaut sie fragend an. „Zwölf Euro, Peter." Er bezahlt und ver-

abschiedet sich. Sie wendet sich an Karli. „Karli, du kannst hinaufgehen, ich mach' das." Überrascht schaut er sie an, verlässt aber den Salon.
Erich setzt sich auf den Friseurstuhl, wartet. Ingrid nimmt den Besen, kehrt Peters Haare zusammen auf ein Häufchen, gibt Schere und Kamm in die jeweilige Schublade. Dann schaut sie auf die Uhr und zieht den Arbeitsmantel aus. Mit dem Mantel über dem linken Arm öffnet sie mit der Rechten die Tür zum Gang.
„He, was ist mit mir?"
Überrascht schaut sie zurück. „Ah, da ist noch jemand."
„Ja, ich bin auch noch da. Zum Haareschneiden."
„Das ist aber blöd. Ich hab' gerade Feierabend gemacht."
„Was? Was soll das heißen?"
„Du bist zu spät gekommen."
„Mach kein Theater, Ingrid! Es ist erst halb zehn."
„Die Zeit spielt bei mir keine Rolle!"
„Was ist …? Du spinnst wohl?"
Ihr reicht es: „Hinaus!"
„Das ist ja …" Erich steht auf, geht langsam zur Tür.
„Schneller, sonst sperr' ich dich ein." Sie nimmt den Schlüssel vom Nagel, geht auf die Tür zu. Kopfschüttelnd schleicht Erich hinaus. „Komm ja nie wieder!", ruft sie ihm nach. Ingrid sperrt die Salontür zu. Sie geht in die Küche, stellt sich vor den Spiegel. Lang schaut sie hinein, dann holt sie die Waage, stellt sich drauf – und erschrickt. Zweiundsiebzig Kilo! Vor einer Woche waren es noch vierundsiebzig. Und vor einem halben Jahr vierundachtzig! Plötzlich überfällt sie Panik. Wenn das so weitergeht! Dieser verfluchte Erich! Er hat ihr den Tag ruiniert, womöglich das ganze Leben. Sie muss

sich setzen, sie zittert. Nein, Erich ist nicht schuld an ihrem körperlichen Verfall. Die Nächte sind es, die keine Nächte mehr sind. Die Nacht wäre zum Schlafen da, sie kann aber nicht schlafen. Fast tut ihr leid, wie sie Erich behandelt hat. Er hat nur gesagt, was er gedacht, gesehen hat. Und dass sie nicht mehr schlafen kann, daran sind zwei andere schuld. Zwei Teufel. Der eine ist unsichtbar und kommt in der Nacht – und der andere, der kommt bei Tag. Und er wird wieder kommen, die Frage ist nur wann? Sie muss dem Ganzen ein Ende machen, das ist kein Leben mehr. Und doch – einfach aufgeben? Nein, das hat sie noch nie gemacht. Das wird sie auch jetzt nicht tun. So weit ist es noch nicht mit ihr. Ingrid geht in den Salon und sperrt wieder auf.

40

Es ist Vormittag. Sie stellt das Auto neben dem Haus ab, hebt zwei große Tachen aus dem Kofferraum und geht damit – jeweils eine in einer Hand – zur Haustür. Toni macht ihr auf, ehe sie die Taschen abstellen kann. Erstaunt sieht sie ihn an. „Oha! Da bin ich!"
„Ja, das ist gut." Sie stellt die Taschen ab und reicht ihm die Hand. „Grüß dich! Ich bin die Ruth!"
„Grüß dich! Ich bin der Toni. Kann ich dir helfen?"
„Ja, ich hab' noch mehr Zeug im Auto."
Ruth packt alles aus und trägt es in die ihr zugewiesene Kammer. Dann fragt sie, was da sei – zum Kochen. Er lässt sie gleich selber in der Speisekammer schauen. „Topfenknödel, mögt ihr so was?"
„Ja", antwortet er, ist sich bei den Kindern allerdings nicht sicher, ob die damit einverstanden sind. Topfen-

knödel hat Erika schon lange nicht mehr gemacht. – Und jetzt sitzen alle beim Essen. Julia und Christian, die Kinder. Ruth und er. Gut schmecken die Topfenknödel, auch die Kinder essen fest. Soll er sie loben, die Topfenknödel? Nein, nicht zu früh loben, wer weiß, wie sich alles entwickelt. Obwohl – er hat ein gutes Gefühl. Toni muss sich zwingen, sie nicht dauernd anzuschauen.
„Und nachmittags fahr' ich einkaufen", sagt sie mit einer gewissen Bestimmtheit. „Ich stell' einen Speiseplan für die ganze Woche zusammen. Ihr könnt und sollt mitreden", fügt sie noch hinzu.
Sie hat dunkles, fast schwarzes Haar. Erika war blond. Ein Band hält die langen Haare hinten zu einem Pferdeschwanz zusammen. Eine Strähne ist dem strengen Band entschlüpft und hängt Ruth ins Gesicht. Sie lässt sie. Das steht ihr gut. „Und – wie war's in der Schule?"
„Was?" Einen Augenblick zu spät begreift Toni, dass die Frage den Kindern gegolten hat.
„Erzählt nur", fordert er den Nachwuchs auf. Der aber schweigt, ist der Neuen gegenüber noch scheu. Der Maschinenring hat die Haushaltshilfe vermittelt. Besser gesagt, Georg, dessen Obmann. Er hätte auch bei der Bauernkammer fragen können, die machen das auch. Wenn eine Bäuerin Nachwuchs bekommt oder eben für eine gewisse Zeit oder ganz ausfällt, dann gibt es heutzutage diese Hilfe. Sie kostet zwar etwas, aber …
Ruth kommt aus dem Achental. Es gäbe wahrscheinlich auch Frauen aus der näheren Umgebung, die solche Aufgaben übernehmen, eine solche würde dann aber vermutlich jeden Abend nach Hause fahren. Ruth fährt nur am Wochenende nach Hause und kommt am Montag wieder. Am Wochenende hilft bei Toni eine Verwandte. Das ist im Vorfeld besprochen worden.

Ruth räumt den Tisch ab. Wie flink sie das macht! Er muss in den Wald oder sonst etwas arbeiten. Heuarbeit steht momentan keine an. Herrgott na, warum hast du die Frauen überhaupt erschaffen?!
Tonis Vater kommt in die Stube, stellt das Geschirr auf die Kommode und geht wieder. Ruth schaut ihm verwundert nach.
„Er macht das immer so, auch schon vor dir. Er redet nicht viel." Toni hat das Gefühl, sich für seinen Vater entschuldigen zu müssen. Die Mutter lebt schon lang nicht mehr. Im ersten Stock des Bauernhauses hat er ihnen damals eine schöne Wohnung hergerichtet. Jetzt lebt halt der Vater allein oben. Das Essen holt er sich herunten und das Geschirr bringt er wieder.
„Der Vater könnte auch herunten essen", meint Ruth.
„Das tut er schon lang nicht mehr." Und dann zu den Kindern: „Julia, kennst du dich aus bei den Hausaufgaben? Und du, Christian?" Beide kennen sich aus, behaupten sie. „Sonst hilft euch die Ruth, ich fahr' jetzt in den Wald."
Erstaunt schaut ihn Ruth an. „Ich weiß nicht, ob ich da helfen kann, bei den heutigen Aufgaben. Und später, ich muss noch einkaufen."
„Um drei bin ich wieder da – zum Kaffee."
„Aha", sagt sie nur. Er hat das Gefühl, sie kennt sich aus. Um drei wird bei ihnen Kaffee getrunken, immer! Wenn es zum Heuen ist, kann sich das Ganze um eine halbe Stunde nach vor oder nach hinten verschieben.
Toni verlässt die Küche. Soll er mit dem Auto fahren oder zu Fuß gehen? Er hat zwar nicht vor, im Wald zu arbeiten, er braucht aber … Ja, was braucht er eigentlich? In seinem Innersten weiß er es: Er braucht Abstand zu Ruth.

Er geht, und der Marsch tut ihm gut. Vögel singen, fällt ihm auf. Er hält Ausschau nach ihnen, kann aber keinen entdecken. Gut riecht es im Wald, und plötzlich sieht er – Eierschwammerln! Es sind viele, der Boden unter der Fichte ist gelb davon. Kindheitserinnerungen werden wach. Mit der Mutter haben sie manchmal Schwammerln oder Moosbeeren gesucht und gefunden. Danach hat er sich für so etwas nie mehr Zeit genommen. Was soll er jetzt tun? So einen Schatz kann man nicht einfach liegen lassen. Er hat aber nichts mit, wo er sie hineingeben könnte. Und einfach ausreißen soll man sie auch nicht. Ein Messer, ein Taschenmesser braucht er und ein Gefäß oder eine Tasche. Er wird heimgehen und mit den Kindern noch einmal herkommen. Es wird sich zeitlich nicht ausgehen. Toni setzt sich auf einen dürren Buchenast. Auf einmal befällt ihn Wehmut. Erika! Warum hat Erika sterben müssen? Als sie sich kennengelernt haben, sind sie manchmal in den Wald gegangen. Hand in Hand, einfach so. Natürlich ist dann manchmal noch mehr geschehen … Es ist gut, dass er dem Waldemar dann doch nichts gesagt hat von seinem Verdacht. Dass er Sixtus verdächtigt, am Traktor manipuliert zu haben. Er muss erst zur Ruhe kommen, klar nachdenken können. Und er darf sich auch von Ruth nicht ablenken lassen. Seine Frau ist erst eine Woche tot, und er schaut schon eine andere an.
Die Schwammerln – er muss sie wieder finden. Aber Buchen stehen viele im Fichtenwald. Er schaut sich um. Nichts Auffälliges in der Nähe, die Bäume schauen alle gleich aus. Ein dicker, abgebrochener Ast wird ihn wieder hierher führen. Er nimmt und drückt ihn senkrecht in den Boden. Dann geht er heimzu, schaut sich noch einmal um, um sich die Stelle einzuprägen, und

ist überzeugt, sie wieder zu finden. Als er wenig später vom Wald aufs Feld hinaustritt, überfällt ihn die Hitze. Im Wald war es angenehm kühl. Ein paar Leute grüßen ihn, andere scheinen ihm auszuweichen. Jeder, wie er will, denkt er sich.
Daheim staunen alle, dass er schon da ist, aber auch er staunt. Ruth ist gerade dabei, einen Kuchen zu backen. „Als Einstand – dann zum Kaffee. Eine Roulade ist einfach und schnell zu machen."
Worte fallen ihm keine ein, er schaut sie nur wieder an. Die ist ganz eine Tüchtige, denkt er. Oder will sie nur Eindruck schinden, wie man sagt? Es wird sich herausstellen. Dann fällt ihm wieder ein, warum er zurückgekommen ist. „Kinder, habt ihr die Aufgaben schon gemacht?"
„Ja." Julia. „Ich hab' nur etwas abschreiben müssen." Der Bub.
„Dann gehen wir noch einmal in den Wald."
„Warum?", fragen beide.
„Ich hab' etwas entdeckt. Das holen wir uns jetzt."
Beide schauen ihn an, auch Ruth.
„Wisst ihr, was Schwammerln sind?" Beide sind sofort Feuer und Flamme fürs Schwammerlsuchen. „Ich hoffe nur, ich finde den Platz wieder. Alles ist ganz gelb."
„Dann gibt's morgen Schwammerlgulasch." Ruth.
„Also kommt, wir gehen."
„Toni …"
„Was ist, Ruth?" Will sie auch mit?
„Ich fahr' dann einkaufen. Es wird etwas kosten …"
„Ja, ja …, ach so, du brauchst Geld."
„Bei euch wird auch mit Geld bezahlt – oder?" Wie sie schelmisch dreinschaut.
„Wie viel brauchst du denn?"

„Hundert."
„Oha! Gleich hundert Euro für ein paar Lebensmittel?"
„Hat deine Frau oder hast du immer eingekauft?"
„Erika hat das gemacht."
„Deshalb habt ihr Männer so wenig Ahnung."
Wie redet denn die mit ihm? Und schmunzelt dazu noch. Toni holt das Geld. Einen Hunderter hätte er gar nicht immer daheim.
„Mit Julia und Christian hab' ich schon geredet, was sie gern mögen."
Aha, mit den beiden hat sie ... Er wird wohl gar nicht gefragt. Unschlüssig ist er. Sollen sie warten?
„Geht nur. Die Roulade ist schnell gebacken, danach kauf' ich ein, und wieder danach mach' ich Kaffee. Vor halb vier seid ihr auch nicht da, oder?"
Sie fahren mit dem Auto bis zum Waldrand. Die Kinder laufen sofort in den Wald. „Halt! Wartet! Wir gehen zusammen, und zuerst zu diesem Baum, wo ich die vielen Schwammerln gesehen hab'."
„Zu welchem Baum? Das sind alles die gleichen Bäume."
„Nur Geduld, ich weiß schon wo. Und übrigens hab' ich die Stelle markiert." Zu dritt wandern sie durch den Wald. Ein Taschenmesser hat er mit, und eine Tasche. „Da, schau ..." Christian entdeckt schon ein paar. Die er vorhin gar nicht gesehen hat. Und weiter drüben sieht Julia auch welche. Durch dieses Hin und Her ist sich Toni bald nicht mehr sicher, wo er vor einer halben Stunde gegangen ist. Er schaut einmal genau umher. Weiter rechts, etwas weiter rechts, ist er vorhin gegangen. Also schwenken sie nach rechts. Weit kann es sowieso nicht mehr sein. Plötzlich laufen Julia und Christian auf eine Stelle zu. „Pah, Papa, schau!" Sie haben

die Stelle gefunden! „Papa, gib mir das Messer." Toni überlässt es den beiden, die Schwammerln zu ernten. Zufrieden schaut er zu.
Der Stock fällt ihm ein, seine Markierung. Er ist nicht mehr da. Die Stelle ist aber genau die, die er markiert hat. Dort drüben ist die große Buche. Wo er steht, muss er den Stock in den Boden gedrückt haben. Ein paar kleine Stäbchen von einem dünnen Ast liegen auf dem Boden verstreut. Er stößt mit dem Fuß gegen eines – aber mitten in der Bewegung erstarrt er. Die Stäbchen ergeben ein Wort: TOT.
Zwei Stäbchen bilden ein T, vier kürzere formen ein O, es ist zwar unten und oben ein bisschen spitz, aber eindeutig ein O, und nochmals zwei – eines ist jetzt einige Zentimeter weiter weg, weil er es mit dem Fuß angestoßen hat – diese zwei ergeben wieder ein T. Tot, steht da. Ein kalter Schauer kriecht ihm über den Rücken. Die Kinder! Sie sind, wenige Meter entfernt nur, beim Schwammerlbrocken. Er hebt den Kopf, schaut umher. Sie werden beobachtet. Er fühlt das. Oder bildet er sich das alles nur ein? Ein Reh hat den Stock umgestoßen, als es sich daran gescheuert hat. Oder die Stäbchen liegen zufällig so da … Nein, das ist Wunschdenken. Er ist vorhin schon beobachtet worden. Aber von wem? Derjenige hat dann den Stock und die Schwammerln gesehen … und gewusst, dass er zurückkommen wird. Der beobachtet sie auch jetzt. Aber warum hat er „tot" geschrieben? Will er ihm Angst machen? Ihm drohen? Aber warum? Sie müssen sofort heimgehen. „Kommt, wir gehen heim."
„Nein, noch nicht, wir sind noch nicht fertig."
„Dann beeilt euch." Er will die Kinder nicht erschrecken, wartet also. Er tut so, als bückte er sich, um Schwam-

merln zu brocken, schaut aber ständig umher. Er dreht sich langsam, sucht den ganzen Horizont ab. Nichts, absolut nichts rührt sich, nichts Verdächtiges fällt ihm auf. Aber etwas ist da, das sie beobachtet. Das spürt er. Ein Mensch – tot. Was bedeutet das? Nicht „Tod", das wäre die Beschreibung, dass es den Tod, das Ende, gibt. Tot klingt bedrohlicher – da ist jemand tot oder wird bald tot sein! So endgültig ist dieses Wort.
„Wir gehen." Die beiden schauen auf, wollen etwas entgegnen, tun es dann aber nicht. Der Vater schaut so …
Wortlos gehen sie zurück. Die Kinder spüren, dass etwas nicht stimmt. Zuletzt laufen sie voraus, sitzen schon im Auto, als er ankommt. Auch er setzt sich … Nein! Im Letzten Moment stemmt er sich mit den Füßen und dem Rücken ab, berührt die Sitzfläche nicht. Vorsichtig schiebt er sich wieder aus dem Auto, dreht sich dem Einstieg zu. Der kalte Schauer erfasst ihn wieder. Auf der Sitzfläche liegen die gleichen Stäbchen und formen das eine Wort: „tot".
„Julia, Christian, sofort heraus aus dem Auto!"
„Was ist denn?"
„Heraus!" Schreit er. Eilig steigen sie aus, schauen ihn verwundert an. „Es riecht nach Benzin …, das ist gefährlich", stottert er. „Wir lassen das Auto stehen und gehen die paar Minuten zu Fuß."
„Ich hab' nichts geschmeckt", sagt Christian.
„Ich wollt' euch nicht erschrecken, aber …" Toni zieht den Startschlüssel ab und sperrt das Auto zu, dann gehen sie los.
„Die Schwammerln!", ruft Julia.
Toni geht zurück, holt die Beute heraus, sperrt wieder ab. „Julia, du trägst die Tasche, darfst sie dann Ruth zeigen. So viele schöne Schwammerln!" Die Kinder spü-

ren seine gespielte Gleichgültigkeit, sagen aber nichts. Er hat sich nicht getäuscht, sie sind beobachtet worden. Nur hat der Beobachter früher den Wald verlassen. Hätte er doch das Auto abgesperrt! Er schaut zurück zum Auto. Er würde sich nicht wundern, wenn es in die Luft flöge.
„Wann holen wir dann das Auto, Papa?"
„Am Abend, Julia, hol' ich es."
Er wird den Ladinger, den Postenkommandanten, verständigen. Die Stäbchen sind noch im Auto, unberührt, da kann der seinen polizeilichen Spürsinn einmal richtig entfalten.
„Seid ihr nicht mit dem Auto weggefahren?", fragt Ruth.
„Ja, sind wir, und zurück kommen wir zu Fuß."
„Unser Auto fliegt bald in die Luft, sagt Papa." Christian.
„Ich hab' Benzin gerochen; irgendeine Leitung, glaub' ich, ist defekt."
„Das sind ja schöne Geschichten. Setzt euch her."
„Julia, zeig, was ihr gefunden habt. Mensch, seid ihr tüchtig gewesen", lobt Ruth.
Herrlich schmeckt die Roulade zum Kaffee. „Ein bisschen warm ist sie halt noch", entschuldigt sich Ruth.
„Sehr gut ist sie, Ruth." Warum hat er ihren Namen ausgesprochen? Das hat er gar nicht wollen. Dann fallen ihm wieder die Stäbchen ein, und es wird kühler in der Küche. Kann es sein, dass jemand ihn nur zum Narren halten will? Der hätte aber einen makaberen Humor. Nein, das ist kein Spiel. Auch den Sixtus kann er vergessen. Der wäre nicht fähig zu so etwas. Das hängt zusammen mit der gelockerten Lenkstange – oder? Jetzt wollen der oder die ihm Angst machen. Genau, Angst

wollen sie ihm machen, geschehen wird sonst überhaupt nichts. Vielleicht ist das die Chance, den Täter zu erwischen, der auch Erika auf dem Gewissen hat. Er muss nach dem Kaffee sofort den Ladinger anrufen.
„Was ist? Ihr redet gar nichts mehr?"
„Nichts ist, Ruth, ich hab' nur nachgedacht. Übrigens, das wollte ich dich zuerst schon fragen: Wieso hast du dich mit unserem Elektroherd gleich ausgekannt?"
„Ich bin schon fünf Jahre Familienhelferin."
„Aha. Das ist alles."
„Ja, da hab' ich Bauern, Maschinen und Elektrogeräte kennengelernt, und auch Kühe."
„Kannst du auch melken?"
„Ja, aber nur, wenn der Bauer ausfällt. Übrigens – da ist die Rechnung und noch zweiundzwanzig Euro."

•

Waldemar ist frustriert. Soeben hat er die Arbeit der letzten zwei Tage vernichtet. Sie liegt im Papierkorb, zerknittert und wertlos. Er steht auf, schaut beim Fenster hinaus. Wieder ein heißer Tag heute und kein Regen in Sicht. Das Ganze kommt ihm plötzlich banal, richtig kindisch, vor; deshalb hat er die ganzen Zettel verräumt. Er hat nach der Beerdigung von Erika angefangen, seine Eindrücke, Vermutungen und Gedanken niederzuschreiben. Drei Personen sind ihm beim Begräbnis aufgefallen. Veronika Wadl, eine Nachbarin Erikas, der alte Toni Zaun und Sixtus Langenhaxl. Alle drei verdächtigt er mehr oder weniger, am Tod von Erika Zaun schuldig zu sein. Er hat zu jeder der drei Personen Fragen aufgeschrieben, die er an sie richten wird. Blödsinn! Keine Frage wird er stellen, keine einzige. Er

mag nicht mehr. Aus! Schluss! Die Lenkstange lockerte sich von selbst, dadurch versagte die Lenkung und der Traktor stürzte um. Erika hatte eben das Pech, genau in dem Moment draufzusitzen. Aus!
Zwanzig vor zwölf. Dass ein Tag nur so langsam vergehen kann! Er wird heute – einer plötzlichen Eingebung folgend – im „Café Sonnschein“ essen. Die Pizzen sind gut, und mehr braucht er nicht. Und nebenbei kann er sich ein bisschen umhören. Im Café essen viele Leute zu Mittag, da wird auch viel geredet. Ein ganz nebensächlicher Satz, eine unscheinbare Bemerkung, vom richtigen Ohr aufgefangen – er ist schon wieder beim Ermitteln; verdammt!
„Mahlzeit“, sagt er zum Kollegen, dann schlendert er ins nahe Café. In Zivil. Dort studiert er die Speisekarte und bestellt das „Omelette Sonnschein“. Warum er keine Pizza isst, weiß er nicht.
Allmählich füllt sich das Lokal. „Oh, der Herr Postenkommandant speist heute bei uns da?!“ Greta, die Besitzerin vom „Sonnschein“, reicht ihm die Hand.
„Hab' mir halt gedacht, fährst du zu Mittag einmal nicht heim.“
„Sehr gut. Haben Sie schon etwas gewählt?“
„Ja, hab' ich. Das Omelett da …“
„Aha, der Genießer! Sonst passt alles?“
Was meint sie mit – sonst passt alles?
„Sie haben viel Arbeit in letzter Zeit, wo alles drunter- und drübergeht in Unterhirschen. Trotzdem ist es schön hier – nicht?“
„Ja, schön ist es hier, richtig nett.“
Die Chefin fixiert ihn. „Nett, wenn es dich nicht erwischt.“ Leute drängen sich im Lokal, kommen ihnen nahe. „Ich muss wieder etwas tun. Jedenfalls freut es

mich …" Sie ist schon beim Gehen, winkt ihm noch kurz zu. „Ist hier noch Platz frei?"
„Ja, ja …" Er rückt weiter ins Eck. Drei junge Leute setzen sich zu ihm, zwei Männer und eine Frau. Sie werden ihn nicht kennen, er kennt sie auch nicht. Zwei zücken ihre Handys. In dem Moment kommt sein Omelett, sonst hätte er den Tisch gewechselt. So sind sie heute, die Jungen. Mit ihm wechseln sie während des Essens kein einziges Wort. Als er fertig ist, sagt er zu ihnen: „Ihr seid nicht aus Unterhirschen?"
„Nein", erwidert die Frau, „wir arbeiten nur hier."
Drei Tische weiter bestellen drei junge Männer. Einer schaut zu ihm herüber, erschrickt. Ja, das hat er gesehen, dass der erschrocken ist. Jetzt reden die drei miteinander, stehen auf – und schlendern aus dem Lokal. Einer hat ihn erkannt. Die sind wegen ihm so schnell gegangen! Soll er …? Nein, ganz ruhig bleiben. Die haben aber einen Grund, seine Nähe zu meiden. „Haben Sie die drei da drüben gekannt?", fragt er die junge Frau.
„Ja, das sind die …" Sie schaut hinüber. „Die sind ja gar nicht mehr da!"
„Die sind gerade gegangen. Sind das nicht die …?"
„Die beiden anderen kenn' ich nicht. Der eine, das war der Boss."
„Der Boss …?"
„Ja, Fred, glaub' ich, heißt er."
„Aha …?" Weiter darf er nicht mehr nachfragen; aber er weiß schon mehr. Er weiß zwar nicht, in welche Richtung ihn die zwei „Namen" führen werden und ob sie überhaupt dienlich sein werden. Vor dem Essen hat er aber nicht einmal gewusst, dass es den „Boss" gibt. Der Informantin würde er gern ein Schnäpschen zahlen,

doch ihre Kollegen schauen nicht gerade freundlich drein. Er lässt es lieber bleiben.
Die Kellnerin stellt ein Schnäpschen vor ihm auf den Tisch. „Von der Chefin“, sagt sie.
Waldemar muss lachen. Das Leben ist doch schöner, als es manchmal den Anschein hat. Um halb vier nachmittags kehrt er ins Büro zurück.
„Da ist wieder dieser Bauer, der Zaun. Er muss unbedingt und dringend den Chef sprechen, sagt er.“
„Also, lass ihn herein.“
Was ihm Toni erzählt, klingt zuerst etwas seltsam. Doch dann fahren sie beide zum Waldrand hinauf. „Gott sei Dank, da steht es noch“, sagt Toni erleichtert, als sie näher kommen. Toni geht schnell zu seinem Wagen und schaut hinein. Er zeigt mit dem Finger hinter die Seitenscheibe. „Da, schau einmal.“ Waldemar schaut durch die Scheibe. Er sieht nichts Verdächtiges. „Auf dem Sitz.“ Toni deutet nach unten. Da sieht er es. „tot“ steht da geschrieben. Mit Holzstäbchen, genau wie Toni gesagt hat. Jetzt ist guter Rat teuer.
„Ich sperr' eigentlich nie zu. Oder muss man das?“ Waldemar glaubt nicht, dass im Gesetz steht, dass man das Auto immer absperren muss. „Eigentlich“, meint Toni langsam, „eigentlich sollte ich noch etwas sagen.“ Was kommt wohl jetzt noch? Er wird doch nicht ein Geständnis ablegen? „Im Wald“, fängt Toni an, „da ist auch so etwas gewesen.“
„Was?“
„Dieses Wort.“
„Im Wald ist auch ‚tot' gestanden? Wo?“
„Auf dem Boden, zwischen den Bäumen.“
Einen winzigen Augenblick schmunzeln beide über diese Beschreibung, aber dann erstarren sie. Dieses

Knurren hinter ihnen! „Bibiana!“ Eine Frauenstimme ruft ihren Hund. Gleichzeitig kommt beiden diese Erkenntnis, und sie drehen sich um. Bibiana ist ein großer Hund, läuft jetzt aber zu seiner Herrin zurück.
„Diese verdammten Hunde“, sagt Toni, „immer lassen sie sie frei herumlaufen und in die Felder scheißen.“
„Genau, das sollte man verbieten.“
„Was machen wir jetzt? In den Wald gehen oder das Auto aufsperren?“
„Findest du die Stelle im Wald noch?“
„Finden würd' ich sie schon, glaub' ich.“
„Dann gehen wir. Wart, ich hol' noch etwas.“ Waldemar holt Handschuhe und ein Plastiksäckchen aus dem Auto. Während sie gehen, erkennt er tatsächlich eine Bedrohung für Toni. Rein aus Spaß schreibt man so etwas nicht. Wer droht da dem Toni? Und warum? „Toni, hast du Feinde? Wie wir das letzte Mal geredet haben, hast du angedeutet, dir sei noch etwas eingefallen.“
„Ja, da wollte ich zuerst sagen, dass ich den Sixtus …, aber das hat sich inzwischen wohl erledigt. Oder hältst du den Sixtus für so etwas fähig?“
„Für was?“
„Für das eben! Für ‚tot‘.“
„Äh – nein, eigentlich nicht. Bist du überzeugt, dass das zusammenhängt? Die Traktorlenkstange und das?“
„Ja. Die Lenkstange hat wohl auch mir gegolten.“ Das wird ja immer dramatischer. Plötzlich dreht sich Toni um. Überlegend ist sein Blick – und angstvoll. „Ich geh' nicht mehr weiter. Ich muss heim.“
„Wieso jetzt?“
„Die Kinder! Die Drohung kann auch ihnen gelten.“ Toni rennt los. Waldemar hat Mühe mitzukommen. Zurück bei den Autos. „Welches nehmen wir?“ Toni.

„Du fährst mit mir. Zuerst nehm' ich aber noch die Stäbchen mit." Toni sperrt den Wagen auf, Waldemar hat schon die Handschuhe an. Vorsichtig steckt er die kürzeren Stäbchen in den Plastikbeutel. Dann fahren sie. Toni stützt den Kopf in die Hände, scheint abwesend zu sein mit seinen Gedanken.
„Sind die Kinder allein zu Hause?"
„Was?"
„Deine Kinder."
„Nein, Ruth ist bei ihnen."
„Ruth?"
„Das ist meine Haushälterin.
„Du hast eine Haushälterin?"
„Ja, ohne Frau geht es nicht."
„Das ist aber schnell gegangen."
„Ja. Wenn es sein muss, geht's auch schnell."
Waldmar schaut Toni an. Weiß der überhaupt, was er sagt? Erika ist noch keine Woche unter der Erde, und schon ist Ruth da?! Für so kaltschnäuzig hätte er den Toni nicht gehalten.
Als sie beim Hof ankommen, schauen die Kinder zur Tür heraus. Es scheint alles in Ordnung. Waldemar überlegt, ob er aussteigen soll. In dem Moment kommt Ruth, und Waldemar weiß, dass er aussteigen muss. Bah … das ist eine! Sie schaut zu ihm, dann zu Toni. Der redet auf sie ein, deutet herüber. Langsam begreift Waldemar. Toni hat daheim nicht gesagt, mit wem er unterwegs ist. Die Kinder verschwinden im Haus, auch Ruth geht hinein. Schade, er hätte sie gern begrüßt.
Toni kommt herüber zu ihm. „Ich hab' ihnen zuerst nicht alles erklärt."
„Ja, das hab' ich gemerkt." Toni will scheinbar etwas sagen, tut es aber nicht. „Also, dann fahr' ich wieder."

„Waldemar! Du verfolgst das Ganze weiter?"
„Freilich, das mach' ich."
„Das ist gut. Du musst mir helfen, ich hab' Angst."

•

„Was denkst du denn so angestrengt?"
„Tu ich das?"
„Ja, das seh' ich dir an. Ist's die Geschichte mit dem Traktor?"
„Es hängt damit zusammen – vielleicht."
„Gibt es eine neue Spur?"
Er wird Erna nicht alles erzählen, nur so viel, dass sie zufrieden ist. Sie schaut erwartungsvoll. „Ich war mit Toni im Wald."
„So, du warst mit Toni im Wald?"
Erst jetzt merkt er, wie blöd das klingt. „Wir haben eine Spur verfolgt."
„Aha?"
„Dann hat uns ein Hund erschreckt."
„Ein Hund?"
„Ja, ein Hund."
„Und dann habt ihr die Spur verloren?"
„Vereinfacht ausgedrückt – ja."
Erna schmunzelt ein bisschen, wendet sich dann dem Fernseher zu. „Bist du beleidigt, wenn ich mir heute die Rosenheim-Cops ansehe?"
„Nein, bin ich nicht. Schau nur." Das ist ja gut gegangen, jetzt kann er in Ruhe nachdenken. Er nimmt ein Buch, macht es sich auf der Bank gemütlich – das Sofa hat soeben Erna beschlagnahmt –, schlägt das Buch auf und beginnt nachzudenken. Ruth! Ist es Schicksal oder einfach Glück, bodenloses Glück, wenn einer einen

Volltreffer macht? Eine Million gewinnt – oder noch besser – Ruth? Er hat sie nur kurz gesehen, aber was er gesehen hat, das hat genügt. Diese Ausstrahlung! Eine schöne Frau sieht man immer wieder einmal, aber – halt! Wenn Toni und Ruth, das wirft ein ganz neues Licht auf den Fall. Und auf Toni! Das kann sogar gefährlich werden für ihn. War Erika im Weg? Ganz neue Aspekte tun sich auf. Toni wird doch nicht Theater spielen? Im Nachhinein betrachtet, ist der späte Nachmittag tatsächlich seltsam verlaufen. Toni könnte die Stäbchen auch selbst hingelegt haben. Aber warum? Um von seinem Motiv abzulenken! Traut er das alles Toni zu? Nein, eigentlich nicht. Aber diese Ruth! Für so eine könnte Toni viel tun, sehr viel! Dieser schwarze Rossschwanz, diese Figur, diese Augen, diese Beine …

„Waldemar, warum schnaufst du so? Geht es wild zu?"

„Was? Ja, wild, richtig wild geht es zu."

41

„Ja, Anna, du darfst die neuen anziehen, aber pass auf, dass du sie nicht sofort schmutzig machst."

„Ich pass' schon auf."

Olga begibt sich heute auf eine heikle Mission. Sie hat viel überlegt, gestern schon und in der Nacht. Zuletzt hat sie beschlossen, sich ein Herz zu nehmen und den Versuch zu wagen. Sie hat nicht viel zu verlieren. Schlimmstenfalls wird er sie kaum beachten, dann wird sie eben gehen. Und bestenfalls? Sie darf gar nicht daran denken, sonst ist sie zuletzt doch enttäuscht. Sie darf nicht mehr warten. Jeder Tag, der vergeht, birgt ein Risiko – für sie. So verloren, so hilflos ist Toni neben dem Sarg gestanden. Er braucht dringend jemanden, an den er sich lehnen und wieder aufrichten kann. Und dieser jemand ist sie! Wer sonst? „Anna, wir fahren!“ Sie fahren ein Stück, dann gehen sie zu Fuß weiter. Das sieht besser aus: eine Wanderung machen und zufällig bei Toni vorbeikommen. Und weil sie schon einmal in der Nähe sind, schauen sie eben kurz hinein zu ihm. Wie es ihm so geht und so. So wird sie ihm ihr unvermutetes Auftauchen schildern. Olga freut sich richtig darauf. Gemütlich fahren sie durch den Ort, vorbei an der Kirche, vorbei am Supermarkt – halt! Olga fährt zur Seite, schaut, überlegt – und wendet.

„Mama, was machen wir?“

„Ich muss noch schnell etwas einkaufen.“ Sie fährt auf den Parkplatz und stellt den Wagen ab. „Anna, du wartest!“

„Warum? Nein, ich geh' mit.“

„Nein, Anna, heute nicht. Ich kauf' dir dann etwas.“

Schmollend willigt Anna ein. So, jetzt! Warte, dir werd' ich's geben! Olga hat gesehen, dass die Lehrerin von Anna soeben in den Supermarkt gegangen ist. Dieses Schaf, das geschrieben hat, dass ihre Tochter anderen Kindern die Schuljause wegisst. Sie wird sich an die dumme Kuh heranpirschen. Sie geht das lange Regal entlang und hält Ausschau. Aha, dort drüben, beim Gemüse! Olga nimmt einen passenden Filzstift in die Hand und schließt die Finger, dann sticht ihr ein Haarshampoo ins Auge und sie sucht unverzüglich die Nähe der Lehrerin. Die steht immer noch beim Gemüse. Sehr gut.

„Oh, auch eine Lehrerin braucht etwas zu essen?!“

„Ja, so ist es, Frau Olga.“

„Übrigens, weil ich Sie gerade treffe: Danke für den Hinweis."
„Was für einen? Ah ..."
Olga spricht jetzt leiser. „Anna wird das nicht mehr tun. Ich hab' ihr das ordentlich erklärt. Das wäre ja noch schöner – anderen die Jause wegessen!"
„Nein, nein, so schlimm ist es nicht!"
„Wenn es einmal passiert, ist es schon zu viel." Schnellen Schrittes geht Olga weiter. Es läuft gut, sehr gut! Die Lehrerin trägt eine weite Weste mit weiten Taschen. Bei der Wurstabteilung treffen sie noch einmal zusammen. Beide müssen warten, sprechen über Belangloses. Dann überholt Olga die Lehrerin, streift sie dabei kurz und scheinbar absichtslos. Als sie bezahlt, meint sie halblaut und beiläufig zur Kassierin: „Auf die da drüben, die mit der beigen Weste, würde ich ein bisschen genauer schauen." Die Kassierin schaut sie fragend an. Olga macht mit der Hand eine einheimsende Bewegung und steckt sie dann in die Tasche. Daraufhin verlässt sie den Supermarkt; im Café nebenan lässt sie sich Zeit und kauft dann zwei Schaumrollen. Plötzlich Stimmen aus dem Supermarkt; sie werden lauter. Eine Person streitet mit einer Kassierin. Andere Kundinnen schauen zuerst verwundert, mischen sich dann auch ein. Ein kleiner Aufruhr entsteht. Olga verlässt das Café. Bevor sie weiterfährt, isst sie mit Anna eine Schaumrolle. Das hebt Olgas gute Stimmung um eine weitere Stufe.
Vor dem Larch-Anger lassen sie das Auto stehen und gehen zu Fuß weiter. Ein schöner Tag – er wird noch schöner werden. Olga fühlt das, und sie ist ein wenig aufgeregt. Eine Woge der Vorfreude erfasst sie, die Beine werden leicht, zielstrebig gehen sie auf Tonis Hof zu. Wie wird Toni reagieren? Hoffentlich ist er da. Hoffent-

lich redet sie nicht dumm daher. Schon ist der Hof zu sehen. In dem Moment springen die Kinder aus der Tür – und Toni. Olgas Herz schlägt schneller.
Toni schaut in ihre Richtung, erkennt sie. Dann sind sie auch schon dort. Sie geben einander die Hand, begrüßen sich. Die Kinder stehen schüchtern da, alle drei.
„Dass du einmal kommst!?"
„Wir sind ein bisschen gewandert."
Toni schaut Anna an. „Du bist aber gewachsen, Anna."
„Alle sind gewachsen, auch die deinen." Sie schaut Toni lieb an. Dem fehlen plötzlich die Worte. „Wie geht es dir?" Sofort bereut sie die Frage. „Dumme Frage von mir. Wie kann es dir schon gehen?"
„Das ist keine dumme Frage, Olga. Und es geht mir – nicht gut." Sie könnte ihn umarmen. „Olga, wir stehen nur da … Habt ihr Zeit?"
„Direkt eilig haben wir es nicht – oder, Anna?"
„Dann kommt ein bisschen herein. Es ist allerdings jemand da."
„Der wird uns schon nicht fressen." Sie gehen ins Haus, in die Küche. Niemand ist da. Olga ist erleichtert, sie braucht jetzt keinen Onkel oder Tante von Toni.
„Setzt euch nieder!"
Dann öffnet sich die Tür. Eine junge Frau tritt in die Küche: schwarzhaarig, eine Schürze umgebunden. In Olgas Kopf beginnen die Gedanken zu rasen. Gehört die hierher? Ist die womöglich Tonis Freundin? Olga erfasst ein Schwindel, alles beginnt sich zu drehen, immer schneller, immer …
„Olga, was ist? Du bist ja ganz bleich!"
Sie hört Toni reden, aus weiter Ferner hört sie ihn. Schweiß bricht ihr aus, die ganze Küche dreht sich, sie muss sich einhängen, am Tisch muss sie …

„Olga! Ihr ist schlecht! Ruth, kannst du helfen?"
Olga lässt den Kopf, den Oberkörper auf den Tisch nieder. Sie muss rasten, hat keine Kraft mehr; es wird dunkel um sie. Anna fängt zu weinen an. „Mama, was ist?" Dann übernimmt Ruth das Kommando. „Anna, sei still, deine Mama ist nur müde. Toni, hilf mir, wir legen sie auf die Bank." Die Kinder wissen nicht, was geschieht. Ruth und Toni legen Olga behutsam auf die Bank. „Ein Polster und eine Decke!" Toni läuft hinauf ins Zimmer. „Anna, komm, setz dich neben deine Mama!" Ruth nimmt ein Tuch aus dem Schrank, macht es nass und streicht Olga damit vorsichtig über die Stirn. Toni bringt das Gewünschte. Ruth bettet Olga, legt die Decke über sie. „Wer ist diese Frau?", fragt sie.
„Das ist – Olga ist das."
„Und?"
„Was meinst du?"
„Du verstehst schon. Wie steht sie zu dir?"
„Olga? Wir haben …"
„Du hättest sie sofort aufklären sollen, wer ich bin!"
Toni schaut Ruth an, begreift nicht. Olga beginnt sich zu bewegen, schlägt die Augen auf. „Mama." Weinend klammert sich Anna an sie. Ruth beugt sich über Olga.
„Nein! Nein, nicht die!", stößt Olga hervor.
Fast schmunzelnd sagt Ruth: „Ich hab' es gewusst."
„Was hast du gewusst?"
„Ihr Männer versteht das nicht."
Toni versteht tatsächlich nichts. Olga versucht sich aufzurichten. Sanft drückt Ruth sie zurück. „Bleib noch ein bisschen liegen." Olga versucht, sich zu wehren. „Ich bin nur eine Familienhelferin! Und ich helfe auch dir." Was sagt die da? Das sagt sie nur so. Olga traut ihr nicht. „Du kannst mir vertrauen, ich schwindle nicht."

Stimmt das, was die sagt? Familienhelferin ist sie? Sie hat schon gehört, dass es die gibt. Wie die freundlich schaut. „Es ist nicht so, wie du gedacht hast." Plötzlich füllen sich Olgas Augen mit Tränen. Diese Frau reicht ihr ein Taschentuch. Soll sie es annehmen? Die Frau ist so gut. „Ich mach' jetzt für alle Kaffee. Passt – oder?"
„Ja, mach das", sagt Toni.
Ruth entfernt sich von Olga, macht mit dem Kopf eine Bewegung zurück. Toni kapiert langsam, setzt sich neben Olga. Schüchtern schaut er auf sie nieder. Olga schämt sich. Für alles. Für ihre Gedanken zuerst, für ihr Zusammenklappen, dass sie da liegt, und für ihre Tränen. „Olga, dir ist zuerst fast übel geworden."
„Ja." Mehr weiß sie nicht zu sagen.
„Das kann jedem einmal passieren."
„Ja."
„So etwas kann kommen, ganz ohne Grund."
Olga schaut zu Ruth. Die lächelt, macht eine abwägende Bewegung mit dem Kopf.
„Olga, du lachst ja schon fast wieder."
„So? Dann setz' ich mich auf." Hilfesuchend streckt sie einen Arm aus. Tatsächlich – Toni hilft ihr.
Zehn Minuten später trinken sie Kaffee und essen Honigbrot, die Kinder auch noch Rouladeschnitten. Olga ist still geworden, aber es geht ihr wieder gut. Ganz drinnen, im Herzen, spürt sie noch Spannungen, von den Wogen des Lebens.

42

Der Sommer zeigt sich mit voller Wucht. Eine Schwüle herrscht, die Schwachen sehr zu schaffen macht. Und

abends diese Gewitter! Gestern hat sogar die Feuerwehr ausrücken müssen, dem Lärchenbach sind die Ufer zu eng geworden. Der Sommer hat auch schöne Seiten. Junge und Junggebliebene nutzen sie ausgiebig. Sie schlendern abends durchs Dorf, Hand in Hand, scherzend oder still sich freuend aufs Danach. Im Café Sonnschein kommt man mit der Eisproduktion kaum nach, alle schlecken, und alle schlecken immer öfter. Besonders die neue Eiskreation „Zimt-Gipfel" hat es den Leuten angetan. Greta, die Chefin, hat sie erfunden. In der Eisschale liegen vier Kugeln Zitroneneis, die vierte Kugel liegt auf den drei anderen. Dadurch entsteht ein kleiner „Berg mit Gipfel". Das Ganze wird mit Zimt bestreut. Eine Hohlhippe symbolisiert das Gipfelkreuz. Dass Greta anfangs immer betont hat, Zimt in Verbindung mit Zitrone genossen, stärke besonders die Manneskraft, hat zum Erfolg natürlich beigetragen.
Besonders am Abend ist im Café kaum mehr ein Platz zu bekommen. Sogar angehende Omas schleppen den Ihren ins Kaffeehaus. Ja, die Biologie des Menschen!
Einen kleinen Skandal gibt es außerdem in Unterhirschen. Eigentlich nicht bloß einer, mehrere sind es. Die neue Lehrerin stiehlt! Im Supermarkt ist sie erwischt worden. Sie hat zwar nur etwas Kleines mitgehen lassen, einen Schreibstift oder so etwas; aber auch das tut man nicht. Sie ist angezeigt worden, wird im Herbst wohl nicht mehr kommen – nicht mehr kommen dürfen! So etwas gibt kein gutes Beispiel für die Schüler.
Und dann dieser Toni! Die Seine erst ein par Wochen unter der Erde, und schon hat er eine Neue. Und was für eine! So mancher, der sonst wenig übrig hat für Bewegung, setzt sich in Schwung und marschiert zum Gansler hinauf. „Ein bisschen Bewegung tut jedem

gut", sagt jeder, der mit Toni oder Ruth zusammentrifft. Diese Haare, diese langen schwarzen Haare, zusammengebunden zu einem Rossschwanz, beeindrucken als Erstes. Unvermittelt stellt sich jeder die Frage, wie weit sie, offen getragen, hinunterreichen. Würden sie die Brust bedecken, die nackte? Womöglich schon, die Spitzen würden sich aber durchschieben durch die Haare und vorstehen. Die Haarpracht verleiht ihrer Schönheit eine gewisse Strenge. Die Art, wie sie sie bändigt. Jeder Wanderer verspürt plötzlich Sehnsucht, von Ruth gebändigt zu werden – selbst wenn es wehtun sollte. Für diese Frau würden sie alles tun, auch vor ihr kriechen und Staub fressen. Nicht jeder trifft auf Ruth – ist somit auf die Schilderungen anderer angewiesen. Und die nehmen bisweilen bizarre Formen an.

Und dann diese Weiber – Mutter und Tochter – im Wald droben! Beide kriegen zugleich ein Kind. „Wahnsinnig!", „Gewaltig!", „Unglaublich!", sagen die Leute. „Zweiundvierzig ist sie schon, die Rosa!" Bei der Jungen, der Tochter, ist das normal, da kann das passieren. „Aber die Alten, haben die nie genug? Es ist nicht zu begreifen. Und dann noch der gleiche Zeitpunkt. Wie ausgemacht. Wenn das alles nur gutgeht!" – „Verantwortungslos", sagen andere, „wenn das Kind in die Schule kommt, sind die Eltern schon alte Leute." – „So etwas bedenken Leute wie die doch nicht, nur der Genuss zählt!"

Die Eingeborenen, die in Unterhirschen geboren und aufgewachsen sind, führen einen soliden Lebenswandel, gehen am Sonntag in die Kiche, arbeiten während der Woche und fallen kaum einmal auf. Selbstverständlich gibt es „Ausreißer". Dass sich einmal einer besäuft und danach Schaden anrichtet, Straßenstangen ausreißt, die Ortstafeln beschmiert oder umlegt – das gibt es schon. Bei genauerem Hinsehen hat so einer aber meist auch einen Grund für sein Tun. Er ist soeben gekündigt worden, hat sein Auto zu Schrott gefahren oder seine Frau mit einem anderen erwischt. Aber grundlos stehlen oder gedankenlos Kinder in die Welt setzen, das sind Geschehnisse einer anderen Dimension. In der Nachbargemeinde, in Oberhirschen, kursieren schon Witze über Unterhirschen. „Es ist nicht weit vom Himmel hinunter ins Fegefeuer", sagen sie.

43

Paula könnte lachen und weinen zugleich. Es ist Sonntag, und sie ist in der Kirche. Überglücklich ist sie, und dafür dankt sie Gott. Zwei Wunder sind geschehen. Ein großes und ein kleines. Sixtus hat ihr etwas Großes gebeichtet und versprochen, es nicht zu tun, und sie hat wieder Arbeit. Sie darf im Café Sonnschein zwei Stunden putzen, jeden Tag. In der Früh macht sie das. Greta wollte zuerst, dass das Lokal noch in der Nacht geputzt wird, das hätte sie aber nicht können. Sixtus hätte dem nie zugestimmt. Sie steht jetzt um fünf auf, geht zum Café, putzt ordentlich und ist knapp nach sieben wieder daheim, wenn Sixtus aufsteht. Aber das andere – ihr Herz klopft immer noch schneller, wenn sie daran denkt – das andere ist das Größte. Dass sie Sixtus davon abbringen konnte, es zu tun.
Am Donnerstagabend war es. Plötzlich fing Sixtus zu reden an. „Paula", sagte er, „ich muss dich etwas fragen." Sie schaute ihn erstaunt an, wartete. „Was du dazu sagst."

„Zu was?"
Dann überlegte er lang: „Zu meinem Plan."
„Zu welchem Plan? Sixtus, erzähl!"
Es kostete ihn große Überwindung, dann aber redete er. „Paula, du weißt, damals, als ich die Rakete gebaut hab', du bist immer dagegen gewesen, da hab' ich es aufgegeben. Aber ich hab' einen neuen Plan ausgedacht." Sie hielt die Luft an, wartete, was er als Nächstes sagen würde. „Der neue Plan ist viel der bessere, wird viel mehr auffallen, aber ..."
„Du planst etwas Verbotenes?"
„Ja. Ein Mensch wird danach nicht mehr sein." Ihr wurde fast schwindelig, sie musste sich mit beiden Armen bei der Bank abstützen. „Du brauchst nicht bleich zu werden, Paula, du bist es nicht." Sie brachte kein Wort heraus, hatte Mühe, aufrecht zu sitzen. „Den Kaspar wird es treffen."
„Welchen Kaspar?"
„Den alten Mesner."
„Warum den?"
„Weil ich ihn auf der Kassette hab'." Sie verstand nicht, was das heißen sollte; sie fasste sich nur ans Herz, weil es so stark und heftig schlug, und so schnell wie noch nie.
„Seine Stimme hab' ich drauf, und die brauch' ich bei seinem Begräbnis."
„Seine Stimme? Welches Begräbnis?"
„Das seine."
„Aber der Kaspar lebt ja noch. Der ist doch ganz gut ..."
„Der lebt aber nicht mehr lang."
„Warum?"
Sixtus sagte nichts, schaute sie nur an. Da begriff sie, und gleichzeitig wurde es dunkel um sie. Sie kam wie-

der zu sich durch sein Streicheln. Sixtus streichelte ihre Wange. „Paula, du bist so weich“, sagte er, „du brauchst doch keine Angst zu haben …“
„Aber wenn du jemanden umbringen willst!“
„Deshalb wollte ich dich ja fragen. Was du hältst von meinem Plan.“
Sie erschrak, erschrak richtig tief. So weit fehlt es bei Sixtus! Er müsste sofort ins Krankenhaus, ins Irrenhaus. Aber auch ein Lichtblick tat sich auf. Es bestand Hoffnung. „Sixtus, tu das nicht! Das darfst du nicht tun!“
„Ich hab' gewusst, dass du dagegen sein wirst.“
„Tu es bitte nicht – mir zuliebe!“ Sie schmiegte sich an ihn und weinte. „Sie würden dich einsperren!“
„Dann hättest du mich nicht mehr.“
Eng umschlungen saßen sie noch eine Weile so, dann gingen sie ins Haus. „Paula, ich tu' es nicht; womöglich würdest du niedergetreten bei der Kirchentür, wenn alle zugleich hinaus wollen, weil der tote Kaspar zu reden anfängt.“
Die Nacht von Donnerstag auf Freitag hat sie keine Minute geschlafen, sich nur gefreut und gebetet. –
Oh, es ist schon Kommunion. Die letzten Minuten ist sie nicht ganz bei der Sache gewesen. Paula steht auf, geht aus der Bank und stellt sich im Mittelgang an. Als sie dran ist, öffnet sie den Mund und empfängt vom Pfarrer die heilige Hostie. Sonst hat sie, wie die meisten, immer nur die Hand aufgehalten und die Hostie selbst in den Mund geschoben. Aber feierlicher, würdiger ist es so. Als sie wieder an ihrem Platz ist, kniet sie sich hin und ihre Gedanken und ihr Herz preisen Gott. Glückselig geht sie nach der Messe heim zu Sixtus.

•

„Ja, nach München!" Der Mann scheint es immer noch nicht zu glauben. Aber er, Sixtus Langenhaxl, will tatsächlich nach München. Seit er Paula nachgegeben hat und den neuen Plan nicht ausführen wird, gefällt es ihm nicht mehr in Unterhirschen. Er hat beschlossen auszuwandern!

Paula ist in die Kirche gegangen. Er hat ein paar Sachen in den Rucksack gepackt, sich an die Straße gestellt, gewartet und „Auto gestoppt". Ein älterer Herr mit BMW hat angehalten. Mit dem ist er jetzt unterwegs nach Rosenheim, weiter fährt der Mann nicht.

„Das macht nichts, dann geh' ich halt zu Fuß weiter", hat er geantwortet.

„Nach München ist es aber noch weit, zu Fuß."

„Ich kann ja wieder Auto stoppen."

„Ja, das können Sie." Es gefällt Sixtus, dass er mit Sie angeredet wird. Das hat noch nie jemand gemacht.

Bah, so ein BMW, der hat Schmalz! Man spürt es, wenn der Wagen beschleunigt. Es drückt einen so richtig in den Sessel. Die Landschaft fliegt vorbei; schon lang kennt er sich nicht mehr aus. „Wie weit sind wir eigentlich schon?"

„Da drüben, das ist Raubling."

„Aha, Raubling!" Er hat davon noch nie etwas gehört.

„Aber bei München sind wir noch nicht vorbei, oder?"

„Nein, sind wir nicht. Bis Rosenheim ist es nicht mehr weit. Da müssen Sie dann aussteigen." Der Mann schaut ihn fragend an. Er wird aber nicht mehr erzählen, als notwendig ist, sonst dreht der womöglich um und bringt ihn wieder nach Hause. Wie einen Ausreißer.

„Was machen Sie beruflich?"

„Ich bin … Unternehmer bin ich."

„Und was unternehmen Sie?"

„Dies und das“, sagt er.
„Bauen Sie Häuser?“
Sixtus muss lachen. „Nein, Häuser bau' ich keine.“ Endlich gibt der Mann Ruhe. Diese Fragerei, das mag Sixtus nicht. Eigentlich fragt ihn der nur aus. Über Belangloses, da würde er schon reden mit ihm. Wie viele Einwohner Unterhirschen hat, zum Beispiel!
Dieser Verkehr! Endlos diese Autoschlangen. Autos, nichts als Autos. Wo fahren die alle hin? Auf Urlaub? Man sagt, die Deutschen fahren alle und immer auf Urlaub. Oder kommen sie gerade zurück? Sie werden langsamer. „Verdammt“, sagt der Mann, „auch das noch!“ Sixtus fragt nicht nach, was er meint. Wahrscheinlich ärgert ihn, dass es jetzt langsamer dahin geht. Aber er, Sixtus, hat Zeit. „Was sagt Ihre Frau dazu, dass Sie nach München fahren?“
„Die ist in der Kir...“ Halt, er darf keinen Blödsinn erzählen.
„Es ist ihr gleich“, sagt er.
„So, so ... Ich glaub', ich hab' einen Fehler gemacht.“
„Wieso? Ist da eine Stopp-Tafel gewesen?“
„Nein, dass ich Sie mitgenommen hab'.“
Plötzlich mag Sixtus diesen Mann nicht mehr. Am liebsten würde er aussteigen.
„Sie sind abgehauen von daheim. Wie heißen Sie eigentlich?“
Bei Sixtus schrillen die Alarmglocken. Sag nichts mehr! Immer langsamer wird die Fahrt, und plötzlich stehen sie. Eigentlich könnte er aussteigen. Der Mann hält ihm ein Handy hin. „Wollen Sie anrufen daheim?“ Warum soll er das? Er ist doch erst seit einer Stunde weg. Es ist gar nicht sicher, dass Paula schon daheim ist von der Kirche. Außerdem will er nichts mehr zu tun haben mit

daheim. Er hat Paula einen Zettel hingelegt auf den Küchentisch. „Sorg' dich nicht, Paula. Ich komm in fünfzig Jahren wieder!, hat er draufgeschrieben.
Langsam kommen sie wieder in Fahrt. Der Mann schweigt – Gott sei Dank –, aber verbissen schaut er drein. Was denkt er wohl? Hat er ihn durchschaut? Hat er gemerkt, dass er abgehauen ist von zu Hause? Schneller wird die Fahrt, die Landschaft flitzt vorbei. Plötzlich kommt Sixtus ein Gedanke. Einer, der ihm gar nicht gefällt. Nein, diesen Gedanken mag er schnell wieder vergessen. Nein, so ist es nicht! Kurz hat er gedacht: Wenn ihn dieser Mann gar nicht mehr aussteigen lässt – ihn sozusagen entführt?! Obwohl Sixtus weiß, dass es nicht so ist, beginnt er zu schwitzen. Man hört in den Nachrichten ab und zu, dass derlei geschieht. Und dass dann Lösegeldforderungen gestellt werden. Ohne dass er sich dem Mann zuwendet, betrachtet er ihn. Wie ein richtiger Gauner schaut er nicht aus, was aber nicht viel besagt. Eher ein Nobler ist er, gepflegt gekleidet, gepflegte Hände. Jetzt schaut er herüber. Sixtus lächelt, der Mann aber nicht. Ein finsterer Blick trifft ihn, ein Blick, der ihm Angst macht. Richtig entführt hat ihn der nicht, er ist freiwillig eingestiegen, aber …
„Sie haben keine Angst, mit Fremden mitzufahren?"
„Angst? Nein, warum sollte ich Angst haben?" Schweißperlen rinnen ihm vom Nacken über den Rücken, er spürt es. Auch auf der Stirn bemerkt er Schweiß, wischt ihn aber nicht ab. Sonst könnte der Mann glauben, er fürchte sich tatsächlich. Warum hat ihn der gefragt, ob er Angst hat? Der will ihm Angst machen! So ist das! Was soll er tun, wenn der Mann nicht mehr anhält, immer weiterfährt? Ihn überwältigen? Nein, ein Handgemenge im Auto, das könnte fatale Folgen haben.

„So, bald sind wir da."
„Wo sind wir bald?"
„In Rosenheim!"
„Ich will aber nach München, nicht nach Rosenheim!"
„Dort werde ich Sie abliefern."
„Wo abliefern?"
„Bei der Polizei."
Nein, nur das nicht! „Danke, ich steig' davor aus."
„Sie sind abgehauen. Daheim wird man Sie suchen."
Panik erfasst Sixtus. Der Mann hat ihn durchschaut. Zur Polizei bringen lässt er sich nicht, da springt er lieber aus dem Auto. Die Polizei würde nachforschen, wo er her ist, und zuletzt würde man ihn heimschicken. Oder sogar mit einem Polizeiauto heimbringen. Diese Schande würde er nicht überleben. „Du hältst jetzt an, und ich steig' aus."
„Wir biegen jetzt ab und sind da." Tatsächlich, vor ihnen teilt sich die Straße, und der Mann will offensichtlich abbiegen.
„Nein, nicht abbiegen!", schreit Sixtus. Der Mann reagiert nicht. Da greift Sixtus zum letzten Mittel. Mit beiden Händen fasst er hinüber zum Lenkrad. Der Mann stößt ihn zornig zurück und hält beide Hände vor den Kopf. Sixtus wird hin- und hergeschüttelt, sieht vor sich keine Straße mehr, Bäume fliegen auf ihn zu, ein stechender Schmerz, dann hört Sixtus Langenhaxl zu denken auf.

44

Es ist eine stille, friedliche Heimat, die sie sich gekauft haben. Mitten im Wald, windgeschützt, drei Hektar.

Rosa und Leonhard sitzen abends, manchmal auch am Nachmittag, auf der Bank vor dem Haus und freuen sich des Lebens. Ein Leben, das eine neue Dimension erhalten hat. Sie kriegen noch ein Kind! Hat Rosa anfangs noch manchmal Angst gehabt, ob alles gutgehen wird, freut sie sich nun richtig mächtig darauf. Auch Leonhard. Er hat sich verändert. Nicht groß, aber sie merkt es. Es sind Kleinigkeiten. Zum Beispiel das heute: Leonhard baut für sie ein Hochbeet! „Dass du dich nicht immer so tief bücken oder hinknien musst beim Jäten oder wenn du Gemüse holst."
Sie hat zuerst abgewehrt, das brauche er nicht zu tun und so. Sie könne sich leicht so tief bücken ... „Du wirst sehen, im Herbst bist du froh." Wahrscheinlich hat Leonhard sogar recht, im Herbst wird sie einen anderen Umfang haben. Ein bisschen sieht man es jetzt schon. Oder bildet sie sich das nur ein? Nein, nein, es stimmt schon. Oh, wie sie sich freuen! Sie bauen am Hochbeet. Sie darf allerdings nur bei Kleinigkeiten helfen. Die „Einfassung" hat Leonhard gestern gemacht, heute wird befüllt. Ganz unten kommen Fichtenäste hinein, die hat Leonhard aus dem Wald geholt; eineinhalb Hektar Wald gehören zu ihrem Anwesen. Auf die Äste kommt Laub, dann eine Lage Stroh, auf dieses Grasziegel, die er ausgestochen hat. Als Nächstes und Letztes eine Schicht Mist.
„Ich hol' einen Schubkarren voll", meint sie.
„Nein, Rosa, das machst du nicht. Du schaust nur, ob alles richtig wird, die Arbeit mach' ich."
„Aber ..."
„Nichts aber! Die Bauaufsicht ist das Wichtigste beim ganzen Projekt." Er schaut sie ernst an. Sie kann nicht anders, geht zu ihm und gibt ihm einen dicken Kuss.

„Ah, tut das gut, dieses Lob.“ Eng umschlungen stehen sie ein Weilchen da.
„Ach was, Rosa, jetzt hast du mich ganz drausgebracht. Den Mist und die Erde zuletzt, das mach' ich nachmittags.“
„Dann geh' ich kochen.“ Sie hat Gemüse angepflanzt in normalen Beeten und kann schon manches nehmen davon. Morgen wird sie das Hochbeet bepflanzen. Sie weiß auch schon, was alles hineinkommt.
Plötzlich stehen zwei Wanderer da. „Guten Tag.“
„Grüß Gott.“
„Ihr lebt ja im Paradies, hier heroben.“ Aha, Urlauber.
„Ja, schön ist es hier. Richtig schön.“
„Und diese Ruhe! Ach, hier möchte ich leben!“
„Übertreib nicht, Hans-Ulrich. Hier leben, das ist etwas ganz anderes.“
„Wir kommen aus Bonn.“
„Aha, aus der Hauptstadt.“
„Das war einmal.“
„Ach ja, heute ist es Berlin.“
Neugierig bestaunen die beiden das Hochbeet. „Was ist das für 'ne Kiste?“
„Das wird ein Hochbeet.“
Ratlosigkeit. „Ja, schlafen Sie denn im Freien?“
Rosa muss lachen, im Hintergrund auch Leonhard. „Das wird ein Gemüsebeet, ein höher gestelltes.“
„Ein Gemüsebeet? Aber warum höher gestellt?“
Leonhard tritt zu ihnen. Mit ernster Miene erklärt er: „Weil auf eintausend Meter das beste Klima ist für Gemüse.“
„Aha ...“, staunen die zwei Fremden. „Hast du das gewusst, Gerda?“
„Nein“, gesteht die.

Hans-Ulrich überlegt. „Und dieser halbe Meter bewirkt die eintausend Meter?"
„Ja, so liegen wir ganz knapp darunter." Ein paar Sekunden später lachen alle.
„Das sind diese Waldmenschen, Gerda. Man hat uns ja gewarnt."
„Wer hat euch gewarnt?"
„Gewarnt hat uns niemand. Wir haben nur schon geredet über Sie. Wir wohnen derzeit bei Hagbauers."
„Aha, die Hilde ...!"
„Wir wissen auch, na schön, die Welt stirbt nicht aus."
„Gerda!"
„Ich sag' ja nur ..."
„Habt ihr keine Angst, da mitten im Wald heroben?"
„Nein, Angst haben wir keine. Oder Rosa?"
„Nein. Ich muss jetzt hinein, etwas kochen."
„Wir sind auch auf dem Friedhof gewesen. Diese beiden Gräber – der Mörder und das Opfer – Grab an Grab."
„Die tun sich nichts mehr."
„Raue Sitten habt ihr hier, obwohl alle freundlich und friedlich sind."
„Wenn wir nicht gereizt werden, sind wir friedlich, ja."
„Komm Hans-Ulrich, lass uns gehen. Einen schönen Tag noch."
„Wie bist du die beiden jetzt so schnell losgeworden?"
„Sie haben Angst gekriegt."
„Angst ... wovor?"
„Vor mir." Rosa schaut Leonhard lächelnd an.
„Wer dich nicht kennt, könnte tatsächlich Angst kriegen, wenn du etwas so ernst vorbringst."
„Hast du auch Angst vor mir?"
„Ach du ..., lass mich jetzt kochen, sonst kriegst du nichts zu essen."

„Ich hol' inzwischen den Mist, hineingeschöpft wird er am Nachmittag. Unter fachlicher Aufsicht." Leonhard schaut zu Rosa und Rosa zu ihm. Liebe liegt in beider Blick.

45

Er ist vollkommen unzufrieden. Sein Werk hat nichts bewirkt. Fast nichts. Er hat Toni kurz erschreckt damit, das ist es aber auch schon gewesen. Er muss zu anderen, wirksameren Mitteln greifen. Es war zwar schön anzuschauen, wie Toni mit den Kindern nach Hause ging. Später kam er dann sogar mit Waldemar, dem Postenkommandanten, angefahren. Die beiden „ermittelten" dann im Wald und beim Auto – aber davor hat er von Anfang an keine Angst gehabt.
Diese Idee damals kam ihm mehr zufällig. Er war im Wald unterwegs und sah Toni kommen. Als der wieder verschwunden war, schaute er sich die Stelle an, die Toni markiert hatte. Als er die Stelle mit den Schwammerln sah, wusste er, dass Toni mit den Kindern wiederkommen würde, und formte mit herumliegenden Hölzchen diese Buchstaben. Während der Schwammerlernte ging er dann zum Auto und formte auch dort das Wort TOT. Dann ging er heim. Der Schreck dürfte nicht lang angehalten haben bei Toni. Man hat bisher nichts darüber erzählen gehört. Von Tonis Neuer allerdings schon. Das soll ganz eine Fesche sein. Er wird heute schauen gehen, ob da was dran ist. Vielleicht kommt ihm dabei ein guter Gedanke.

•

Braucht er eine Weste? Es ist heiß heute, und vor dem erwarteten Gewitter ist er längst daheim. „Kathi, ich geh' ein bisschen spazieren."
„Eigentlich hätt' ich auch Zeit und Lust. Wenn es nicht zu weit geht!"
„Ich hab' eine größere Tour im Auge, heute." Das ginge ihm noch ab, wenn die Seine mitginge …
„Na dann … ich muss später noch zum Hofer."
„Bei mir kann's auch spät werden, brauchst dich aber nicht zu sorgen." Schwarzhaarig soll sie sein, und gut gebaut. Gemächlich wandert er hinauf. Hoffentlich trifft er sie auch. Toni – wenn er da ist, wird ihm auch etwas einfallen, was sie bereden können: ist er nicht da, umso besser. Der ahnt ja nicht, dass er Rache nehmen wird für das, was er seinem Bruer angetan hat. Zorn packt ihn plötzlich. Sein Bruder trägt sich mit Selbstmordgedanken, weil er seinen Betrieb nicht mehr halten kann. Und Toni ist schuld daran. Er hat die anderen Bauern aufgehetzt gegen Gustav, jetzt kauft keiner mehr ein bei ihm. Und dann spielt er mit Hölzchen herum …! Eigentlich ist er der gleiche, gutherzige Trottel wie sein Bruder. Aber das wird sich ändern! Im Zorn ist er schneller gegangen, ist schon bald oben. Er muss ruhig werden, ganz gelassen muss man sein, wenn man etwas Großes plant. Er bleibt stehen, schaut um sich. Die Kramerin streicht die Jalousien. Dunkelgrün. „Müsst ihr die allerschönsten haben, Ida?", ruft er hinüber.
„Es hat einmal sein müssen …"
Er geht schon weiter, es interessiert ihn nicht, was dieses Schaf erzählen will. Dunkelblau würde er sie streichen.
Ein Auto steht neben dem Hof. Es ist nicht das von Toni. Dann wird sie da sein. Er ist neugierig auf sie. Vor dem

Haus bleibt er stehen, schaut umher. Dann geht er ein paar Schritte neben das Haus, schaut zum Dach hinauf. Geht wieder vors Haus. Endlich öffnet sich die Tür, und sie kommt heraus. „Sakrament!", sagt er zu sich selbst.
„Toni ist nicht da", erklärt sie trocken.
„Ich bin auch mit der Chefin zufrieden."
„Ich bin nicht die Chefin, nur die Haushälterin."
„Ist das nicht das Gleiche?"
„Nein, ist es nicht!" Ihr Ton hat sich verschärft. Sie hätte auch lächeln können. Sie ist tatsächlich ein Prachtweib!
„Soll ich ihm etwas ausrichten?" Sie macht einen Schritt zurück ins Haus. Er muss sie aufhalten …
„Wann kommt Toni?"
„Ich weiß es nicht."
„So so …, eine Haushälterin kocht doch oder macht nachmittags Kaffee – und weiß nicht, ob und wann der Bauer zurückkommt?"
„Ob oder wann ich koche oder nicht, und ob oder wann der Bauer zurückkommt oder nicht, geht Sie einen …, ach was!" Nicht gerade leise schließt sie dieTür.
„Sakrament!", sagt er noch einmal, dieses Mal laut. Das ist eine! Die würde er gern bändigen, zahm machen. Und das wird er! Sein Gehirn beginnt zu arbeiten, während sein Körper Richtung Wald geht. Im Wald kann er am besten denken, planen. Er braucht dazu Ruhe, die Ruhe und Geborgenheit des Waldes. Er geht zu seinem Platz. Den weiß sonst niemand. Nach zwanzig Minuten erreicht er ihn. Anfangs hat er ein paar Mal umgeschaut, es ist aber niemand unterwegs oder ihm gefolgt. Mit beiden Händen drückt er die Äste auseinander und schlüpft hindurch. Hinter ihm schlagen sie wieder zusammen. Dann steigt er langsam hinunter. Nach siebzehn Schritten ist er in seiner Burg. Er nennt

diese Stelle Burg; hier ist es breiter, etwa drei Meter werden es sein. Dahinter ist Schluss. Der Felsspalt ist nur diese siebzehn Schritte lang, stellenweise nur einen halben Meter breit. Nach oben hin verengt er sich. Oben kann man leicht darüberspringen. Oder auch hinunterfallen, wenn man die Augen nicht offen hält. Ganz hinten, bei der Burg, sind es an die sechs Meter in die Tiefe. Das Beste sind allerdings die zwei Fichten mit den langen, tief hängenden Ästen. Wie zwei starke Türsteher stehen sie da und lassen niemanden durch. Ihn allerdings schon. Denn er ist der Burgherr! Einmal, bis jetzt einmal, ist noch jemand durchgegangen durch dieses Tor. Das ist schon einige Jahre her. Die Türsteher und er haben beschlossen, dass der das Tor allerdings nur einmal passieren durfte, und das ist beim Hineingehen geschehen. Vielleicht gestatten ihm seine Türsteher, dass er wieder einmal jemanden mitnimmt in die Burg? Er wüsste auch schon, wen. Er setzt sich auf die Bank. Für einen Ungeübten ist es dunkel da herinnen, er sieht allerdings genug. Der Spalt lässt so viel Licht herunter, dass er sich zurechtfinden kann.

Zum Denken braucht er kein Licht, nur Ruhe. Und Fantasie. Zuerst lässt er der Fantasie freien Lauf, zuletzt muss er sie aber wieder einfangen und mit dem Machbaren in Einklang bringen. Also – wie heißt sie eigentlich? Der Name ist wichtig. Er hätte sie fragen sollen. Halt! Er hat …, er hat ihn schon einmal gehört, ihren Namen. Er wartet – es wird ihm einfallen.

Angenehm kühl ist es in seiner Burg. Vor Mitte Mai braucht er nie herzukommen, da ist noch Eis herinnen, und es tropft ungemütlich von den Wänden. Im Sommer geht er öfter heraus. Ein Holzstock zum Sitzen, eine Taschenlampe (für alle Fälle) und eine Schaufel, mehr

hat er nicht da. Braucht er auch nicht. Sein Taschenmesser, das hat er immer im Hosensack. Die Schaufel hat er in all den Jahren auch nur einmal gebraucht. Da ist er aber richtig ins Schwitzen gekommen. Nach langem Probieren und Absuchen des Bodens hat er eine weiche Stelle gefunden. Vielleicht braucht er die Schaufel wieder einmal. Wie aber lockt er Ruth hierher?
Ruth! Ja, richtig, Ruth heißt sie. Er hat soeben ihren Namen gedacht. Als er das erste Mal von ihr gehört hat, schüttelte er den Kopf. Wie können Eltern ein Kind nur Ruth nennen? Ruth – das klingt militärisch, wie ein Befehl. So ist sie auch, und es wird nicht einfach sein, sie zu bändigen. Wie steht sie zu Toni? Sie ist nicht Chefin, das hat sie scharf betont. Womöglich stimmt das Gerede der Leute gar nicht. Ist es besser oder schlechter, wenn sie mit Toni nichts hat? Es ist besser, weil dann der Verdacht sofort auf Toni fallen wird. Denn der wird wohl etwas wollen von ihr?! Das werden auch andere Leute wissen oder mitkriegen. Letztendlich soll und wird es Toni treffen. Ruth ist nur das Mittel zum Zweck, und er wird dabei ordentlich mitnaschen! Oh, das wird ein Fest werden, wenn er sie erst einmal in der Burg hat.
„Halt", sagt er zu sich selbst, „befass dich nicht zu sehr mit dem Höhepunkt. Erst wollen die Schritte, die dazu führen, gründlich überlegt und geplant sein." Er zwingt sich, sein Gehirn unterstützt ihn dabei, einen Plan zu entwerfen, um Rache zu nehmen, Toni zu vernichten, Ruth zu zähmen und selbst Genießer und Burgherr zu sein! Ein Schauer durchläuft ihn, dann sitzt er ganz ruhig, scheint kaum mehr zu atmen, verfällt in Trance.
Als er „erwacht", ist es völlig dunkel um ihn. Er greift zurück, nimmt die Taschenlampe aus der Nische, schaltet sie ein und leuchtet damit auf seine Uhr an

der Hand. „Oha, sieben Uhr." Dann ist er vier Stunden hier gesessen. Vier Stunden, in denen er einen genialen Plan entwickelt hat. Jetzt geht er nach Hause. Als er zwischen den Ästen heraustritt, umfängt ihn das Licht des beginnenden Abends. Frohgemut schreitet er aus, Kathi könnte sich sonst Sorgen machen. Jogger sind am Waldrand unterwegs, grüßen ihn, er erwidert den Gruß. Dann ist er da, betritt sein Haus.
„Wie weit bist denn heute wieder gewesen?"
„Oh …, sehr weit."
„Ich hab' gedacht, du kommst überhaupt nicht mehr."
„Nach Oberhirschen bin ich hinauf, dann übers Moor herunter, zuletzt hab' ich durch den Wald noch eine Abkürzung gemacht …"
„Der Schmied ist da gewesen, hätte dich gebraucht."
„Ja, ja. Der wird schon wiederkommen, wenn er mich braucht. Zu essen gibt es nichts?"
„Doch, ich hab' lang schon gekocht. Knödel. Hab' ein bisschen gut angetragen, dann gibt es sie morgen zu Mittag geröstet noch einmal."
„Ja, du planst immer schon voraus." Auch er hat vorausgeplant. In den nächsten Tagen muss er ein paar Sachen besorgen. Ganz ohne Gewalt wird es nicht gehen. Bei der nicht! Er wird heute früh zu Bett gehen, sich alles noch einmal durch den Kopf gehen lassen. Ah, das wird gewaltig werden!

46

„Didi, du bist ganz anders geworden, in letzter Zeit."
„Ach, das glaubst du nur, Mama." In ihrer Bemerkung liegt auch eine Frage. Er hat das deutlich herausgehört.

„Du hast dich verändert, zum Positiven.“ Kann schon sein.
„Hat es da etwas gegeben?“ Ah, jetzt fragt sie ganz offen.
„Nein, es hat nichts gegeben.“ Wie sie ihn anschaut: Natürlich hat es etwas gegeben! Aber das erzählt er nicht, auch nicht seiner Mama.
Er arbeitet jetzt, bei seinem Onkel, und alle loben ihn. Er hat zu arbeiten angefangen, um sich abzulenken. Um nicht immer daran denken zu müssen. Es ist auch besser geworden, aber in der Nacht …! Jede Nacht schreckt er ein, zwei Mal auf, immer sieht er dieses Feuer. Er hätte gar nicht mittun sollen. Zuletzt hat er aber gar nicht mehr anders können. Er ist zornig auf Fred. Fred ist an allem schuld! Wie er damals in der Nacht, bei dem großen Feuer, heimging und plötzlich dieser junge Polizist vor ihm stand, setzte sein Herzschlag ein paar Sekunden aus. Jedenfalls empfand er es so. Erst als er merkte, dass dieses Zusammentreffen Zufall war und der Polizist keinen Verdacht hatte, fing er wieder zu atmen an. Jeden Tag fürchtete er, von der Polizei abgeholt zu werden, dass der Polizist doch etwas bemerkt, es aber nicht sofort gezeigt hatte. Es ist jedoch niemand gekommen. Bis jetzt.
Sie treffen einander nicht mehr in der Schottergrube. Er ist froh darüber. Aber etwas gibt ihm manchmal zu denken. Seine Mama – ahnt sie womöglich etwas? Sie schaut ihn so an, auch jetzt wieder. Soll er ihr alles sagen? Nein, er ist schon sechzehn. Seine Eltern vertragen sich wieder. Papa geht nicht mehr zu Olga. Didi hat noch immer einen wilden Zorn auf dieses Schaf! Mama braucht jetzt eine Brille. Ihr linkes Auge …! Plötzlich – er muss sofort auf sein Zimmer. Weinend drückt er den

Kopf ins Kissen. Ganz tief drückt er sich hinein, will von der ganzen Welt nichts mehr hören und sehen.
Auf einmal eine Stimme. „Didi, willst du mir etwas erzählen?" Mutter.
Didi will nicht, langsam beginnt er aber doch. „In der Schottergrube oben haben wir es beschlossen. Etwas ganz Großes müssen wir tun, hat Fred gesagt." Mama setzt sich zu seinen Füßen aufs Bett, schaut nur, sagt nichts. „Wir wollten alle nur erschrecken. Niemandem wehtun. Fred hat die Stadel ausgesucht. Es waren keine Viecher drin."
„Und jetzt kannst du nicht mehr gut schlafen?"
„Wieso weißt du das?"
„Eine Mutter kriegt das mit. Auch hab' ich dich gehört, ein paar Mal." Er schaut sie an. Warum schimpft sie nicht? „Ja, Didi ...", sagt sie jetzt.
Es tut ihm leid. Dass er da mitgetan hat, und noch mehr, dass er seiner Mama ..., sie schaut so traurig. Er rückt näher zu ihr. „Mama", sagt er, dann umarmt sie ihn. Er möchte weinen vor Freude. Er fühlt sich nicht mehr allein. Er schämt sich nicht, dass ihn Mama umarmt. Es ist so schön. Ein Weilchen bleiben sie so. „Hast du es schon gewusst?"
„Ich hab' es befürchtet."
„Ich bin froh, dass du es weißt."
„Ja, das glaub' ich dir. Wir werden es auch dem Papa sagen müssen."
„Ja ..." Er hat Angst davor, doch da es Mama schon weiß – er hat es eigentlich so kommen sehen, früher oder später. „Gehen wir hinunter", sagt Mama.

•

„Verflucht! Was hast du dir dabei gedacht?“ Mutters Blick bringt ihn zum Schweigen. „Wir müssen in Ruhe überlegen, was zu tun ist.“ Was zu tun ist? Sie wird es doch nicht der Polizei melden wollen! Didi bekommt Angst. Bedrückendes Schweigen erfasst alle. Alle beschäftigt dieselbe Frage: Muss das gemeldet werden?
„Das kann teuer werden“, knurrt Papa.
„Wenn wir es melden.“ Mama. Beide schauen ihn an. Didi schämt sich. Für das, was er getan hat. Aber er hat mitgemacht. Das ist nicht mehr zu ändern.

47

Es ist Mitternacht, Paula liegt noch immer wach im Bett. Sie ist jetzt Witwe, gestern ist ihr Mann, Sixtus, begraben worden. Sie versteht das alles immer noch nicht. Da wird aus Rosenheim angerufen, dass ihr Mann verstorben sei, sie möge kommen, seine Leiche zu identifizieren. Wie gibt es so etwas, dass ein Mensch vormittags noch lebt und abends tot ist? Warum lässt Gott solches zu? Sie ist doch immer fleißig gewesen, hat viel gebetet, ist am Sonntag in die Kirche gegangen. Warum dann das? Hat sie sich um Sixtus zu wenig gekümmert? Ja und nein. Vielleicht hätte sie sich wegen seiner Krankheit noch mehr um ihn kümmern müssen? Aber sie hat Sixtus geliebt, wenn er sich auch in den letzten Jahren verändert hat. Sie war ihm immer treu. Und jetzt ist er nicht mehr. Sie tastet mit der linken Hand hinüber, sein Bett ist leer. Sie liegt auf der rechten Seite des Doppelbetts. Seit sie geheiratet haben, ist das so – gewesen.
Als sie richtig begriffen hat, dass Sixtus nicht mehr lebt, hat sie lang geweint. Jetzt hat sie keine Tränen mehr,

aber sie denkt an ihn. Er starb bei einem Autounfall in Deutschland. Warum bei einem Autounfall? Und wieso in Deutschland? Sie ging am Sonntag in die Kirche, da war Sixtus ganz lebendig daheim. Danach erschrak sie schon ein bisschen, als sie statt Sixtus diesen Zettel vorfand. Mein Gott, er erlaubte sich öfter einen kuriosen Spaß.

Wie kam er nach Rosenheim? Wahrscheinlich ist er mit jemandem mitgefahren. Er war nie scharf darauf, nach Rosenheim zu kommen. Moment! Der Autounfall geschah bei Rosenheim; das besagt nicht, dass er dorthin wollte. Wohin wollte er aber dann? Und warum? Fragen über Fragen martern ihr Gehirn, jede Nacht!

Einfach abschalten, nichts mehr denken, das sollte man können. Die alte Gamperin, die hasst sie jetzt. Die hat zu ihr gesagt: „Paula, jetzt hast du's überstanden." Zuerst hat sie nicht begriffen, wie das gemeint war. Jetzt versteht sie es. Die Gamperin hat Sixtus nie mögen. Paula versucht zu beten. Sie hört auf, sie kann nicht mehr beten. Auch gestern Nacht hat sie es nicht können. Warum das auf einmal? Das macht ihr Angst. Wenn sie nicht mehr betet, verliert sie den Kontakt zu Gott. Dann hat sie niemanden, gar niemanden mehr auf dieser Welt.

Warum musste Sixtus sterben? Warum der Unfall? Auch der Fahrer des Wagens kam ums Leben. Wer war der Mann? Paula martern Kopfschmerzen. Sie steigt aus dem Bett, geht hinunter in die Küche, ohne zu wissen, was sie dort will oder soll – mitten in der Nacht. Schlafen kann sie aber auch nicht, also … Was war das? Sie hat etwas gehört. Draußen, vor dem Haus. Stimmen – oder? Nein, keine Stimmen, etwas anderes. Katzen? Ja, Katzen werden es gewesen sein. Sie steigt ins Schlafzimmer hinauf, legt sich ins Bett. Plötzlich kommt ihr

ein verwegener Gedanke. Wenn Sixtus gar nicht freiwillig mitgefahren ist? Wenn ihn der Mann gezwungen hat mitzufahren?! Aber warum? War ihm Sixtus etwas schuldig, Geld? Sie wird morgen auf der Bank einmal nachfragen, wie …, wie alles …? Paula wird müde …
Da – wieder schreckt sie auf, hört eine Stimme. Ganz leise – „Paula." Sie springt aus dem Bett, reißt das Fenster auf und schaut hinunter. Sie sieht nichts. Es ist stockdunkle Nacht. „Ist da jemand?", ruft sie. Nichts rührt sich. Hat sie sich diese Stimme nur eingebildet?
Auf einmal weiß sie es: Sixtus hat nach ihr gerufen! Sie hat sich das Begräbnis und alles drumherum nur eingebildet. Sixtus lebt, und sie hat ihn ausgesperrt! Sie wirft sich eine Decke um die Schultern und eilt nach unten. Dann sperrt sie die Tür auf, um Sixtus ins Haus zu lassen. Er wartet aber draußen.
„Sixtus, komm!" Er kommt nicht. Wo bleibt er bloß? Paula tritt ins Freie. Sixtus ist nicht zu sehen. Versteckt er sich? „Sixtus!" Sie geht ums Haus, findet ihn nicht. Sie hat aber seine Stimme deutlich gehört, zuerst. Seltsam, äußerst seltsam kommt ihr das Ganze vor. Fester zieht sie die Decke um die Schultern. Sie weiß, was sie zu tun hat. Sie wird der Sache auf den Grund gehen!
Mit weiten Schritten marschiert sie Richtung Kirche. Ein Auto kommt ihr entgegen, blendet sie. Endlich ist es vorbei. Bis auf ein paar Straßenlaternen ist alles dunkel. Aber die Kirche ist draußen beleuchtet. Sie hat die Taschenlampe mitgenommen, sie braucht sie womöglich noch. Dann geht sie durch das Friedhofstor. Es quietscht ärgerlich. Sie schaltet die Taschenlampe ein. Wenn auch die Außenwände der Kirche angestrahlt werden, im Friedhof ist es dunkel. Sie geht zum Grab – und erschrickt. Alles ist, wie es war. Kränze und Blumengebinde

liegen obenauf. Sie hat gedacht, dass Sixtus doch nicht tot gewesen und aus dem Grab gestiegen ist. Sie hat ihn ihren Namen sagen gehört. Panik erfasst sie. Sixtus ist nicht tot, wenn er ihren Namen sagt, und doch ist er begraben. Sie muss ihm helfen! Sie hätte eine Schaufel mitnehmen sollen! Gräbt sie eben mit bloßen Händen. Sie muss ihm schnell helfen. Die Taschenlampe legt sie auf die Friedhofsmauer, den Lichtstrahl aufs Grab gerichtet. Dann beginnt sie zu arbeiten. Die Kränze legt sie aufs Nachbargrab, auch das kleine Holzkreuz. Sie kniet nieder und räumt die Erde zur Seite. Es geht nicht schnell, nur mit den Händen, aber es geht. „Sixtus, halt durch! Ich helf' dir!"

Was ist? Helligkeit umgibt sie. „Paula!" Eine fremde Stimme. Sie lässt sich nicht ablenken. Es geht um Minuten, vielleicht Sekunden. Eine Hand berührt sie. „Paula!" Sie schaut auf. Waldemar! Was tut der mitten in der Nacht auf dem Friedhof? „Paula, komm, gehen wir!"

„Lass mich, ich hab' keine Zeit!"

„Was tust du da?" Sie sagt nichts, er sieht es ja. „Es ist kalt im Nachthemd", meint er.

„Im Nachthemd? Wer ist im Nacht…?" Sie sieht an sich hinunter. Schamesröte schießt ihr ins Gesicht. Sie ist im Nachthemd! Was wird der Polizist sich denken? „Ich, ich hab' nicht darauf geachtet. Sixtus hat nach mir gerufen, und da bin ich schnell …"

„Paula, komm!" Er fasst sie fester. Noch ein paar Männer sieht sie jetzt. Zwei haben eine Montur an, eine, wie sie die von der Rettung tragen. Plötzlich muss sie weinen. Sie hat kein Taschentuch, um sich die Tränen abzuwischen. Sie schämt sich. „Paula, komm, wir helfen dir", sagt einer von denen. Willenlos steigt sie ins Rettungsauto und weint.

48

„Bei Zaun", meldet sich Ruth. „Der mäht die ‚Poit'."
„Was hat er vergessen?"
„Nichts hat er vergessen! Er will den ganzen Fleck mähen und vergisst, beim Motormäher Gemisch nachzufüllen."
„Ich soll ... Ich weiß aber nicht, wo er das stehen hat. Ah, in der Garage – der kleine, schwarze Kanister. Gut, dass du den Toni zufällig getroffen hast. Ja, ich werd' ihm das Gemisch gleich bringen." –
Sehr gut, sie hat angebissen! Er legt den Hörer auf. „Kathi, ich bin jetzt dahin. Es kann heute spät werden." Er fährt zügig den Forstweg hinauf. Bei der siebten Kehre hält er an. Von dort sieht man weit hinauf und hinunter. Auf diesen Tag hat er gewartet. Toni mäht heute die „Poit", eine steile Wiese oberhalb des Waldes, bevor die Almen anfangen. Der Fleck wird einmal gemäht – und das geschieht heute. Er hat Toni mit dem Traktor vorbeifahren gesehen – mit dem Motormäher auf dem Wagen. Und Ruth wird gleich kommen, mit dem Gemisch dafür. Er ist aufgeregt. Er hat diese Frau „nicht mehr aus dem Kopf gebracht", wie man so sagt. In ein paar Minuten wird sie ihm gehören.
Ah, da kommt sie schon, in die vierte Kehre unten biegt ihr roter Renault Clio ein. Er wartet noch ein paar Sekunden, dann legt er sich neben das Auto. –
Ein Besoffener schon am Vormittag? Ruth will schon vorbeifahren, da hebt der Mann hilfesuchend eine Hand. Ist der verletzt? Sie muss doch anhalten. Sie fährt das Auto an den Wegrand und steigt aus. Der Mann stöhnt, ihm fehlt tatsächlich etwas. „Das Herz", sagt er mit schwacher Stimme und deutet auf seine Brust.

Sie zieht die Weste aus, bückt sich und legt sie ihm unter den Kopf. Was soll sie tun? Sie kniet sich neben den Mann, überlegt. Plötzlich trifft sie ein harter Schlag am Kopf, sie kippt seitlich weg, sieht feurige Ringe vor den Augen, Schmerz lähmt sie. Undeutlich nimmt sie wahr, dass der Mann über ihr steht; ihr werden die Hände nach hinten gerissen, festgemacht. Sie will schreien, sie kann den Mund nicht öffnen – etwas nimmt ihr die Luft. Der Mann – es ist der unsympathische Kerl, der vor einigen Tagen nach Toni gefragt hat – packt sie, schleppt sie ein paar Schritte, lässt sie fallen. Eine Sekunde später knallt es, und sie liegt im Dunkel des Kofferraums. Das Auto fährt los. Allmählich begreift sie. Der Mann hat seine Verletzung nur vorgetäuscht, er entführt sie. Panik erfasst sie. Sie kriegt zu wenig Luft. Verzweifelt zerrt sie an ihren Händen. Sie muss eine Hand frei bekommen. –

Er triumphiert! Bis jetzt ist alles perfekt gelaufen. Das Schwierigste kommt allerdings noch: der Weg vom Auto in die Burg. Gemächlich fährt er den Forstweg bergab – zu schnell, das würde auffallen. Hoffentlich kriegt sie genug Luft. Er muss nachschauen. Nur kurz wird er den Kofferraumdeckel öffnen. Er fährt an den Straßenrand. Kein Auto ist in Sicht, er drückt auf. Sie strampelt, will auf – sofort klappt er wieder zu. Er hat sich umsonst gesorgt.

Er fährt Richtung Oberhirschen. Er weiß einen Feldweg, der auf der gegenüberliegenden Seite des Dorfes ein Stück in den Wald führt und zirka dreihundert Meter nur von seiner Burg entfernt endet. Da ist der Boden morastig, also keine Wanderer oder Sportler unterwegs. Er hat jedenfalls dort noch nie jemanden getroffen. Er wird sie tragen müssen. So wild, wie ihn die angeschaut hat – sie wird nicht gehen, auch unter Drohungen nicht. Er wird ihr noch einen Schlag verpassen müssen, einen besseren als zuvor. Der hat nur gerade gereicht, sie zu verfrachten. Umbringen will er sie nicht, sonst hätte er nicht nachgeschaut. Will er Geld? Lösegeld? Oder will er nur das eine? Sie wird sich wehren, bis zum Äußersten. –

Wie lang fahren sie schon? Wohin fährt er? Das Klebeband über dem Mund hat sich auf einer Seite etwas gelöst, sie bekommt wenigstens genug Luft. Die Fesseln an ihren Händen – sie hat es aufgegeben. Erstens würde es der Mann sofort merken, und zweitens muss sie ihre Kraft schonen. Sie wird sie noch brauchen. Der Weg wird holpriger, sie spürt es. Es wird ein Feld- oder Waldweg sein. Natürlich geht es an eine abgelegene Stelle. Angst kriecht in ihren ganzen Körper. Angst vor diesem Mann, diesem Tier. Dann steht der Wagen still.

Er klappt die Klinge seines Taschenmessers auf, dann öffnet er den Kofferraum. Ihre Blicke treffen sich. Sie verhält sich still.

„Wir gehen jetzt ein Stück", sagt er. Sie schaut angstvoll. „Du hast zwei Möglichkeiten. Erstens: Du gehst. Aber freiwillig wirst du das nicht tun, also Plan zwei: Ich trage dich; muss dich davor aber betäuben."

Sie reißt die Augen weit auf, stammelt: „Nein, nicht betäuben, ich geh' mit!" Warum kann die reden? Ah, das Klebeband ist locker. Er drückt es fest. Sie schüttelt wild den Kopf, versucht zu reden, zu schreien.

Soll er es wagen, sie gehen zu lassen? Einfacher wäre es. Er lockert das Klebeband, hält ihr die Messerspitze an die Wange. Sie schreit nicht, schaut nur. Hätte sie losgeschrien, hätte er ihr sofort eine draufgegeben. „Ich hab' eine Burg im Wald, die will ich dir zeigen."

„Ich geh' mit", sagt sie.
Frauen sind aber unberechenbar. „Das sagst du so, und bei der ersten Gelegenheit schreist du und läufst los."
„Nein, bitte, lass mich heraus!"
Sie bittet, das gefällt ihm – ein erster, kleiner Erfolg. „Ich werd' dich festhalten. Ich warne dich – bei der kleinsten falschen Bewegung!", er deutet mit dem Messer an, dass er zustechen wird.
„Ich tu' nichts Falsches."
„Das will ich hoffen." Flehend schaut sie. „Keinen Mucks und keinen falschen Schritt." Sie nickt. „Also, steig heraus. Aber rückwärts."
Mühsam kniet sie auf und steigt aus dem Kofferraum. Er packt sie mit eisernem Griff am Kabel, das ihre Hände zusammenhält; in der linken Hand hält er das Messer. „Mach den Deckel zu." Sie gehorcht nicht. Ach, sie kann ja nicht. Mit der Linken schlägt er den Deckel zu. „So, Abmarsch!" Brav geht sie seitlich vor ihm. Er reißt ihr das Klebeband herunter. Sie schreckt zurück, das Messer ist ihr nahe gekommen. „Wenn uns jemand sieht, wird er glauben, zwei Verliebte; so nahe beisammen!" Sie gehen in den Wald. –
Nur nicht die Nerven verlieren, sagt sie sich. Wart auf die beste Gelegenheit. Sie wird kommen. Er wird einen Fehler machen – und den wird sie nützen. Der Mann ist nicht normal. Eine Burg im Wald! Aber gerade deshalb ist er gefährlich!
Er muss das Gefühl kriegen, sie mache alles, was er verlangt. Dann lässt seine Aufmerksamkeit vielleicht nach. Der Mann ist nicht mehr jung, Mitte fünfzig vielleicht, den müsste sie doch …
„Vor ein paar Tagen bist du nicht so brav gewesen."
„Du bist frech geworden …"

Er schaut sie an. Das hätte sie nicht sagen sollen. Wo, wann kommt ihre Chance? Solang er sie so eisern festhält, gibt es keine Flucht oder Gegenwehr.
„Gib mir einen Kuss“, sagt er. Angeekelt funkelt sie ihn an. Er bleibt stehen – sie notgedrungen auch. „Na!?“ Sie überwindet sich. „Wenn uns jemand sieht, muss das gut ausschauen.“
Schwein, du verdammtes!, denkt sie.
„Aber hier ist niemand unterwegs. Wir werden dann ganz ungestört sein.“ Lüstern betrachtet er sie im Gehen. Ihre Gedanken rasen, suchen nach einer Möglichkeit, und wäre sie noch so winzig. „Wir sind bald da“, sagt er. Die Chance zu entkommen wird mit jedem Schritt kleiner.
Sie bleibt stehen. Sofort spürt sie die Messerspitze an ihrer Seite. „Warum tust du das?“, fragt sie.
„Halt die Klappe“, antwortet er und stößt sie weiter. Dann stolpert sie – fällt aber nicht. Eisern hält er sie fest. Sie ist dabei, alle Hoffnung zu verlieren. „So“, sagt er, „da sind wir.“ Sie sieht nur Wald, aber keine Burg.
„Bück dich, und durch.“ Mit der Linken hält er einen tief hängenden Ast zur Seite und drängt sie durch. Dahinter nur der Felsspalt und eine Art Stiege – jedenfalls sind es Steinplatten, Stufen, und sie führen in die Tiefe.
„Nein, nicht da hinunter!“
„Doch, da hinunter!“ Mit jedem Schritt wird es dunkler.

49

„Der Mensch ist ein fragiles Wesen“, sagt die alte Gamperin. „Bei Paula sieht man das ganz deutlich. Statt froh

zu sein, Sixtus los zu sein, grämt sie sich so darüber, dass sie selbst im Irrenhaus gelandet ist."
Nun weiß nicht jede ihrer Zuhörerinnen, was fragil heißt. Fraglich wahrscheinlich. Es ist fraglich, ob der Mensch ...?
„Warum hat Sixtus nach Rosenheim müssen, ist schon ein bisschen ... Oder was sagt ihr dazu?"
„Hat er eine draußen, und kein Mensch da weiß davon?"
„Geh, Marie, der und eine Feundin? Dass ich nicht lach'!"
„Wahrscheinlich ist er entführt worden. Als der Mann gemerkt hat, wen er erwischt hat und dass nichts zu holen ist, hat er ihn einfach aus dem Auto gestoßen."
„Aber derjenige ist auch tot, hat es geheißen."
„Ja, weil sich Sixtus wahrscheinlich im letzten Moment gewehrt hat." Das leuchtet allen ein.
„Wenn du auf der Autobahn mit zweihundert unterwegs bist, reicht ein kleiner Ruck, und es geht drunter und drüber."
„Ich glaub' aber nicht an eine Entführung. Wer würde bei uns jemanden entführen?" Marie.
„Es wird ein Rätsel bleiben, das Sixtus ins Grab mitgenommen hat."
„Aber die Paula erbarmt mir schon. Die hat nicht viel gehabt vom Leben. Schulden sollen sie auch noch haben."
„Die ist selber schuld. Sie hätte dem Sixtus seine Spinnereien nicht durchgehen lassen dürfen."
„Grausig ist so etwas. Fängt da auf dem Grab zu graben an."
„Wenn sie nicht der Meine zufällig gesehen hätte – im Nachthemd um Mitternacht!? Paul hat dann den Postenkommandanten angerufen."
„Was hat der Deine um Mitternacht dort zu tun?"

„Von der Gemeinderatssitzung ist er heim!"
„Hört auf! Kommen wir zum Thema: Machen wir heuer den Gesangsabend wieder, oder nicht?"
„Und den Reinerlös bekommt wieder der Sozialsprengel?"
„Ja, den machen wir!"
„Aber den Reinerlös verwenden wir einmal anders."
„Wie anders?"
„Es ist nur ein Vorschlag, eine Idee – machen wir einmal einen Ausflug."
„Uschi!" Alle vier sind empört.
„Sechs oder sieben Mal haben wir schon dem Sozialsprengel …"
Alle denken nach. So blöd ist die Idee nicht. Warum soll man sich immer nur abplagen und den Erlös verschenken?
„Ja, Uschi, wenn man es genau betrachtet, hast du vielleicht gar nicht unrecht. Es hängt viel Arbeit dran, bis immer alles organisiert ist."
„Und danach wieder zusammengeräumt."
„Red du nicht vom Zusammenräumen, Marie. Du hast noch nie geholfen dabei."
„Warum muss immer gleich gestritten werden?!"
„Wen laden wir denn ein?"
„Es müssen einmal ein paar Neue auftreten; neben uns."
„Fragen wir die Hallodri-Buam!"
„Die verlangen viel zu viel."
„Verlangen? Gar nichts kriegen die! Die sollen froh sein, wenn sie bei uns auftreten dürfen."
„Die Oberhirschener-Maiglöckchen wären auch gut."
„Sie haben ja schöne Stimmen, diese Weiber, aber sie sind halt aus Oberhirschen."
„Und zu alt."

„Die sind auch nicht älter als wir, Marie."
„Wir – das ist etwas anderes. Wir sind die Veranstalter."
„Mehr als drei, höchstens vier Gruppen brauchen es nicht zu sein."
„Und das Datum? Wann machen wir es heuer?"
„Wie immer. Am letzten Samstag im September."
„Da geht es nicht. Da sind der Meine und ich auf Kur."
„Warum seid ihr da auf Kur? Du hast doch gewusst …"
„Mensch, an was soll ich denn noch alles denken?"
„Warum geht ihr beide zugleich auf Kur?"
„Marie geht doch nur, weil er die Kur bekommen hat."
„Marie geht halt auf Nummer sicher."
„Haltet eure losen Mäuler, sonst bin ich dahin!"
„War doch nur Spaß, Marie!"
Die fünf unterhalten sich noch länger. Es ist nicht einfach, eine Veranstaltung mit Qualität auszurichten!

50

Ruth hat Todesangst. Sie ist in der dunklen Felshöhle gefangen. Angekettet! Dieses Tier hat tatsächlich eine Kette an ihren Fesseln festgemacht; die Kette hängt an einem Eisenring, der in die Felswand geschraubt ist.
„Das ist meine Burg", sagt er. „Und du bist mein Burgfräulein." Dann öffnet er die Knöpfe ihrer Bluse. Er setzt sich auf einen Baumstock, einen in Sitzhöhe abgeschnittenen Baumstamm. Und starrt sie an, in der Hand die Taschenlampe, den Strahl auf sie gerichtet. Manchmal blendet er sie, lässt den Strahl langsam ihren Körper hinunterwandern. „Fantastisch", sagt er und leckt mit der Zunge an seinen Lippen.

Die Beine! Ihre Beine sind ihre einzige Waffe. Aber er sitzt einen Schritt zu weit weg.
„Schau einmal, was ich da drüben habe." Darf sie überhaupt den Kopf auf die Seite drehen? Er könnte sich inzwischen nähern. Vorsichtig dreht sie die Augen in die gewiesene Richtung. Sie hat sich jetzt an die Dunkelheit gewöhnt, sieht ein bisschen. Eine Schaufel lehnt dort drüben. „Die brauch' ich zuletzt", sagt er. Was meint er damit?
Auf einmal begreift sie. „Nein!" Der Schrei, den sie ausstößt, ist voller Grauen und Zorn. Sie ist sicher nicht die Erste, die er hierher geschleppt hat. Sie muss dieses Scheusal ausschalten. Der Hieb mit der Ferse muss tödlich sein. Sie hat nur einen einzigen Schlag. Trifft der nicht gut und hart, ist sie verloren. Irgendwann wird er sich ihr nähern. Wenn er auch das Messer in der Hand haben wird – am Hals muss sie ihn treffen, mit aller Kraft!
„Du bist schön", sagt er, „es ist fast schade, dass ich dich danach nicht mehr hinauslassen kann. Fangen wir an." Jede Faser ihres Körpers ist aufs Höchste angespannt. Jetzt wird er näher kommen. Er steht auf, scheint zu überlegen, schaut auf die Taschenlampe in seiner Hand. „Das Licht! Du willst sicher etwas sehen. Oder magst du es lieber im Dunkeln?" Er legt die Taschenlampe auf den Holzstock, der Strahl richtet sich auf ihre Beine. „Das ist zu nieder", meint er, „ich muss etwas unterlegen." Dann sucht er den Boden ab. „Dieses Steinchen …"; er nähert sich ihr, bückt sich, um das Steinchen … In dem Moment stößt sie zu – mit aller Kraft, genau auf den Hals!

•

Toni macht sich Sorgen um Ruth. Als er am späten Nachmittag von der Poit heruntergefahren ist, stand im Wald ihr Auto am Wegrand. Er hielt an. Ihr Auto war nicht abgesperrt. Aber von Ruth keine Spur. Wollte sie zu ihm hinauffahren? Suchte sie Heidelbeeren? Mittlerweile ist Abend, sie ist noch immer nicht da. Er fährt noch einmal den Forstweg hinauf. Ihr Clio steht noch an derselben Stelle, unversperrt. Ruth ist etwas passiert, aber was? Langsam fährt er wieder hinunter.
„Papa, wo ist Ruth?“, fragen die Kinder.
„Ich weiß es nicht“, muss er zugeben.
„Ist sie heimgefahren?“
„Heim? Glaub' ich nicht. Ihr Auto steht im Wald oben.“
Toni richtet eine Jause für sich und die Kinder. Die Sorgen lassen nicht nach. Ruth ist gewissenhaft, hätte etwas gesagt, wenn … Soll er mit ein paar Leuten suchen, oben im Wald? Nein, außerdem wird es gleich dunkel. Eine Stunde wird er noch warten, dann muss er es melden. Für den Mäher schleift er ein Messer. Ob überhaupt jemand Dienst hat auf dem Posten? Toni probiert es. Ah, der Junge!
„Der Chef ist nicht da?“, fragt er, nachdem er seinen Namen angegeben hat.
„Nein, ich hab' Dienst.“
Toni überlegt. „Eine Frau wird vermisst, aber ich hätte gern Herrn Ladinger …“
Zuletzt verspricht der Junge, Ladinger zu verständigen; er wird, wenn er daheim ist und will, Toni anrufen.
Zehn Minuten später meldet sich der Postenkommandant. „Was ist daran verdächtig, wenn eine junge Frau am frühen Abend noch nicht zurück ist?“, fragt er.
„Ruth ist sonst so gewissenhaft, die hätte etwas gesagt.“

„Hat Ruth einen Freund?“
„Nein, hier nicht. Daheim hat sie einen, sagt sie.“
„Ah. Die Leute erzählen, dass ...“
„Nein, das stimmt nicht. Ja, gefallen würde sie auch mir.“
„Das glaub' ich, ich hab' sie auch gesehen.“
„Da ist noch etwas. Ihr Auto steht oben im Wald, auf der Forststraße, unversperrt.“
„So?“ Der Ton des Postenkommandanten verändert sich. „Das ist schon etwas anderes.“
Zusammen fahren sie hinauf. Im und um das Auto stellen sie nichts Verdächtiges fest. Den kleinen Kanister mit Gemisch für den Mäher hat sie im Kofferraum. Warum das? Er hat den Tank des Mähers vor dem Hinauffahren voll gefüllt. Kaum gescheiter als zuvor, fahren sie wieder hinunter.
„Wenn sie bis morgen früh nicht da ist, Toni, dann meldest dich wieder. Dann starten wir eine Suchaktion, eine große.“
Nach einem Händedruck gehen sie auseinander.

•

Ruth weint. Es sind Tränen der Freude, aber auch Tränen der Ausweglosigkeit. Sie hat ihren Peiniger besiegt, ist aber irgendwo in einer Felshöhle in irgendeinem Wald gefangen. Gefesselt und angekettet. Man wird irgendwann zu suchen beginnen, man wird sie finden. Ruth tröstet sich selbst, um nicht zu verzweifeln. Wie spät ist es wohl? Schon Abend, Nacht? Der Felsspalt oben ist ganz schwarz, eigentlich gar nicht mehr zu sehen. In der Höhle ist es halb dunkel. Die Taschenlampe leuchtet noch. Jetzt in eine andere Richtung, an die Felswand.

Beim Sturz des Mannes ist sie vom Stock gefallen. Sie hat sofort gehört und gespürt, dass der geballte Tritt an seinen Hals voll getroffen hat. Sie hat ein Knacken gehört, dann hat er einen gurgelnden, furchtbaren Laut ausgestoßen und ist seitlich zusammengesackt.
Stirb, du verdammtes Schwein, hat sie gedacht und gehofft. Ein paar Sekunden hat er noch geröchelt, dann ist es still geworden. Da hat sie zu lachen und zu weinen begonnen.
Das Lachen ist ihr aber schnell vergangen. Sie hat einen Menschen getötet. Es war aber Notwehr, sagt sie sich. Sonst hätte er sie getötet. Und davor auch noch gequält.
Sie schaut wieder über die Schulter hinab zu ihren Händen. Sie blutet, hat sich durch ihr Bemühen, eine Hand freizubekommen, die Haut aufgeschürft. Hoffentlich verblutet sie nicht! Panische Angst überkommt sie auf einmal. Sie darf die Hände nicht mehr bewegen. Ruth beginnt zu beten. Wenn ihr noch jemand helfen kann, dann Gott. Sie betet öfters, auch daheim.
Danach ist sie ruhiger. Sie hat die größte Gefahr überstanden, ausgeschaltet, jetzt darf sie nicht verzweifeln. Sie muss überlegen. Dass es länger dauern wird, bis man sie findet, ist ihr klar. Irgendwann wird sie müde werden, vielleicht sogar einschlafen. Im Stehen kann sie aber nicht schlafen. Sie kniet nieder. Auch das geht noch, tiefer darf sie aber mit den Händen nicht mehr, sonst spannt die Kette und beginnt wieder … die Schnur an ihren Händen. Im Knien kann man aber auch nicht schlafen.
Der Stock, der Holzstock! Sitzend kann man schlafen. Sie muss ihn zu sich herbringen. Aber er ist zu weit weg. Vorsichtig spannt sie die Kette, geht mit einem Knie tie-

fer und streckt den anderen Fuß aus. Sie berührt den Stock; er bewegt sich auch ein bisschen. Ein paar Zentimeter. Aber anstrengend ist es für das linke Knie. Das muss ihr ganzes Gewicht tragen, und umkippen darf sie auf keinen Fall. Sie muss rasten.
Sie hat Zeit. Auf ein paar Minuten mehr oder weniger, die sie braucht, kommt es nicht an. Ihr Lebensmut steigt wieder. Sitzend, an die Wand gelehnt, kann man schlafen. Was wohl Toni macht? Suchen sie schon nach ihr? Sie kennt Toni noch zu wenig; er hat enttäuscht gewirkt, als sie ihm sagte, dass sie einen Freund habe. Aber er behandelt sie korrekt. Plötzlich fällt ihr noch etwas ein: Der Mann, dieses Tier, wird wohl auch irgendwo abgehen? Oder ist er alleinstehend? Warum tut ein Mann so etwas?
Sie ist froh, dass sie ihn jetzt kaum sieht. Er liegt im Dunkeln, das Gesicht abgewandt. Es ist richtig gewesen abzuwarten. Seine Aufmerksamkeit hat nachgelassen. Hat in sexuellen Träumen geschwelgt. Sie sah es ihm an, wie er vor ihr hockte und sie anstarrte. Er hat sich zu sicher gefühlt, hat geglaubt, er könnte alles machen mit ihr. Hätte sie ihn aber nicht voll erwischt …? Ruth will gar nicht daran denken. Jetzt muss sie weiter versuchen, den Holzstock näher heranzubringen. Mit dem rechten Fuß und den Zehen. Sie muss sich bewegen – es wird ihr kalt dabei. Kein Wunder, in einer Felshöhle und mit offener Bluse.

51

Toni hat schlecht geschlafen. Ruth ist natülich nicht gekommen. Früh schon ruft er den Postenkommandanten an. Der handelt unverzüglich. Um sieben Uhr sechzehn schreckt die Sirene die Bewohner von Unterhirschen auf. Nur einmal „geht" sie. Das ist seltsam. Wenn es brennt, geht sie drei Mal. Die Feuerwehrmänner eilen zum Feuerwehrhaus, andere schauen fragend und abwartend aus dem Fenster oder der Haustür. Der Postenkommandant erklärt, worum es geht. Drei Gruppen werden gebildet, die Anführer mit Funkgeräten ausgerüstet, jeder Gruppe der Suchbereich zugeteilt. Dann schwärmen sie aus.

Langsam laufen die Telefone heiß, und mancher, der Zeit hat, beginnt auf eigene Faust zu suchen. „Dem Toni seine Haushälterin – oder was sie sonst noch ist – ist spurlos verschwunden!" Dieser Umstand berührt alle. Alle wollen helfen, alle müssen zusammenstehen. Wo ist sie, diese Ruth? Was ist geschehen? Hoffentlich nichts Schlimmes. Hoffentlich wird nicht auch sie irgendwo aus einem Auto geworfen. Besteht ein Zusammenhang zwischen dem, was Sixtus widerfuhr, und dem Verschwinden von Ruth? Sie ist zwar keine von hier, aber sie hat hier gearbeitet. Deshalb wird sie wie eine Einheimische behandelt. Und deshalb leiden alle mit ihr und helfen; jeder auf seine Art.

Zu Mittag gib es noch kein Ergebnis. Alle treffen sich beim Feuerwehrhaus, berichten, beraten und gehen heim etwas essen.

Um eins geht es weiter. Der Hochwald ist bereits gründlich durchsucht, jetzt kommen der Salzenbach und das weitläufige Gebiet des „Hirschener-Moors" dran. Richtig überzeugt, Ruth zu finden, ist aber keiner. Eine junge Frau verläuft sich nicht einfach im Wald und wartet dann darauf, gesucht und gefunden zu werden. Da ist womöglich etwas ganz anderes gelaufen! Wahrschein-

lich wird von weither ein Anruf kommen, dass man sie gefunden habe. Tot oder lebendig.
Etwas wird am Nachmittag dann gefunden, im Hirschener-Moor. Ein leer stehendes Auto. „Das ist doch das vom Schmauser Friedl", behaupten einige. Sie sind sich ganz sicher und melden es dem Postenkommandanten. Man sieht allerdings keinen Zusammenhang mit dem Verschwinden von Ruth. Der Friedl fährt öfter ein Stück und macht dann ausgedehnte Wanderungen.
Waldemar beschließt, mit Friedls Frau zu reden.
„Nein, der Friedl ist nicht da", sagt Kathi.
„Wissen Sie, wann er zurückkommt?"
„Er müsste schon da sein."
„Wo ist er denn hingefahren?"
„Ich weiß es nicht."
„Sie wissen es nicht? Sein Auto steht im Hirschener-Moor."
„Aha." Sie sagt nur Aha, die Frau vom Schmauser Friedl. Sie erschrickt nicht, sie fragt nicht nach.
„Sie wissen, dass nach einer jungen Frau gesucht wird?"
„Ich weiß, ja."
„Macht Ihr Mann einen Ausflug? Ist er schon in der Früh fort?"
„Er macht oft Ausflüge."
„Fahren Sie nie mit?"
„Manchmal schon."
„Und Sie haben keine Bedenken, dass ihm etwas zugestoßen sein könnte?"
„Nein …" Will die Frau noch etwas sagen?
„Wenn Ihr Mann zurück ist, Frau Schmauser, rufen Sie mich bitte an, dann haben wir ein Fragezeichen weniger." Er gibt ihr ein kleines Kärtchen mit seiner Nummer.

„Warum soll ich Sie anrufen?" Ihre Stimme klingt ängstlich. „Friedl hat doch nichts getan. Er macht nur einen Ausflug."
„Ich behaupte nicht, dass Ihr Mann etwas Falsches getan hat. Nur sein Auto steht halt im Moor draußen."
„Ist dort Parkverbot?" Das kann er aufgeben. Die Frau wird langsam aggressiv. Irgendwie eigenartig verhält sich diese Frau. So, als hätte sie etwas zu verbergen.
„Dann fahr' ich wieder."
„Ja", sagt die Frau nur.
Am Abend treffen sich alle wieder und berichten, dass sie eigentlich nichts zu berichten haben. Zwei alte Kühlschränke und ein Häufchen Ziegelschutt liegen im Moor, sonst ist nichts Auffälliges entdeckt worden. Soll man die Suche aufgeben? Soll man morgen weitermachen? Oder das Ganze an die große Glocke hängen? Vielleicht sogar einen Hubschrauber kreisen lassen? Mit einer Wärmebildkamera?
„Die ist mit einem abgehauen, ich geh' morgen nicht mehr suchen", sagt Hans. Ein paar stimmen ihm zu, die Mehrheit wird aber morgen wieder ausrücken. –
Um halb neun abends läutet bei Ladingers das Telefon.
„Ladinger", meldet sich Erna.
„Ja, er ist da. Warten Sie, ich hol' ihn." Erna geht ins Wohnzimmer.
„Waldemar, Telefon." Er liegt auf der Couch, denkt nach. „Eine Frau, eine ganz stille."
Verdrossen steht Waldemar auf. „Ladinger."
„Ich bin es." Waldemar weiß nicht … „Wir haben am Nachmittag geredet", flüstert die Frau.
Ah, jetzt ist Waldemar voll da. „Frau Schmauser?"
„Ja, ich, ich, Sie haben gesagt, ich soll Sie anrufen."
„Ja, hab' ich gesagt. Ist Ihr Mann zurück?"

„Nein, er ist nicht da.“
„Er ist nicht zurückgekommen inzwischen?“
„Genau! Und jetzt mach' ich mir tatsächlich Sorgen.“
„Das brauchen Sie aber nicht, Frau Schmauser. Ihr Mann ist doch erwachsen ...“
„Aber er ist seit gestern weg.“
„Was? Wie meinen Sie das? Sie haben doch gesagt, er habe heute einen Ausflug unternommen.“
„Nein, hab' ich nicht gesagt. Einen Ausflug schon ...“
„Aber gestern schon?“
„Ja. Ich red' aber nur mit Ihnen, wenn Sie meinem Mann das nicht erzählen.“
„Was nicht erzählen?“
„Dass ich mit Ihnen geredet hab'. Er mag nämlich die Polizei nicht.“ Waldemar muss schmunzeln. „Die Polizei mögen viele nicht.“
„Dann also, auf Wiedersehen!“ Und schon hat sie aufgelegt, die Frau Schmauser.
Waldemar muss das erst gedanklich verarbeiten. Ein anderes Licht, in einem anderen Licht erscheint das Ganze schon. Dann sind Ruth und Herr Schmauser zugleich, am selben Tag, verschwunden. Hat das etwas zu bedeuten? Und was hat das zu bedeuten? Waldemar setzt sich auf die Couch und denkt nach. Erna schaut ihn prüfend an, schweigt. Plötzlich springt Waldemar auf.
„Was ist denn?“ Erna.
„Diese Frau, ich muss mit dieser Frau noch einmal reden.“
„Aber nicht mehr heute?“
„Doch, jetzt! Sofort!“
„Warum das?“
„Weil ihr Mann auch verschwunden ist. Gestern schon.“

„Jetzt geht's aber rund in unserem stillen Dorf!"
„Ja", sagt Waldemar nur und ist schon unterwegs zu Frau Schmauser. – Gott sei Dank, es brennt noch Licht. Klingel sieht er keine, also klopft Waldemar an die Haustür. Er wartet, klopft noch einmal. Jetzt rührt sich drinnen etwas. Eine Tür wird zugemacht.
„Wer ist draußen?" Die schüchterne Stimme dieser Frau.
„Ich bin's, Waldemar Ladinger. Wir haben zuerst telefoniert." Eine Weile tut sich nichts, dann sperrt die Frau auf. „Entschuldigen Sie die späte Störung, Frau Schmauser, ich …"
„Sie hätten nicht kommen sollen. Wenn Sie jemand sieht!?"
„Was ist dann?"
„Dann bin ich erledigt."
„Wieso, Frau Schmauser, sind Sie dann erledigt?"
„Das verstehen Sie nicht. Kommen Sie herein." Waldemar tritt ein. Im Gang stehen sie jetzt. Die Frau schließt sofort die Haustür. „Was wollen Sie noch von mir?"
„Reden will ich mit Ihnen."
„Hoffentlich kommt Friedl nicht gerade jetzt daher."
„Warum? Sie haben … Angst."
„Nein, hab' ich nicht, aber …"
„Sie können ganz offen reden, Frau Schmauser, Ihr Mann erfährt nichts davon." Die Frau überlegt, schaut Richtung Tür, macht den Mund auf, sagt aber doch nichts. Sie hat Angst vor ihrem Mann, große Angst.
„Sie gehen besser wieder. Hoffentlich sehen Sie die Nachbarn nicht."
„Bleibt Ihr Mann öfter über Nacht weg?"
„Nein. Ganz selten."
„Wo ist er dann?" Die Frau schaut ihn an. Er weiß, die Frage ist provokant. Antwortet sie überhaupt darauf?

„Ich weiß es nicht“, sagt sie. „Vielleicht im Wald“, hängt sie noch an.
„Im Wald?“
„Friedl liebt den Wald.“ Waldemar kommt nicht ganz mit. „Und jetzt gute Nacht“, sagt die Frau. Waldemar hat viel zu denken.

52

Ruth hat jedes Zeitgefühl verloren. Die zweite Nacht muss es sein, die sie in ihrem Gefängnis verbringt. Und sie hat Durst. Sie weiß, dass die Chance, dass sie gefunden wird, mit jeder Stunde sinkt. Schließlich werden sie auch das Suchen aufgeben. Sie hat in gewissen Abständen immer wieder gerufen, laut gerufen, jetzt bringt sie nur mehr ein Krächzen hervor. Was hat dieser verfluchte Mann nur für ein unauffindbares Versteck im Wald?!
Der Holzstock hat sie gerettet – bis jetzt. Sie ist auch ein paar Mal eingeschlafen. Sie weiß nicht, für wie lang, jedenfalls hat ihr der Schlaf gutgetan. Der Durst lässt sie nun aber nicht mehr schlafen. Die Taschenlampe brennt auch nicht mehr. Die Dunkelheit ist aber nicht das Schlimmste. Die Angst, dass sie die Suche aufgeben könnten, ist viel schlimmer.
Ruth dreht sich wieder um – und schleckt die Felswand ab. Sie hat lang gezögert, dann hat sie es getan. Tun müssen! Die Wand hinter ihr ist nass. Es rinnt nicht direkt Wasser herunter, aber nass ist sie. Danach setzt sie sich wieder.
Sie hat Phasen, da will sie einschlafen und nicht mehr aufwachen. Nichts mehr spüren, gar nichts mehr.

Dann siegt aber doch wieder der Lebenswille. Aber wie lang noch? Sie hat zweimal geglaubt, etwas zu hören, von oben. Da hat sie dann geschrien. Immer wieder. Es wird aber nur Einbildung gewesen sein. Sie muss ganz ruhig werden, vielleicht kann sie doch noch einmal schlafen. Sie beginnt zu beten.

53

Klara ist in Hochstimmung. Endlich haben sie wieder einmal einen Auftritt. Ende September, in Unterhirschen. Sie ist eine von den Oberhirschener-Maiglöckchen. Heute früh hat sie Dora, die Leiterin, angerufen. Sie sind zu sechst. Sie werden morgen schon mit den Proben beginnen. Eigentlich überraschend, dass sie in Unterhirschen auftreten … dürfen. Es herrscht da immer ein wenig Konkurrenzdenken zwischen den beiden Gemeinden. Es ist nicht arg, aber es ist da. Ihr Dirndl muss sie auch noch ein bisschen anpassen, ein bisschen „herauslassen", in der Mitte. Sie hat es nach dem Anruf sofort anprobiert. Wie sie sich freut! Sie werden singen, dass alle nur so staunen. Frühlings-, Sommer- und Herbstlieder. Den Jahreskreis werden sie …, in der Richtung ist auch das Motto des Abends. Danach gibt es Schnitzel und ein Getränk für jede – gratis! Geld wollen sie keines, sie singen ja gern. Und jetzt unternimmt sie etwas, geht Heidelbeeren pflücken. Es wird wieder ein heißer Tag heute, da ist es im schattigen Wald angenehmer, sie tut etwas Sinnvolles und kann nebenbei einige Lieder üben.
Klara nimmt das Körbchen, marschiert Richtung Wald – und stutzt. Ein Feuerwehrauto steht am Waldrand.

„Brennt es?“, fragt sie den Feuerwehrmann neben dem Auto.
„Nein, wir suchen eine Frau.“
„Im Wald?“
„Ja, auch im Wald.“ Der Feuerwehrmann erklärt ihr alles.
„Um Gottes willen! Schon seit zwei Tagen!“
„Eigentlich fehlt jetzt auch noch ein Mann“, sagt der Feuerwehrmann.
Klara schaut ihn wissend an. „Und da sucht ihr? Ein Mann und eine Frau sind nicht auffindbar – das sagt doch alles! Oder?“
„Die Suche wird bald abgeblasen. Acht Mann sind von hier aus noch einmal durch den Wald unterwegs. Ich hab' sie mit dem Auto hergebracht. Jetzt fahr' ich nach Hause.“
Klara lässt sich von dem eben Gehörten nicht aus der Bahn bringen, geht in den Wald. „Das Wandern ist des Müllers Lust ...“, beginnt sie zu singen.
Sie findet viele und schöne Heidelbeeren – weiß allerdings auch die besten Plätze. Sie rastet, isst einen Apfel. Ja, das Leben ist schön! Sie wird im Herbst zweiundsiebzig ...
Was war das? Ein Tier? Welches Tier schreit so? Mehr ein Krächzen hat sie gehört. Sie isst den Apfel fertig, pflückt danach wieder Beeren. Da – wieder! Ganz nah, aber irgendwie seltsam. Beinah kriegt sie es mit der Angst zu tun. Sie dreht sich um – da! Heilige Mutter Anna! Das ist ein Mensch! Ein Mensch ist verletzt. Sie muss helfen. Vorsichtig geht sie ... halt! Schau dir das an – eine Kluft im Boden! Einen Meter breit. Sie hätte hinunterfallen können. Moos und Heidelbeerstauden verdecken sie fast. „Heilige Mutter Anna!“ Klara erschrickt zu Tode – das Krächzen kommt

von unten! Sie kniet nieder, schaut in den Spalt hinunter. „Ist da jemand?“ Ein Wimmern, ein Weinen.
Großer Gott, da ist ein Mensch hinuntergefallen. Wie kann sie helfen? Sie geht den Spalt entlang. Er wird immer enger, verschwindet ganz. Also geht sie in die andere Richtung. Felsig ist dort der Boden, und stark abfallend. Sie klettert hinunter. Jetzt hat sie den Spalt verloren. Das gibt es doch nicht! Bäume, Fichtenbäume, die Äste bis ganz hinunter zum Boden. Sie teilt die Äste mit den Armen – und staunt! Hinter den Ästen ist die Kluft wieder da. Stufen führen abwärts. Klara zögert. Doch – sie muss hinunter. Ein Mensch liegt dort unten, verletzt. Langsam setzt sie einen Fuß vor den anderen. Dunkel wird es. Klara bleibt stehen. „Wer ist da?“, fragt sie. „Hilfe“, versteht sie jetzt. Eine Frauenstimme. Langsam gewöhnt sich Klara an die Dunkelheit …, nein, richtig dunkel ist es nicht. Von oben dringt ein bisschen Licht nach unten.
Vorsichtig tastet sie sich ein par Schritte weiter, dann erstarrt sie. Kalt läuft es ihr über den Rücken. Ein Mensch liegt am Boden, eine Frau hockt an der Felswand. Die lebt aber noch. „Sind Sie verletzt?“
Die Frau bewegt sich, hat die Hände hinter dem Rücken verschränkt. Dann rasselt etwas – eine Kette. Klara weicht zurück, fürchtet sich. „Hilfe!“ Die Frau redet undeutlich, ist verletzt. Warum aber das Geräusch, wie von einer Kette? Die Frau steht langsam auf, dreht sich zur Seite. „Großer Gott!“ Die Frau hat die Hände gefesselt und hängt an einer Kette. Was ist da geschehen? Und ihre Bluse ist offen.
„Der Mann …“, sagt die Frau. Das Reden fällt ihr sichtlich schwer. Dann hockt sie sich wieder nieder und lehnt sich an die Felswand.

Klara beginnt zu begreifen. „Und der Mann?", fragt sie und zeigt auf ihn.
„Tot", sagt die Frau nur.
Klara fröstelt am ganzen Körper, zittert. „Die Kette?" Sitzend dreht sich die Frau zur Seite, hebt die Hände ein wenig. Klara geht zu ihr, probiert an der Kette. Es ist zu dunkel, es geht einfach nicht. „Ich hol' schnell Hilfe." Die Frau beginnt zu weinen. „Wie heißt du?"
„Ruth", antwortet die Frau schluchzend.
Wie ein Reh springt Klara durch den Wald. „Heilige Mutter Anna", fleht sie immer wieder, „lass diese Frau nicht verzweifeln." Die hat zu weinen begonnen, als sie loslief. Die fürchtet, dass sie nicht mehr kommen könnte. Kein Wunder, wenn sie schon zwei Tage und Nächte dort unten gefangen ist. Der Mann, der jetzt tot ist, wird sie dorthin geschleppt haben. Wahrscheinlich hat er sich auch an ihr vergangen! Warum tut einer so etwas? Jetzt ist er tot. Hat ihn die Frau? Halt! Das ist jetzt aber das Wenigste. Heidelbeeren gibt es noch genug. Klara steht wieder, hebt das Körbchen auf. Nur ein paar einzelne Beeren sind noch drin. Sie wischt einmal über die Kleidung, dann hastet sie weiter. Im Moor muss sie einmal kurz stehen bleiben. Die Luft! Das Atmen fällt ihr schwer. Doch sie muss weiter. Schon erreicht sie die ersten Häuser von Oberhirschen, noch zweihundert Meter, dann ist sie daheim.
Sie lässt sich auf einen Stuhl fallen. Mathias schaut erschrocken. Klara muss ein bisschen schnaufen.
„Was ist denn mit dir los? Du schnaufst ja wie ein …"
„Ich muss tele …, telefonieren, Mathias. Schnell, hol das Telefonbuch!" Mathias weiß nicht recht … Klara holt es selbst, blättert, sucht.
„Ich hab' geglaubt, du klaubst Moosbeeren?"

„Hab' ich auch, und da hab' ich etwas entdeckt. Etwas Grausiges."
„Das Körbchen ist aber leer?"
Klara hat die Nummer gefunden und ruft an. Es braucht einige Erklärungen, bis der Beamte begreift. Dann setzt er alles in Gang. Sie wird vom Postenkommandanten von Unterhirschen abgeholt. Sie muss den Weg zeigen. Eine ganze Schar marschiert hinter ihr her. Polizeibeamte von Ober- und Unterhirschen, Leute von der Rettung, der Arzt und andere.
Klara findet die Stelle sofort wieder. Alle staunen, als sie die Äste auseinanderbiegt. Plötzlich muss sie weinen. Die arme Frau dort unten! Klara deutet mit dem Arm hinunter. In die Kluft.

54

Fürchterlich ist so etwas, einfach grausig. Dass ein Mensch einem anderen Menschen so etwas antun kann! Und dazu noch bei uns! In einer Großstadt oder in Amerika – ja, da könnte man es verstehen, aber bei uns, in dem netten, stillen Unterhirschen? Die meisten können es nicht verstehen, was da in den letzten Stunden zutage gekommen ist. Er ist doch bisher überhaupt nicht aufgefallen, dieser Friedl, und dann so etwas! „Nur ein krankes Gehirn tut so etwas", sagt die Gamperin.
„Dann könnte so was ja jeder tun, denn niemand ist aufgefallen bisher." Ursula. Angst, Angst schleicht sich in die Köpfe der Menschen.
Nach und nach pilgern die Leute Richtung Wald. Alle wollen den Ort des Geschehens, diese Höhle, sehen. Alle kehren enttäuscht zurück, die Polizei hat den Platz

abgesperrt. Einer, dem man es nicht ansieht, dass er ein solcher ist, steht zusätzlich draußen. Aber er wird irgendwann wieder verschwinden, tröstet man sich. Etwas stößt den meisten in Unterhirschen sauer auf. Dass ausgerechnet eine aus Oberhirschen die Ruth gefunden hat. „Die Klara braucht sich gar nichts einzubilden darauf, die ist halt einfach genau da hingekommen." Drübergestolpert, wie man so sagt. Beim Heidelbeeren-Pflücken. Und Kathi, die Frau vom Friedl, stellt sich dumm. Die weiß von überhaupt nichts. Hat nichts bemerkt, sagt sie. Aber die werden sie schon richtig verhören. Das gibt es doch nicht, dass die eigene Frau nichts merkt!

Viele Fragen sind offen: Ist Ruth freiwillig mitgegangen? Haben die beiden etwas gehabt miteinander? Und schließlich – Ruth hat Friedl umgebracht! In einigen Tagen wird sich alles klären, wenn Ruth vom Spital wieder heimkommt. Ob sie aber recht gesprächig sein wird? Einige bezweifeln das. Wird sie überhaupt wieder bei Toni arbeiten?

„Die wird schweigen wie ein Grab." Die Gamperin. „Die darf gar nichts sagen." Bedrückend ist es für alle, was da passiert ist – und garantiert keine Werbung für Unterhirschen. Wann ist das Begräbnis von Friedl? So ein Schwein! Schämen muss man sich für ihn! Da werden die Zeitungen schreiben. Wird Ruth überhaupt wieder „richtig werden"? Was die zwei Tage und Nächte lang mitgemacht hat! Die Männer von der Rettung, die sie hinausgetragen haben, waren verdattert. So etwas hätten sie noch nie gesehen. Man muss Ruth bewundern. Die hat den Friedl ausgeschaltet, obwohl sie gefesselt und angekettet war – hätte sie es vorher getan, hätte er sie nicht anketten können. Sie ist halt jung und vielleicht auch trainiert. Heutzutage machen auch Frauen Judo und Karate, und was es da noch alles gibt. Man kennt die Ruth ja kaum.

55

Rosa und Evelyn fahren schon früh in die Stadt. Sie wollen bummeln, schauen, vielleicht etwas kaufen. Was da mit der Haushaltshilfe, mit dieser Ruth, passiert ist, hat auch sie mitgenommen und schockiert. Sie beteiligen sich aber nicht am Tratsch, warten ab, bis man – früh genug – alle Einzelheiten erfahren wird. Sie haben ganz andere Interessen, leben in einer ganz anderen Welt: Liebe, Zuneigung, Kinder stehen im Mittelpunkt. Werdende Kinder! Evelyn hat ihre Mutter allerdings drängen müssen, sich heute sozusagen „frei" zu nehmen. Die hat immer so viel zu tun. In zwei großen Geschäften schauen, vergleichen, überlegen sie – ohne etwas zu kaufen. Bevor sie gestartet sind, hat Leo Rosa dreihundert Euro in die Hand gedrückt. „Kauf dir etwas Schönes!", hat er gesagt. Als sie das Geld nicht nehmen wollte, ist er ganz nah zu ihr getreten. „Gönn dir etwas, du verdienst es." Ganz warm ist ihr ums Herz geworden, und sie hat ihn neben Evelyn geküsst. Sie schauen natürlich hauptsächlich wegen Sachen für die Kleinen.
„Jetzt trinken wir einmal einen Kaffee, Mama."
„Vormittags schon Kaffee?" Rosa und Leo trinken immer nachmittags Kaffee.
„Warum nicht? Alle trinken vormittags Kaffee."
Tatsächlich, es ist kaum ein Platz zu bekommen.
Evelyn trinkt einen Cappuccino, auch Rosa bestellt einen. Rosa ist eigenartig zumute. Sie sitzt in der Stadt

und trinkt vormittags einen Cappuccino! Wie die besseren Damen. Sie schaut um sich. Sie kennt niemanden, und niemand kennt sie. Ein ganz neues Gefühl. Sie sitzt unter fünfzig oder mehr Leuten, und keiner nimmt Notiz von ihr. „Evelyn, wir essen noch ein Linzer Auge."
„Mama, was das aber kostet!" Beide lachen.
„Etwas", sagt Rosa, „hätt' ich schon gesehen. Etwas Schönes für mich. Aber es ist zu teuer ..."
„Was hast du denn Schönes gesehen?"
„Schon im ersten Geschäft. Eine Handtasche. Ein bisschen eine trachtige."
„Und warum hast du nichts gesagt oder sie gekauft?"
„Ich bin noch beim Überlegen, Evelyn. So etwas muss überlegt werden, die kostet hundertdreißig Euro!"
„Papa hat dir doch dreihundert mitgegeben."
Rosa macht einen Seufzer. „Ihr Jungen seht das ganz anders. Wenn ich auch dreihundert mithab', sagt das noch lang nicht, dass ich sie auch ausgeben muss."
„Aber, Mama, hundertdreißig Euro!" Sie kehren ins erste Geschäft zurück, Rosa kauft die Trachtenhandtasche. Drei Edelweiß sind drauf. „Häng sie dir gleich um", meint Evelyn. Die Tasche hat einen langen Riemen.
„Nein, die neue Tasche ...!" Rosa lässt sie sich einpacken. „... die sieht als Erster Leo." Muss schön sein, denkt Evelyn, wenn man sich auch später noch so liebt.

56

Ingrid wird langsam des Lebens überdrüssig. Es geht ihr nicht gut. Gesundheitlich nicht, geschäftlich nicht, und Karli, mit dem lebt sie im Krieg. Der lässt sich nichts mehr gefallen, sagt er. Er braucht nur ordentlich zu ar-

beiten und zu leben, dann wird ihm nichts abgehen. Immer öfter muss sie selbst einem die Haare schneiden, weil Karli „nicht mag". Dieses Verhalten muss sich ändern! Oder soll sie einfach zusperren? Nein, noch nicht! Sie lehnt wieder in ihrer gewohnten Stellung auf dem Pult und schaut aus dem Fenster. Scheinbar ziellos laufen die Leute vorbei. Der Friedl, dieser Spinner! Ingrid ist noch nicht sicher, ob sie zum Begräbnis gehen wird. Oh! Es gibt ihr einen Ruck – der alte Zaun kommt daher. Schnurstracks auf sie zu! Der kommt mit Absicht! Warum lässt der die Vergangenheit nicht ruhen? Dieses Schwein!
„Grüß dich", sagt er.
„Setz dich." Wegen dem ruft sie nicht nach Karli. Wer weiß, ob der überhaupt da ist. Und der Alte will ja ohnehin, dass sie die Haare schneidet. Wortlos fängt sie an. „Das ist eine Sache, ha, der Friedl und die Ruth ..." Sie schweigt. „Ich kann den Friedl verstehen. Die Ruth ist schon eine gewaltige ... wie du damals!" Ingrid läuft es kalt den Rücken hinunter. Er sucht im Spiegel ihren Blick. Sie versucht ihm auszuweichen. „Verstehst du? Der Friedl hat das gebraucht. Wie ich damals!" Ingrid hält inne. Eiskalte Wut erfasst sie. „Mit dem Eichel-König hab' ich dich gewonnen, damals – weißt du noch?" In diesem Augenblick explodiert die letzte Sicherung in Ingrids Kopf.

57

„Chef, eine Frau verlangt dich, am Telefon."
„Schalt sie herein." Waldemar hebt ab. „Ja, der bin ich. Aha, Friseursalon Ingrid. Was ist denn so wichtig? Ja

gut, ich komme.“ Er solle gleich kommen, hat die Frau gesagt. Er allein. Er kennt Ingrid. Nicht ganz gut, aber schon; sie ist eine Resolute. Sie hat auch am Telefon so geklungen. Waldemar steht auf. Er wird zu dieser Frau fahren. „Bin eine Weile weg“, sagt er zum jungen Kollegen. Waldemar fühlt sich müde, mitgenommen. Kein Wunder, nach den letzten Tagen. Es ist nicht weit mit dem Auto.

Ingrid erwartet ihn an der Tür. „Grüß Gott, Herr Inspektor“, begrüßt sie ihn förmlich. „Kommen Sie herein.“ Hinter ihm schließt sie die Tür ab. Er schaut sie verwundert an. „Ich muss Ihnen etwas erzählen.“ Erst jetzt sieht er den Mann auf dem Friseurstuhl. Wie sitzt denn der da? Schläft der? Ingrid schaut ihn an. „Ja, der schläft, sehr gut. Kommen Sie.“

Plötzlich hemmt etwas seinen Schritt, Waldemar bleibt stehen.

Ingrid tritt hinter den Mann auf dem Sessel. „Das war Toni. Ein Schwein!“ Sie fasst in die Haare des Mannes und hebt seinen Kopf.

„Nein!“ Waldemar schließt die Augen, wendet sich ab. Er greift sich an die Brust, sein Herz rast.

„Er hat es so haben wollen“, sagt Ingrid ruhig. Waldemar atmet schwer, öffnet die Augen wieder. „Ein Glas Wasser?“ Er nickt. Diese Frau hat dem Mann die Kehle durchgeschnitten! Er schaut noch einmal hinüber. Jetzt hat der Kopf eine andere Stellung, hängt ein bisschen seitlich und mehr nach vorn. Blut. Viel Blut. Es beginnt ihn zu würgen.

„Das Wasser, Herr Inspektor.“

„Was haben Sie da getan?“, bringt er hervor.

„Gehen wir in die Küche, ich erzähl’ Ihnen alles.“

„Nein, ich muss …“

Ingrid geht schon voraus. „Kommen Sie. Hier sind wir ungestört."
Er müsste jetzt vieles tun, geht aber in die Küche. Die Frau sperrt wieder die Tür hinter ihm zu. „Ich weiß, Sie müssten mich sofort verhaften und einige Anrufe machen, aber das können Sie in einer halben Stunde auch."
Waldemar fürchtet um sein Herz. Dieser Anblick zuerst – wie sie den Kopf hochgehoben hat, grausig! Der hängt nur mehr im Genick am Rumpf fest. Er versucht ruhig zu atmen. „Sie sollten einmal trinken." Was sollte er? Ah, das Wasser. Er hält ein Glas Wasser in der Hand.
„Setzen wir uns." Beide setzen sich an den Küchentisch.
Waldemar trinkt. Plötzlich durchzuckt ihn ein furchtbarer Gedanke: Wenn das Wasser vergiftet ist? Wenn sie auch ihn beseitigen will? Er stellt das Glas abrupt hin. Ingrid beobachtet ihn.
„Es ist nicht vergiftet", sagt sie. „Ich bringe niemanden vorsätzlich um." Er glaubt ihr.
„Und was hat ... Toni?" Er hat den Toten beim zweiten Hinsehen erkannt. „Was hat Toni getan?"
„Der hat mein Leben ruiniert. Mein Mann und er."
Waldemar versteht nichts, wartet. Dann schweigt auch die Frau. Er trinkt noch einmal vom Wasser. Viele Gedanken wandern durch seinen Kopf. Es ist falsch, dass er da sitzt und einer Mörderin zuhört. Er müsste sofort anrufen.
„Willi hat mein Mann geheißen. Er ist schon lange tot. Sie haben ihn nicht gekannt." Er schaut nur, lässt sie reden. „Haben Sie ein gutes Gedächtnis? Ich erzähl' das alles nur einmal."
„Sie werden das alles noch einmal schildern müssen."
„Ach, seien Sie still. Waren Sie auch einmal verliebt?"

Er schaut Ingrid überrascht an. „Willi und ich sind es gewesen. Aber nur ein paar Jahre. Hören Sie überhaupt zu?"
„Ja, sehr genau."
„Dann hat Willi angefangen zu saufen. Da ist er oft grob geworden. Und dann hat er noch etwas angefangen: Er hat teuer Karten gespielt, hat verloren, hat Schulden gemacht. Und zuletzt hat er mich verspielt."
„Wie? Wie meinen Sie das?"
„Wie ich es gesagt habe." Waldemar schaut Ingrid an. „Willi hat mich an Toni verspielt. Für eine Nacht."
„Das gibt es doch nicht. So etwas …"
„Doch, das gibt es. Es war …" Die Stimme versagt ihr für einen Moment. „Es war furchtbar. Ich hab' alles tun und geschehen lassen müssen. Toni war eine Sau!"
„Wie lang ist das her?"
„Vierzig Jahre. Aber das ist nicht das Entscheidende, wie lang so etwas her ist …" Sie überlegt. „In letzter Zeit ist er gekommen, und ich hab' ihm die Haare schneiden müssen. Ein paar Mal. Sonst hat er wenigstens immer geschwiegen, aber heute! – Nein, gedroht hat er mir nicht." Ingrid schaut ihn direkt an. „Ich hab' nicht anders können. Er hat etwas gewusst. Ich hab' meinen Mann nicht einfach davonkommen lassen nach dem, was er mir angetan hat! Außerdem hätte er auch noch das Haus verspielt. Mit dem Kopfpolster – und meinem ganzen Gewicht und meiner Kraft hab' ich's geschafft. Ich hab' Willi begraben. Zu Hause. Im Keller. Ich hab' ihn als vermisst gemeldet. Er sei einfach abgehauen, hab' ich gesagt. Die Leute und die Gendarmerie haben gewusst, dass es nicht mehr stimmte bei uns, und alles geglaubt. Nur Toni hat geahnt, dass mein Mann nicht abgehauen ist!" Ingrid schweigt. Ihr Blick verrät Abwe-

senheit. „Aber er hat mir keine Ruhe gelassen, in der Nacht. Es ist immer schlimmer geworden. Als Geist ist er mir erschienen. Verstehen Sie? Als Geist!"
Waldemar empfindet Mitleid für die Frau. Sie ist zur Tat getrieben worden. „Aber was war heute der Auslöser?"
„Ein Satz, den er mir schon vor vierzig Jahren gesagt hat. ‚Mit dem Eichel-König hab' ich dich gewonnen', hat er gesagt. Da hab' ich ihn beim Schopf gepackt und mit dem Rasiermesser ...!" Sie macht mit der Rechten eine schnelle, waagrechte Bewegung. Ist diese Frau ein Scheusal? Oder ist sie zu bedauern? Waldemar sollte etwas unternehmen, er fühlt sich aber kraftlos. Er hat in der letzten Stunde zu viel gesehen und gehört; er wird es erst verarbeiten müssen. Er sitzt mit einer mehrfachen Mörderin an deren Küchentisch, im Nebenraum eine Leiche. Er steht auf. „Frau Ingrid, ich muss jetzt gehen. Ich müsste Sie verhaften."
„Eine alte Frau verhaften? Das tun Sie nicht."
„Aber wir kommen wieder. Sie bleiben im Haus?!"
„Ja, ich bleibe da, werde aber auch gehen." Wie meint sie das jetzt? Wird sie flüchten? Er glaubt nicht. Beinahe hätte er ihr auch noch die Hand gereicht. Sie sitzt noch, macht keine Anstalten aufzustehen.
„Der Schlüssel steckt. Nur einmal drehen", sagt sie. „Ich bin froh, dass ich alles erzählt hab'. Jetzt ist mir leichter." Sie atmet hörbar aus, dann zieht sie die Tischschublade auf, hebt den Arm, hält sich eine Pistole an die Schläfe und drückt ab.

•

Waldemar geht durch Unterhirschen. Er braucht Luft, viel frische Luft! Dem Kollegen wird er sagen, dass es morgen viel Arbeit geben wird, Erna, seiner Frau, wird er einen Kuss geben, wenn er heimkommt. Jetzt aber steht er im Café Sonnschein. „Oh, der Herr Inspektor! Grüß Gott!“
„Ja, da bin ich.“
„Unruhige Zeiten …?“
„Es geht.“
Müde schaut er aus, denkt Greta. „Einen Almdudler? Wollen Sie auch etwas essen?“
„Nein, nichts essen.“ Abwehrend hebt er die Hände. „Was tut sich sonst so?“
„Ah, nicht viel. Ein Toter sitzt auf dem Stuhl, eine Leiche liegt in der Küche und eine seit vierzig Jahren im Keller. Greta, trink mit mir einen Williams!“